扭轉衰小人生 2

文創風 1140

十二鹿 著

目錄

第十一章

自從余璟赴了廬陽侯府的約後，京城的風向就有些變了。

從前，人們只道余璟與侯府是仇家。可所謂三十年河東、三十年河西，現在連侯府都要上趕著巴結余璟，那意義就不同了。

市井之間，關於余璟的傳言越來越多，大家都熱衷於這種草根逆襲的故事，將余璟誇讚得天上地下的，於是余歲歲乘機再出第五部《徐俠客傳奇》，又賺了個盆滿缽滿。

這一日，余歲歲在武館練完武，不想回侯府，便窩在屋裡寫寫畫畫。

正畫得入神時，便聽到一陣腳步聲，她一抬頭，居然是七皇子陳煜。

「七殿下！」她很是驚喜。「你傷好了沒有？」

自從元宵之後，兩人就再沒見過了。

陳煜點點頭。「多謝余姑娘關心，一點小傷而已，沒有大礙了。」

「對了，殿下是來找我爹爹的嗎？」余歲歲問道。

從元宵之案過後，雖然余璟沒有明說，但余歲歲知道他是認可了七皇子的。

雖然七皇子如今並未真正參與奪嫡，還是個孩子，但余歲歲和余璟都覺得，他們想要支持這個赤誠可靠的人。

或許現在還談不上支持，而是保護。

陳煜點頭。「是啊，師父不在嗎？」

余歲歲道：「半個時辰前，潘將軍府來人，說有意跟爹爹討教武藝，之後用在練兵上。還說他們是得了皇上的首肯，特意來請爹爹的……欸，等等，」余歲歲突然一愣。「他們好像還說，也會請殿下一起去，爹爹這才決定赴約的。」

雖然潘將軍府是五皇子一派，但他們搬出皇帝，又說請了陳煜，余璟實在不能拒絕，才前去的。可眼下七皇子在這裡，那潘將軍府是請了誰去？

陳煜抓住關鍵。「他們到底是怎麼說的？」

余歲歲回想道：「說……皇子殿下稍晚也會赴約……對啊，他們並沒有明說是七殿下，可話裡話外卻讓我們誤解說的就是殿下你……他們是不是想要對爹爹做什麼啊？」余歲歲一急，立刻丟下紙筆，跳了起來。

陳煜安撫她。「余姑娘莫急，師父現在的身分今非昔比，他們應該不敢做什麼。」

余歲歲哪裡肯聽。「不行！我要去將軍府！」說著就往外跑。

陳煜無奈，只得也追了出去。

潘將軍府。

湖心亭裡的宴席已經接近尾聲，余璟晃了晃有些眩暈的頭腦，感覺四周只剩下了他一人。

他覺得哪裡不對，想要站起來，可酒勁上頭，渾身都沒有了力氣。

突然，一陣細碎的腳步聲傳來，余璟回過頭去。

月光傾瀉之下，恍惚間，他好像看到了自己的妻子，那個記憶裡永遠笑意盈盈的少女……

「媛媛？」余璟情不自禁地喚了一聲。

那身影頓了一下，卻還是繼續走了上前。

余璟感覺心裡有一團火，燒得他恨不得和面前的人一起融化。

十幾年了，他十幾年沒有見過他的媛媛了。

直到今天，他還記得他們兩人的最後一面。

媛媛說，等他案子結束，他們要帶著歲歲回一趟爸媽那兒，她新看上了兩件衣服，想帶回去給兩位老人試穿。

而他則開玩笑地說她厚此薄彼，都不記得給他買衣裳。

媛媛瞪他，說他哪裡用得著穿好衣裳？出趟任務有時幾天幾夜的不洗澡、不換衣，多好的衣服給他穿都浪費。

他笑了笑，覺得她說得對。

走之前他答應了她什麼呢？

喔，是說等他回來就休假，陪她去逛街。

媛媛很喜歡帶他去逛街，說他眼光好，挑的衣服都特別襯她，余璟自己也這麼覺得。

後來……

那真的是一場大案啊，跨越四個省的緝凶，歷時三月，九死一生。

好多回，子彈擦著他的肌膚飛過，留下被燒灼的痕跡。等回過神來他還多少有些慶幸，慶幸自己還活著，慶幸自己不會食言了。

可余璟從沒想過，這一次，竟是媛媛食言了。

他永遠忘不了，他衝進家門的時候，父母眼含悲切，不忍看他。

他小小的女兒站在那裡，臉上寫著木然與迷茫，見他進門，想開口和他說話，可嘴一動，淚水就爬滿了臉頰。

而他的媛媛，那溫柔美麗的笑容，只定格在一張照片之上。

從那天起，女兒歲歲就被父母帶在身邊照顧，而余璟還是一如既往的上班、下班，辦案、結案……

只是，他再也沒有休過假，也再沒有踏進過那套結婚時買下的房子之中。

他不停地工作，一個人當兩個人用，工作之餘除了去看女兒，就是無休止地練武、打拳。

他不敢停下來，害怕一停下來，就會面對一個他永遠承受不起的事實。

直到父母意識到了他的問題，一個巴掌搧醒了余璟。他還有女兒，從小就被他和媛媛捧在手心裡倍加呵護的女兒。女兒已經沒有了媽媽，不能再沒有爸爸了。

可是，一切都晚了。

父女之間沒有了從前的親昵，只剩下尷尬的相處。說話時都小心翼翼，好像有什麼觸碰不得的禁忌。

後來歲歲一上高中就住校了，一邊是學業緊張，一邊是工作繁忙，父女倆見面的機會更是越來越少。

等歲歲上了大學，兩人又分隔不同的城市。唯一的聯繫，就是每個月的一通電話，話題也只有一個——生活費夠不夠？不夠了爸爸轉帳給妳。

當手臂上傳來柔軟的觸感時，余璟才恍然回神。

他竟然失神了這麼久，腦子裡全是這十幾年來的點點滴滴。

轉過頭，他身側媛媛的面容若隱若現。

余璟突然很想抱住她，將多年來的思念、痛苦、難耐全都倒給她，問問她為什麼那麼狠心地說走就走，丟下父女倆在這人世間失魂落魄？

「媛媛……」余璟一點點地伸出手。

只見媛媛臉色染上些羞澀，微低了一下頭，靠近他的胸膛。

「阿璟……」

嬌柔的輕喃似山間的溪流婉轉繾綣，可聽在余璟的耳朵裡卻如旱天的驚雷，驚懼駭人。

媛媛從來不會這麼叫他！

少年時她是爸媽的學生，見到他只會客客氣氣地說「你好」，那時他還以為她記性不好，永遠記不得他的名字。

他追她時，她也只會矜持禮貌地說謝謝，他還是沒能從她嘴裡換到一聲稱呼。

後來談戀愛了，她終於願意叫他的名字，可叫起來卻並沒有別家女孩的羞澀，反倒跟老師叫學生的名字一般，普普通通、尋尋常常。

結婚後嘛……沒事的時候叫「余璟」，有事的時候叫「余璟！」。

就算是在兩人最親密的時候，她也是連名帶姓的叫他。

一開始他還試圖想要糾正她，可到最後，他也適應了。

感覺一隻手悄悄爬上了自己的胸口，余璟立刻逼迫自己從那令人沈緬的往事中掙脫出來，一把推開身前的軀體，退後幾步站定。

甩甩頭，他再凝神望去——

眼前的哪是他的媛媛？分明是個不知從哪裡冒出來的陌生女人！

將軍府外牆根下，余歲歲目測著牆頭的高度，手不停地在擼袖子。

「余姑娘，妳聽我說……」陳煜想阻止她，卻發現她根本不肯聽。

見余歲歲紮好了衣襬，擺開架勢要上牆了，陳煜終於顧不得禮教，一把扣住她的手腕，將她拉了回來。

「你幹麼？」余歲歲怒瞪著他，像頭炸了毛的小獸，將他當成仇敵的幫凶。

「余姑娘，這裡是將軍府，妳這樣爬牆危險不說，一旦被當成歹人，將軍府可是會放箭殺人的！」陳煜勸道。

余歲歲柳眉一豎。「那怎麼辦？他們扣著我爹不知道要幹什麼壞事，我不快點進去，讓他們得手了怎麼辦？」

陳煜神秘一笑。「將軍府不是說請了我嗎？那我前來赴約，應該沒有什麼問題吧？」

余歲歲眼前一亮。「對啊！」

兩人低著頭討論了一會兒後，列出了行動的計劃。

將軍府正門，守門的管家正在翹首以盼。

按計劃，五皇子會在這個時辰到潘府來，親眼見證一齣「生米煮成熟飯」的好戲。可不知道為什麼，時辰已經過了，五皇子還不見人來，莫不是被什麼事耽擱了？

正張望著，門前突然出現兩個人影。

管家嚇了一跳，定睛一看，立時就是一身冷汗。

「七、七殿下？您、您怎麼來了？」

陳煜緩緩步上臺階。「聽聞潘老將軍和潘大公子盛情邀我前來飲宴，可惜我因一些小事耽擱了一會兒，現在來應該不算晚吧？」

管家心裡一跳，陪笑道：「小……小人未曾聽說老太爺和公子邀、邀請了殿下前來啊……」

陳煜頭一歪，眉頭一皺。「這怎麼可能？」說著，指著身旁的余歲歲。「這位是余大人府上的親信，特意告訴我同來將軍府赴約的。余大人是我的恩師，他怎麼會騙我呢？」余歲歲今日出府本就穿了男裝，如今正好能隱藏身分。陳煜頓了一下，又挑眉道：「還是說……是潘府騙了我師父？」

這句話一出口，管家雙腿就是一抖。

明明眼前的七殿下只是個十幾歲的孩子，怎麼氣勢如此讓人畏懼？

余歲歲此時也上前一步。「貴府的待客之道還真是奇怪，殿下都上了門，卻偏要攔在外面。不知道的，以為這將軍府比皇宮還戒備森嚴呢！」

一聽這誅心之語，管家越發不能應付了，只得連聲道：「不敢、不敢！」

陳煜見此，立刻邁步就朝裡進。

管家大驚，想要上前去攔，卻被余歲歲猝不及防地一推，趔趄著往後退去。等站穩腳跟時，那兩人已進入大門了。

管家當即急得直跺腳，也顧不得別的，撒腿就朝院子裡跑，想要去給主人報信。

進了府，陳煜憑著以前的記憶，帶著余歲歲，直接找去了潘縉的住處。

「七殿下？」案桌前正在看書的潘縉看見闖進來的陳煜，腦子一時間都沒有反應過來。等他又看到跟進來的余歲歲時，整個人更加懵了。「余姑娘，你們……怎麼會在我家？」

不等陳煜說話，余歲歲已經忍不住了。「潘公子，我爹在哪裡？」

潘縉一愣。「盧陽侯？盧陽侯在這兒嗎？」

陳煜見他滿臉茫然，不似作假，這才細說道：「潘公子，貴府假借我的名義請禁軍校尉余璟余大人入府飲宴，如今天色已晚，我有要事要請教余大人，還請潘公子引我們前去，接走余大人。」

潘縉到底是世家公子，立刻察覺到了不對勁。「七殿下，我確實未曾聽說此事，但我今日也聽說了，子時前湖心亭不許人接近。我想，你們要找的人就在那裡。七殿下、余姑娘，隨我來吧。」

三人來到湖心亭外時，正看到余璟和一個像是女人的身影糾纏在一起。

余歲歲幾乎是一瞬間就飛奔了過去，一把推開那個女人，轉過頭去看余璟。

只見余璟身上酒氣並不濃郁，可偏偏神智極為不清醒，眼神迷醉，但尚存著一絲理智。

余歲歲想要上前去攙扶他，可余璟卻連連後退。

這樣的情景她還有什麼不明白的？當即抓住他，小聲道：「爸，我是歲歲！」

余璟吃力地睜開眼睛辨認了一會兒，好像終於看清了她是誰，這才任由她的靠近。

余歲歲怒目看向旁邊的女人，質問道：「妳是誰？誰讓妳來的？」

話音剛落，就見湖心亭外的橋上走來兩個人。

為首的那個龍行虎步，頭髮花白卻是精神矍鑠，想必是傳說中的潘老將軍。而他的身後，正跟著那個管家。

潘老將軍一進亭子，就朝七皇子道：「不知七皇子光臨，老夫有失遠迎，望乞恕罪。」

陳煜神情淡漠地說：「潘老將軍這是做什麼？不是貴府邀請我來的嗎？」

潘老將軍一愣，顯然沒想到陳煜居然真的揪著此事不放了。

「殿下是不是誤會了？抑或是為小人所誤導？」潘老將軍看向余歲歲，打算來個抵死不認。

陳煜見潘老將軍言語暗示，心中更覺諷刺，眼神也漸漸轉冷。「誤不誤會，本皇子還是知道的。就是不知道潘老將軍心裡弄不弄得清，今晚這場宴席到底該請誰、不該請誰！」

潘老將軍心裡一震。

一直以來，七皇子給外人的印象都是純良仁善、面和心軟，再加上年紀又小，所有人都不把他當回事。

可如今他突然覺得，也許五皇子一直都忽略了這麼一個潛在的對手。

假以時日，待七皇子長成，未必不會是己方的大麻煩。

「看來七殿下真是誤解老夫了。」潘老將軍面不改色。「老夫只是耳聞余老弟的身手，想要討教一二，這才誠心相邀，除此之外並無他人。殿下若是執意要信小人之言，老夫也無可奈何了。」

今晚計劃已經失敗了，他得把事情洗白才行。

聽他這番把責任推卸得一乾二淨，還要倒打一耙的話語，余歲歲都給氣笑了。她算是看出來了，潘老將軍就是來攔人的。

既然一時走不了，那還客氣什麼？

余歲歲也不忍了，張口便是譏諷。「潘老將軍口口聲聲說的小人，該不會就說我吧？請人吃飯、討教身手，請個女子來做什麼？伴奏嗎？可這裡也沒樂器啊！難道是這女子也有什麼好功夫，也要來請教我家大人？呵，難怪殿下和我剛剛來時，見她試圖接近我家大人，卻被大人避過。想必這世間要靠女子出來頂事的，除了貴府也找不出第二家了！」

余歲歲話說得極狠，句句都往潘老將軍的心窩子戳。

潘老將軍果然怒從心起。「放肆！區區一個小廝，此處哪有你說話的分兒！」言罷指著她又朝陳煜道：「殿下，此人以下犯上，無視尊卑，您難道還要信他之言嗎？」

「得了吧！」余歲歲繼續罵。「我是余大人的親信，可不是什麼小廝，您老這上上下下的還是先歇著吧！我乃大雲子民，尊天地、尊父母，尊君主、尊聖賢，尊余大人這般忠義之士！我身分清白，何以談卑？至於您，尊在哪裡？為老不尊嗎？」余歲歲反問道。「今日之事，您以為您能掩飾得過去？您算計余大人，算計朝廷命官，不就是為了那點兒齷齪的目的嗎？陛下若是知道你如此費盡心機，想必還要讚你個廉頗未老呢！說來老將軍還真是威風八面，邊關有潘家幾位將軍，內宮有淑妃娘娘和五殿下，如今連陛下的禁軍校尉您都要收入囊中了，您可真是忠心為國，乾脆裡裡外外都讓您給操持好了，陛下可是能省不少事呢！」

「咳！」見余歲歲在氣頭上越說越不對勁，陳煜趕緊輕咳一聲，止住她的話頭。

可這話說出了口，聽在有心人耳朵裡就不是那麼回事了。

潘老將軍臉色頓時青了不少。

這話若是讓皇帝知道，那後果……他眼睛一瞇，看著眼前的人，直覺他不是個普通的小廝，卻一時猜不透他的身分。

但他卻知道，這個人，他留不得。

想到這裡，潘老將軍瞬間就欺身上前，右手伸出成爪，直取余歲歲的脖頸！

一旁的陳煜和潘縉全都來不及反應，臉色霎時大變。

就在這時，原本站立不穩的余環突然精神一振，一個閃身擋在余歲歲身前，右手出拳，果斷襲向潘老將軍的面門。

潘老將軍猝不及防之下趕緊收手防禦。

沒想到余環左手立刻跟上，再攻他的腹部，同時腳下跟著動作，攻擊潘老將軍的下盤。

轉眼之間，二人便過了數十招。

余璟雖然神智混沌，但潘老將軍也囿於年齡已高，因此兩人幾個來回，不相上下。

突然，潘老將軍袖中閃出一支袖箭，神色一狠，想要耍陰招致勝。

站在後面的余歲歲立即一腳踢出旁邊的凳子，凳子飛起至半空，潘老將軍不得已騰出手來招架。

便是這一個空隙，余璟立刻抓住機會，一拳掏心。

潘老將軍被重重一擊，捂住胸口連連後退，直到撞上亭子的柱子才站穩。

潘縉神色一驚，想要上前去查看，但腳步邁出一點，又收了回來。

余璟打完後，又暈暈乎乎地晃向一邊。

陳煜連忙上前扶住他。

余歲歲掃過一旁躲得遠遠的女人，看向潘縉。「她是誰？」

潘縉遲疑了一下，還是說了實話。「是我庶出的姑姑，新寡在家。」

余歲歲回眸，看向那個女人。

女人身子微抖，眼神逃避。

余歲歲忍了幾忍，終究是沒說什麼。

「我們走吧。」余歲歲看向陳煜。

陳煜點點頭，和她一起扶著余璟。

三人快步而走，直到快出潘府時，潘縉才從後面追了上來。一向張揚的少年郎此刻已沒了任何華光，只看向兩人。「殿下、余姑娘，今晚之事，可否求你們不要說出去？」

余歲歲因著練馬球的事接觸過潘縉，對他的印象一直不錯，也看得出他是個坦蕩之人，沒那麼多歪心眼。只是她現在厭惡極了潘家人，連帶看潘縉也不順眼起來。

「潘公子在怕什麼？」她冷聲道：「今晚之事即便得逞，等我爹醒來，也不過是魚死網破。貴府算計得了七情六慾，可曾算計得過人心？今晚一過，覆水難收。潘公子好自為之！」

潘縉看向陳煜，陳煜只回給他一個輕描淡寫的眼神。

余璟和余歲歲當然不會拿潘將軍府如何，但從此以後，兩方即是仇敵，不死不休。

回到武館，陳煜請來郎中診看，余璟果然是中了某種下三濫的藥物，好在他身體健壯，硬撐下來，如今只需睡上一覺，便可恢復正常。

兩人鬆了口氣，便好生安頓下余璟。

「殿下，剛剛我是不是太衝動了？」冷靜下來的余歲歲，這才有點後怕了。周圍沒有別人，她只能逮著陳煜問。

陳煜輕輕一笑，說道：「如果讓我來看……是的。從一開始，余姑娘就有些衝動了。」

余歲歲有些不忿，有些氣惱，又有些懊悔。

可陳煜卻話鋒一轉。「但我知道余姑娘是率直心性，敢說敢做才是姑娘的風格，若真是忍著受著，反倒不美了。既然這些話都是發自內心的，那說了也就說了，無須多慮。只是今後，需得多加提防與潘府相關的人和事，莫要著了他們的陰招。」想了想，陳煜又加了一句。「我也會盡我所能，保師父和余姑娘無虞的。」

今夜之後，他鋒芒已露，他要走的路，也注定要與潘家為敵。

無論處於何種立場，陳煜都有責任保護余氏父女。

余歲歲了然，心裡替父親和自己都對陳煜有了幾分暖意，重重點了點頭。

突然，床上的余璟發出一聲囈語——

「媛媛……」

余歲歲聽到這個名字，眼眶就是一熱。

她走過去，輕輕拍了拍余璟的身子，想讓他安心睡去。

沒想到，余璟一把抓住她的手，雖然雙眼緊閉，卻好似能看到她一樣。

「歲歲，爸爸對不起妳！爸爸對不起妳和妳媽媽！歲歲，原諒爸爸、原諒爸爸……」

余歲歲心裡猛地一酸，別過臉，淚水倏然落下。

陳煜站在一旁，眸色微漾。

他見過余歲歲不顧形象的大笑，見過她在危難面前的堅韌，也見過她古靈精怪的狡黠，唯獨沒見過她掉眼淚。

此時此刻，陳煜心底深處好像有一根弦，突地就斷了……

余璟還在無意識地嘟囔著。

雖然陳煜不知道父女倆從前究竟發生過什麼事，但他還是聽出了余璟對余歲歲深深的愧疚，和對亡妻無限的懷念。

想到這裡，他悄悄地退了出去，一個人默默離開，將空間留給這對父女。

余歲歲的手被余璟緊緊地抓著，動彈不得，只能輕輕蹲在床邊，湊到余璟的耳朵邊上，就像小時候偷偷和他說悄悄話一樣。

她哽咽著。「爸爸，其實，我沒有怪過你的……也不對……」余歲歲癟了癟嘴巴。「還是有……怪過一點點的，但是，真的就只有一點點喔！那個時候，媽媽剛走，我好想和你待在一起，可是你卻很少回家。後來等你回家的次數多了，我……又嫌你煩，管我這個、管我那個的。」當青春叛逆期的女兒碰上因為妻子去世而喪失了與女兒相處能力的父親，兩人的關係會如何也是顯而易見的。「其實，你一定也很思念媽媽吧？所以才會這麼多年都走不出來。爸爸也是人，痛苦的時候也會想要逃避。」這個道理，是余歲歲長大之後才想通的。

「不過現在，我們有很多時間一直在一起，我們得快樂的生活，這樣媽媽才會放心。」余歲歲托著腮，端詳著父親的模樣。父親錯過了她的少年，她也錯過了父親的壯年。這一場穿越，似乎就是為了彌補他們的遺憾，讓他們回到一切的最初，能好好地享受父女的天倫之樂。「爸爸，你在我心目中，永遠都是天底下最頂天立地的男子漢，是最好的爸爸！」

余歲歲在余璟的耳邊，堅定地說著。

話音一落，余璟的情緒肉眼可見地平靜下來，呼吸也平緩了很多。

見他徹底入睡，余歲歲終於放下了心，搬了個小板凳，趴在床頭，也跟著進入夢鄉。

第二天一早，余璟醒來時，就看到女兒乖巧地趴在自己的床邊，睡得正香。

圓嘟嘟的小臉被胳膊壓出個形狀，像個小饅頭一樣，可愛得讓人很想拿手指戳一戳。

許是姿勢不太舒服，余歲歲嚶嚀了一聲，眉頭小小一蹙又放開，微張的嘴角旁好像還有點口水被蹭在了衣袖上。

「傻丫頭。」余璟輕輕發笑，起身將余歲歲抱到床上躺好，蓋上被子。

聽到她舒服地抱著枕頭發出一聲喟嘆，余璟放下了心，去廚房準備早餐。

他一醒來，關於昨晚的一切記憶就全部回到了腦海中。

雖然得罪了潘將軍府是一件很糟糕的事情，但余璟一點也不焦急。

反正事情已經發生，他們敢算計自己，就得承受算計不成功的代價。

余璟分析著，現今的形勢，不管是出於自保，還是出於人品，幾名皇子中，陳煜都會是他最好、也是唯一的選擇。

希望這個孩子，不要讓他失望。

陳煜當然沒有讓余璟失望。

清明一過，陳煜年抵十四，按大雲朝舊例，男子十四歲就是可以入仕的最低年齡，而皇子十四歲便也可開始參與國事。

因他近來有很不錯的表現，也或許是為了補償他之前生死一線，皇帝竟破例讓他自己選擇一個官署加入，然後逐步地熟悉朝政。

所有人都以為，陳煜會選中書省，抑或是吏部和兵部。

就連皇后和衢國公府都力勸他在這三個地方選一個，這樣未來能積累的政治資本是無比誘人的。

但誰也沒想到，陳煜最終的選擇會是——大理寺！

朝中文武都覺得七皇子的腦子可能是被門擠了，抑或是被驢給踢了。

大理寺，堂堂朝廷最高司法檢察機構，負責的都是天下的重案、要案，動不動就是要牽扯各個世家大族、朝廷勛貴，甚至皇室宗親的。

誰不知道，在大理寺幹活，那就是得罪人的啊！

尤其當今大理寺卿裴涇是個鐵面無情之人，一旦揪住誰的錯處就像咬住人的瘋狗一般，不把人撕吃了也會扒塊肉下來。

但凡陳煜想要爭一爭那個位置，就不應該選擇這樣一個既不能積累人脈，又不能大斂財富的地方。

所以，他這不是犯蠢，是什麼？

皇帝可能也覺得自己的兒子想法有些異於常人，但這反而又體現了他的品格。

剛好前一位大理寺少卿離任，這位少卿多年來在裴涇的帶領下大殺四方，如今升官去了富庶大州做刺史，回來恐怕就是當宰相的苗子，於是皇帝大手一揮，直接把陳煜安排去做了大理寺少卿。

忠勇武館。

「還沒恭喜殿下入職大理寺。」余璟在家中擺設宴席。

最近不知怎麼了，陳煜往武館來的次數越來越勤，一留就留很久的時間。

余璟估算著，或許是因為陳煜曾經見過自己在刑部侍郎方家查過案子，如今有意來討教的。於是他也時刻準備著，隨時對陳煜傾囊相授。

「多謝師父。這幾年多虧了師父，才有今天的我。」陳煜舉起酒杯，態度很恭謹。

「殿下既然拿我當師父，便不要再說這些話了。」余璟道。

「師父說得是。」陳煜點點頭。緊接著，他又想到什麼。「今日是師父休沐，怎麼不見余姑娘？」

余璟隨口道：「喔，她馬上到。聽說要宴請殿下，她早便答應要來了。許是今日有雨，略耽擱了。」

陳煜聽罷，臉上的表情突然變得有些奇怪，好像在想什麼，又好像沒想什麼，看得余環莫名其妙。

「煩勞余姑娘冒雨前來赴宴，實在太辛苦了。」陳煜道。

余環趕緊擺擺手。

不辛苦！歲歲聽說今天中午的宴席是他來掌廚，答應得那叫一個迅速！也不知道侯府成日裡都讓她吃些什麼，歲歲說饞他的手藝可饞了好久。

正說著，門口傳來了動靜。

桌前的余環、陳煜和齊越三人齊齊轉頭，便見余歲歲一身淡青綠色衣裙，正收起手中的素錦油傘，瀝水後放到牆角，然後踏進門來。

因為余歲歲在鄉下時營養不良，如今十二歲才開始長個子，幾天不見，余環就覺得女兒好像又抽高不少。

如今這一身衣裙，襯著她越來越長開的容貌和苗條的身材，往那兒一站活脫脫就是個小美女。

余環自顧自地得意著自家女兒要才有才、要貌有貌，完全沒注意到旁邊某人的眼神從余歲歲進來後，就有些藏不住了。

「爹爹、殿下、小師弟。」余歲歲禮貌地問候了一圈，然後入座。

說是宴請，可更像家宴。

余歲歲和余璟認識了陳煜兩年，關係自是非旁人可比，便說是家人也不為過，因此說起話來，便也沒了許多顧忌。

「殿下，你為什麼想要去大理寺呀？」吃著吃著，余歲歲問起了自己最近的困惑。

陳煜剛挾了一口菜放在碗裡，聽見她說話，立刻就把筷子給放下了。

「大理寺主審刑案，除了京城及朝中的大案、要案之外，還存檔了地方各州縣定期呈上來的各類案子的案卷。如果細心翻閱這些案卷，對這些地方的吏治、民生如何，就基本能有個大概的認知了。當初在方府之事後，我便對審案、查案有了興趣，再加上大理寺卿裴大人雖然性情激烈、鐵面無私，但行事果決、眼光敏銳，這也是我有所不足的地方。因此，對我來說，到大理寺去，反而是個很好的機會。」

余歲歲和余璟都不由得贊同，陳煜這想法，可謂是很全面和成熟了。

雖然吏部、兵部帶來的政治資源很重要，但大理寺帶給陳煜的這些經歷同樣是不容小覷的。

更何況，當今皇帝正值盛年，太子、五皇子和之前的三皇子都不敢明目張膽地擴張勢力，也就只敢在一些不起眼的位置上安插人手。

本就有限的資源，又早早被他們瓜分掉，如果陳煜貿然捲入，不僅容易惹來皇帝的不喜，還會過早讓太子和五皇子出手打壓他。他勢單力薄，當然不會是對手。

反正太子和五皇子總是要互鬥的，陳煜此時什麼都不做，更好過去做些什麼。

「原來是這樣。」余歲歲點頭。

陳煜真是越來越成熟了，像他們這種長在人精堆裡的人，成熟得總會特別快。再看她自己，反倒是致力於永保童真，仗著返老還童就更加不想長大。現在再看陳煜，居然再無法拿他當弟弟看待，真是令人欣慰又惆悵。

余歲歲想了一堆，回過神來見陳煜坐著不動，便道：「殿下別愣著，快吃呀！」

這般正襟危坐的，還以為她在面試他呢！

陳煜這才點了下頭，拿起筷子吃了起來。

他也不知道自己最近是怎麼了，總想到武館來，每次一進門，兩隻眼睛就自動尋找著余歲歲的身影，找不到就悵然若失，找到了便會暗暗高興。

而當余歲歲跟他說話時，他也會不自覺地端正身體，認真起來。這種感覺，比他讀書、練武時，好像都還要用心。

就好像余歲歲是一個他從不瞭解，卻十分有興趣的全新的知識領域，讓他這好學之人不由自主地想要用心學習，而余歲歲的任何一點回應，都好像代表了他的進步，讓他高興不已。

真奇怪。陳煜暗想。余姑娘怎麼會是知識呢？

因著下雨，余歲歲離開武館時，晚桃帶著侯府的馬車前來接她。

正臨近傍晚，天空陰雨濛濛，馬車在街上走得很慢。
余歲歲覺得熱，便掀開車窗簾，探出腦袋，想要透透風。
馬車恰巧行至京城主街之上，道旁是京城最豪華的茶館，不少錦衣華服的客人進進出出，十分熱鬧。
余歲歲隨意一瞟，立刻就是一愣。
她居然在茶館門口，看到了蒙著面紗的余清清，還有她身邊的丫頭！
兩人正從茶館裡走出來，手裡還抱著一把琴，似是極為珍視。
「晚桃、晚桃！」余歲歲趕忙叫晚桃。「妳看那是不是四妹妹？」
晚桃湊過去看，也是一驚。「正是四姑娘啊！」
余歲歲越發狐疑了。
這段日子余清清一直說自己身體不適，沒到書閣讀書，可身體不適的人會跑到茶館裡來嗎？來也就算了，抱把琴做什麼？
正想不通時，茶館裡又走出個余歲歲熟悉的面孔——五皇子！
他怎麼也在這裡？
之前余璟對她說過，好像侯府余二老爺最近與五皇子派系的人走得頗近。
要知道，侯府可是支持太子的，二老爺此舉，無疑是違背了余老夫人和盧陽侯。
不過，余歲歲倒是能猜出些原因。

因為盧陽侯一直沒能拚出個兒子，二老爺便把心思動到了過繼嗣子上，可盧陽侯和余老夫人都不答應。

余釗只是廢了，又不是死了，過繼姪子算是怎麼回事？

二老爺許是多年來一直被盧陽侯壓制著，眼看富貴無望，便生出了逆反，開始頻繁接觸五皇子了。

因著這個，余歲歲立刻就覺得，余清清應該是來和五皇子見面的。

「晚桃，最近府裡有發生什麼事情嗎？」她問道。

晚桃想了想。「好像沒有吧。只有前些日子，夫人帶著幾位姑娘去赴宴，姑娘說要在家畫畫，便稱病沒去。後來奴婢聽院子裡的丫頭們議論，宴會上眾家小姐比試才藝，大姑娘一曲驚四座，四姑娘寫的書法也得了稱讚，老夫人很高興呢！」

余歲歲腦子裡靈光一閃。

原著裡，余宛宛不就是在某個宴會上展示了一首曲子，讓在場的各路男配一曲傾心的嘛，其中也包括了太子和五皇子啊！

她當即懊惱地一拍大腿，早知道那場宴會有瓜吃，她就應該一起去才對，真是可惜了。

再看眼前余清清詭異的行蹤，余歲歲就覺得一定有古怪！

一回府，她立刻就給余璟寫了信，讓晚桃替她送去，請余璟幫忙查查這些事情。

余璟曾在金吾衛任職，又在市井開設武館，因為在現代的職業病，他倒是積累了不少京城中的資訊來源。

果然，余璟一天後就回了信。

琴是五皇子的人購買的，送給了余清清。

而余清清這段時間，一直暗中與五皇子會面。

余歲歲這下驚呆了。

因著雲朝的姑娘十五就要及笄嫁人，因此十一、二歲的年紀春心萌動也不是什麼稀奇事。可余歲歲萬萬沒想到，余清清居然對五皇子動了心？

先不說五皇子在原著裡是喜歡余宛宛的，就說現實面，五皇子已經娶了出身高門的五皇子妃，余清清難道是要去給人家當妾不成？

侯府二房雖說出身不高，可余清清的性子，不該是這樣的啊！

再說了，余清清不是喜歡書法嗎？喜歡琴的該是余宛宛才對呀！

她越想越覺得不對，一揚聲，叫來了晚桃。

「晚桃，妳和木棉最近要盯緊了大姊姊和四妹妹的動靜，尤其是四妹妹。」木棉是余歲歲和晚桃新培養的親信，是個很機靈的丫頭。「有任何風吹草動，都要趕緊告訴我。」

「是！」晚桃應下。

整個三月，老天都在不停地下著淅淅瀝瀝的雨，空氣中陰潮潮的，極為不舒服。

中書省官署裡，中書侍郎馮大人匆匆而來，從下屬的手中接過一個包裹。

「這是什麼？」他有些不解。

下屬道：「回閣老，這是簡州知府加急送來的，但沒說是什麼。卑職核對過了，是簡州知府衙門的官印。」

馮大人一頭霧水地拆開，只見包裹一打開，掉出一張奏表和一塊摺起來的布塊。

他下意識去撿那布塊，布帛一下子散開，白色布疋上密密麻麻的血字，頓時衝擊著他的眼睛。

「閣老，這！」下屬也嚇壞了。

馮大人連忙再去看那奏表，一目十行掃完後，臉色頓時灰敗一片。「出事了！」

話音剛落，一個內侍飛奔而來。

「馮閣老，陛下急召，請您立刻入宮！」

馮大人下意識問了一句。「陛下還召見了誰？」

「太子殿下、七皇子殿下和大理寺卿裴大人！」

馮大人當即不敢拖延，抓緊手中的東西，就匆匆進了宮。

走進大殿時，只見皇帝臉色沈鬱地坐在龍椅上，一言不發。

上。

太子、七皇子和大理寺卿裴涇都在一旁站著，見他來，三人的目光都投向了馮大人的身

馮大人略定了定神，感覺手裡的東西都有些燙手了。

「馮卿，你拿的什麼？」皇帝出言相問。

馮大人上前一步。「是簡州知府上呈的奏表，和一封血書。」

皇帝讓內侍將奏表和血書拿來，待他看完，目光裡閃動著一些悲憫，但也沒有說什麼。

倒是裴涇站了出來。「陛下，看樣子消息屬實了。」

皇帝點了點頭。

馮大人很驚訝。「裴寺卿竟然早知簡州之事？」

裴涇搖了搖頭。「也沒有多早，比馮閣老早了半天罷了。」

皇帝嘆了口氣。「裴卿，你將事情與太子和馮卿都說說吧。」

馮大人這才知道，原來太子和他也是前後腳來的。

「是。」裴涇應道。「馮閣老還記得，兩年前簡州溧陽縣撤縣改制一事吧？」

馮大人點頭。「我記得。當時的理由是溧陽縣轄地極小，戶籍在冊不過兩、三千人，當時正值朝中精簡吏治，清理冗餘官員、節省官奉開支之際，因此便有人請奏將溧陽撤縣，由附近最大的豐和縣統管。」

「是啊。」裴涇道：「而且後來溧陽縣發現了一處鐵礦，需要更大的人力、財力開採，

溧陽縣肯定是出不起的，併入豐和縣後，開採也更加方便，故而當時朝中無人反對，聖旨下達，立刻執行。」

馮大人點點頭，餘光落在旁邊的太子身上。

他記得，當時皇帝將精簡吏治的事交給了太子，太子確實完成得十分出色，在朝中也獲得了極高的讚譽和美名。

而溧陽縣，就在太子提交需要改制的第一批名單裡，難怪皇帝也將他召了來。

「因著溧陽的鐵礦開採量較小，僅用一年不到便完成了開採，之後鐵礦便封住了。」裴涇道。「然而就在昨日，下官接到了簡州的一封匿名信，說是在半年前，溧陽的又一處山中再次發現礦產，而且是難得一見的金礦！可溧陽無人上報，金礦更是落入了一幫山匪的手裡。」

馮大人點了點頭，這件事，他也是剛剛在簡州知府的奏表裡看見了。

「其實，早在鐵礦開採過後，溧陽就變成了一個無人管理的地方。溧陽地處山區，四面皆有山巒，進出多有不易。豐和縣又轄地極廣，官吏人數卻有限，本就不可能將每一寸轄地都管理到，更別提溧陽了。」裴涇繼續道。「撤縣後，溧陽沒有朝廷命官，只能依靠宗族、村賢自行管理。這些人雖然在當地威望很高，但利益、血緣的勾連同樣很深。由此，不同宗族、姓氏之間常有械鬥，村民無處伸冤，便只能忍受。

「這一回的金礦，據說剛好在兩個村子的交界之處。因為沒有人上報官府，兩個村子都想將金礦占為己有，聽說其中一方似乎和山匪有勾結，因此又導致了山匪屠殺另一村村民的血案。而後山匪還擄來了其他村的村民，欺壓他們為其開採金礦。沒有好工具，就只能徒手挖，半年中，無數人命均填在了那一方金礦之中！」裴涇頓了頓，語氣沈重地道：「月前，簡州大雨，溧陽多處出現滑坡，很多村莊被淹沒。百姓生計艱難，終於民怨四起，數百村民衝入豐和縣縣衙，殺死了縣官。簡州府兵鎮壓暴亂，可村民們卻聯手呈上了陳情血書。簡州知府不敢自行主張，只得奏表中書，陳明真情。」

裴涇的聲音沙啞而悲切，聽得馮大人都忍不住怒氣難抑。

在政清人和的朝代裡，願意做實事的官員總是占多數的，馮大人和裴涇都不例外。他們都懷揣著士大夫兼濟天下的那份情懷，因此聽到這樣的事情，都不禁深深共情。

可總有些人，不是那麼想的。

太子從聽到撤縣改制的時候，臉色就不太好，如今見裴涇一副痛徹心腑的樣子，更覺得他是在故意演戲，博取皇帝的同情。

「裴大人，我能問問，這封匿名信是何人所寫嗎？撤縣改制乃父皇和吏部精簡吏治中的一項舉措，在全國各州縣均有施行。溧陽民風刁鑽慓悍，不服朝廷管教，居然敢公然襲殺朝廷命官，實則罪該萬死！此人將溧陽一個孤例推到撤縣改制的舉措之上，而簡州知府為了逃避責任也不處置，實在是其心可誅！」

太子這話一落，皇帝的臉色立時就是一黑，裴涇的表情露出諷刺，而馮大人的眼睛倏地就是一閉。

都這個時候了，還在推卸自己的責任。如此著急地為別人定罪，其實就是心虛自己的過錯啊！

如果可以，馮大人恨不得抓住太子的肩膀使勁地搖晃，問問他——

腦子呢？腦子呢？腦子呢？

全程沒有開口的皇帝此時掩去了所有的神色，沒有發表任何的看法，反而看向了陳煜。

「煜兒，你有什麼想法？」

陳煜走出幾步，站到中間，拱手回道：「回父皇，兒臣昨日便與裴大人一起看到了這封匿名信，當時兒臣確實將信將疑，而今日中書省卻收到了簡州知府的奏報，兒臣未看奏報，不知是否與匿名信對得上？」

皇帝看了看手上的奏報，道：「奏報只報請了豐和縣縣令被殺，知府查案時從村民口中聽說了金礦一事，並得到了村民的血書。至於裴卿說的，都是信中的推斷。」

陳煜點點頭。「是。那依兒臣看，不管匿名信是誰寫的，所述是否屬實，但簡州出現了暴亂必是事實，簡州知府無法處置也是事實。既然如此，偏聽偏信皆不可取，事實如何，需得去實地看一看、調查一番，方能知真情。如果是匿名信誇大其詞，簡州知府也不作為，那便按律查辦；倘若真如匿名信所言，那便要立刻處置山匪，赦免暴亂村民並加以訓導，再即刻開展滑坡後的救災事宜，安撫民眾，以平民怨。」

皇帝不禁點了點頭。

馮大人在一旁，心中也暗暗稱讚。沒想到七皇子年紀雖小，還是初入朝堂，想法便如此穩重成熟。

陳煜還沒說完，接著道：「父皇，兒臣還有一個想法。」

皇帝心下欣慰。「你說。」

「兒臣以為，我雲朝地大物博，山川縱橫，這大好河山自是多彩美麗，可對於地方州、郡、縣的官吏來說，如何管理、如何讓治下百姓皆被於王化，反而是一件難事。」陳煜道。「精簡吏治當然是好事，能讓政事清晰、政令通達，但事有從權，有些能簡，有些確實不能簡的。」

陳煜剛說完，太子就不樂意了。「七弟這是什麼意思？難不成你覺得精簡吏治還精簡錯了？」

陳煜轉頭面向他。「皇兄，我的意思只是，每個地方的情況都不同，我們也不可能對每個地方都瞭若指掌。據我所知，當年撤縣改制的標準是人口不過五千、地域不過五十畝，但並未考慮其他條件，難免不會出現像溧陽這樣地處山中、難見縣官的情況。」說著，他又轉向皇帝。「兒臣想，父皇可以選派得力大臣任黜置使前往各地巡察，詢問更瞭解當地情況的官員，查看是否存在這般問題？沒有自是再好不過，若是有……」陳煜一撩衣袍，跪了下來。「父皇，錯了不可怕，聖人千慮，也難免一失，怕只怕錯了卻得不到改正，那樣長此以往，才是有損民心啊！」說完，陳煜俯首於地，重重叩拜。
整個大殿，異常寂靜。
好一會兒後，皇帝猛地一拍桌子，大聲道：「好！好！好！說得好！」
眾人抬頭，只見皇帝滿臉都是讚許之色。
「煜兒不過跟著裴卿歷練半月，便如此直言敢諫，朕心甚慰！快起來。」皇帝看著陳煜，柔聲道。「你說得對，出錯不可怕，錯了就得改。馮卿啊，你按七皇子所言，速速與吏部擬好一份人選，朕要讓他們去給朕好好挑一次錯！至於溧陽之事……裴卿，朕將此事交予你，你親自去，務必要把此事查個水落石出！」
「是！」馮大人和裴涇一齊應道，臉上均是激動不已。
尤其是裴涇，看向陳煜的目光越發晶亮。
起初他還不滿皇帝把七皇子塞給他，這些日子以來見陳煜處事妥當，更沒有什麼嬌貴脾氣，已經有所改觀。剛剛陳煜那些話從沒對他說過，但卻敢對皇上說，裴涇頗有一種找到知己的感覺。
太子臉色黑沈，盯著陳煜的後背。
真可笑，這麼大的一個勁敵，他居然到此時此刻才發現！

第十二章

第二日早朝，皇帝將簡州一事和陳煜的進言在金殿上宣佈，滿朝文武皆是譁然一片。不出半天，皇帝虛心改錯、七皇子仁義直諫的消息，就如雪片一樣地飛滿了全京城。

聽說茶樓裡的說書先生都激動地冒著大不韙的險，說了這事好幾天。

三天後，裴涇的奏報傳回京城，溧陽之事與匿名信上所言幾乎沒有出入，簡州當地確實吏治混亂，溧陽受難又受災的慘狀，實是令人痛心。

皇帝即刻下旨，以救災、剿匪為重，等之後再行對簡州的官員審理查辦。

因為溧陽此事鬧大，京中輿論也是沸沸揚揚，許多人聽到溧陽百姓的艱難，都不禁潸然淚下。

長公主此時站出來，想以公主府的名義舉辦一場募捐的宴席，讓京中世家捐出些衣物、善款，以撫慰溧陽的受災百姓。

兩日後，余歲歲坐上余家的馬車，前往公主府赴宴。

「二姊姊，妳可想好要捐什麼東西？」余靈靈湊近余歲歲問道。

「只是一些衣物。」余歲歲說道。

不是她不肯多捐錢財，實在是怕捐了的錢財送不到災民的手裡，反而被一些人中飽私囊。

雖然她信得過裴涇，但誰知道其他人是什麼樣？

余璟說，他已經問過七皇子，組織了武館中的幾個壯年，過段時間便會往溧陽送一批衣物、藥材和金錢，余歲歲把自己能捐的錢都給了余璟，所以長公主這邊就只能意思意思了。

旁邊的余欣欣四處看了看，低聲哼道：「我瞧著，這也不像是來捐東西的，倒像尋個名目辦宴席罷了。」

今日宴會，太子、五皇子、七皇子還有一堆皇親國戚、世家勛爵都紛紛到場，如今個個忙於交際應酬，捐款反而成了微不足道的陪襯。

余歲歲不禁笑了笑，余欣欣這次的陰陽怪氣還真是陰陽到了點子上。

「大姊姊、四姊姊，妳們想捐什麼呀？」余靈靈像個好奇寶寶，又湊去問余宛宛和余清清。

「只是一些衣物和財帛，算不得什麼。」余宛宛回她。

可余清清卻是神遊物外，不知道在想什麼，完全沒聽見余靈靈的話。

余歲歲見她這個樣子，心下就覺得不好。

據晚桃和木棉二人這兩日的觀察，一向和余宛宛好得跟親姊妹一般的余清清，突然不怎麼搭理余宛宛了，甚至有時看到余宛宛就走開，或是臉色難看。

余歲歲推測，余清清這是戀愛腦上頭了。

余清清沒能抵禦住五皇子的誘惑，但又發現了五皇子喜歡余宛宛，因此心生嫉妒這才疏遠了余宛宛。

五皇子可真行，這招真夠狠的！余歲歲暗罵道。

又坐了一會兒，余靈靈坐不住了，想要去花園裡逛逛。

余欣欣拗不過她，只得帶她去。

余宛宛也想叫余清清和余歲歲一起去，可余清清拒絕了她。余歲歲要盯著余清清，也只能說不去。

沒辦法，余宛宛便和余欣欣她們一起離開了。

見余宛宛離開，余清清也站了起來，卻是朝花園的另一個方向而去，明顯就是故意要躲開余宛宛。

余歲歲暗暗吐槽她的少女心思，無奈地也跟了上去。

「二姊姊，妳總跟著我幹麼？」余清清莫名其妙地看著跟過來的余歲歲。

「四妹妹，妳家住海邊啊？管這麼寬。長公主府的路又不是妳的，我想走哪條就走哪條啊！」

「妳！」余清清被她堵得沒話說，只能由著她。

走了一會兒，余歲歲好似滿心愜意地賞花看景，倒是余清清心事重重，最先憋不住了。

「二姊姊，我問妳件事。」

余歲歲總算等到了，趕緊道：「嗯，妳說。」

余清清斟酌了一下用詞。「妳……就沒恨過大姊姊嗎？」

余歲歲笑著看向她。「四妹妹能告訴我，我為什麼要恨大姊姊嗎？」

「因為她搶了妳的身分，占了妳的位置，還……分走了大伯父和祖母的寵愛啊！」余清清道。

余歲歲一挑眉，卻沒有正面回答，反而反問道：「妳既然明白這個道理，那為什麼在我剛回府的時候，妳卻對我很不友好呢？」

余清清的臉色一僵，心虛了。

「我、我那是因為……不熟悉妳嘛！妳那時候辱罵大姊姊，還把她推進了水裡，我當然不喜歡妳。」

這確實是原身做過的事。余歲歲點點頭，示意她繼續說下去。

「後來……後來……」余清清也知道自己狡辯不了，便一跺腳，道：「反正那個時候我就是覺得我和大姊姊更親，從小到大我都把她當成我的姊姊，所以才……總之，我現在知道妳、妳也是個好人，我不會再對妳那樣了。」

余歲歲笑了一聲，覺得余清清現在手足無措的樣子特別可愛。

她比余清清高一頭，說話時必須伏低身子，她在余清清的耳邊笑說道：「四妹妹，妳知道嗎？其實我也不喜歡妳。」

余清清臉色一白。

余歲歲隨即直起身子，下巴微揚。「不光是妳，大姊姊、三妹妹我都不喜歡，因為我們不是一類人。如果不是血緣和抱錯，我不會認得妳們，更不會和妳們做朋友。四妹妹，每個人都有不喜歡別人的權利，但不喜歡，不等於恨，更不等於要去傷害那個人。我推大姊姊落水，我也跟著掉了進去，差點兒沒了小命，所以我突然就明白了這個道理，害人之人終會害到自己。」余歲歲意有所指。「我雖然不喜歡妳們，但我依然把妳們都看作我的姊妹，當然這也是無法改變的事實。我們同出一姓，一榮俱榮，一損俱損。」余歲歲看向余清清的眼底深處。「可妳好像跟我也不太一樣，妳在明知道大姊姊身分的時候，依然願意和她做朋友、做姊妹，妳很講義氣，而大姊姊更是沒有任何一個地方故意對不起妳。

「雖然我不知道妳為什麼要故意躲著她，但我覺得，妳們曾經彼此付出過情誼，可以把話說清楚些，好聚好散。對於不喜歡的人，就忽視她、遠離她，不讓她再激起妳的任何情緒。妳的一輩子不是只會遇見她一個人，所以不必在一個人的身上過於糾結。」

余清清聽著，陷入沈思。良久，她問道：「所以，妳不恨大姊姊？」

余歲歲一笑，篤定地點頭。「是，我不恨！」

余清清神色間好像被她鎮住了，若有所思地點著頭，緩緩朝來路走回去。

余歲歲看著小姑娘略顯頹然的背影，感慨不已。「唉，青春啊！」

身後，一聲嗤笑傳來，余歲歲受驚回頭。

「明公子？你偷聽我們說話？」

看著身後的明昀彥，余歲歲心裡不禁一堵，揚聲質問。

「沒想到，小師妹真是個通透聰慧的人，不愧是余師父的女兒。」明昀彥手裡拿著一把摺扇，端的那叫一個風流倜儻。

余歲歲翻了個白眼。「你沒想到的事情多了，自己在這兒慢慢想吧！」

說完，轉身大步走開，也不管明昀彥在後面作何感想。

走著走著，在一個拐角處，余歲歲「砰」地一下就撞上了一堵肉牆。

「哎呀！」她捂住鼻子，氣惱地抬頭，對上一雙燦如星辰的眼眸。

「余姑娘？」陳煜的語氣難掩驚喜。

「殿下？」余歲歲也很驚訝，當下也忘了疼了。「你怎麼在這兒？」

陳煜苦笑一記。「太子和五皇兄在和幾位皇叔喝酒，我酒量不太好，就先離開了。」

余歲歲了然。

恐怕不是酒量的問題，沒準兒是被太子刺了幾句，又不喜與他們過多應酬，這才走了的吧？

「余姑娘呢？怎麼不在席上用飯？」陳煜道。

「喔，剛剛幾個姊妹約著來花園賞花，我也來湊個熱鬧，就是……好像走錯路了。」余歲歲隨便想了個理由搪塞。

陳煜聽罷，想了想道：「我知道姑母府上有一處花圃，植有許多珍奇之花，比這花園裡的要好看罕見，余姑娘想看一看嗎？」

余歲歲眼睛一亮。

她已經勸了余清清，得讓她自己一個人好好想想，她應該能趁這會兒去偷個懶吧？

「好呀好呀！我想看，殿下帶路吧！」

陳煜神色一頓，感覺自己心跳如鼓，有些慌張地道：「我……我就不去了，我還有……其他事情。」說著，他叫住兩個恰好經過的侍女，吩咐道：「妳，帶余二姑娘去玉芳閨；妳去告知盧陽侯夫人一聲，就說余二姑娘去了後院的花圃，一會兒再回。」

安排完，他朝余歲歲告辭一聲，便腳步有些凌亂的走了。

余歲歲站在原地哭笑不得。

陳煜應是為了避孤男寡女的嫌才如此安排，也怪自己完全沒想到這一點。可他跑得未免也太快了吧？難不成她會吃人嗎？

余歲歲想著陳煜的表現，一路帶笑，跟著侍女來到了陳煜說的那個花圃。

果然，花圃裡群芳爭豔，不少花余歲歲都叫不出名字，但就是覺得太好看了！

真可惜現在沒有手機，不然也能把這些照下來。

她在花圃裡流連忘返、目不暇給的，完全忘記了時辰。

不知道過了多久，一陣慌慌張張的腳步聲傳來，伴隨著急切的呼喊——

「姑娘、姑娘！」

余歲歲回頭，是晚桃。

「姑娘！四小姐求您去救命啊！」

余歲歲跟著晚桃找到余清清時，只見她整個人都處於一種近乎崩潰的邊緣。在看到余歲歲的那一瞬間，余清清直接就撲了上來。

「二姊姊！去救救大姊姊！快去救救她吧！」說著，就哭了起來。

余歲歲趕緊扶住她。「怎麼回事？妳冷靜一下，慢慢說。」

余清清哪裡冷靜得了？一邊哭、一邊語無倫次地說著些顛三倒四的話，還不停地說著是她不對。

費勁地聽了好半天，余歲歲才聽出個大概來。

原來余清清和余歲歲分開後，並沒有回去，而是找了一個僻靜的地方自己一個人坐著，腦海裡回想著余歲歲對她說過的話。

可坐著坐著，余清清突然瞧見兩個鬼鬼祟祟的丫鬟，好像架著個什麼人往偏房而去。因為中間隔著幾排矮樹，余清清沒看清楚，只覺得那兩個丫鬟有些眼熟。

後來因為撞見了外男，余清清只好離開那個地方，回到了宴席。

卻沒想到一回去，余靈靈就問她，怎麼沒和余宛宛在一起？

余清清不是傻子，當即便仔細詢問了經過。

原來余宛宛回到宴席後不久，就有人來叫走了她，說是余清清想和她單獨談談。

余宛宛正為了這些日子和余清清的關係而黯然神傷，當即也沒覺得哪裡不對，就跟著去了。

余欣欣和余靈靈誰也沒發現有問題，只是奇怪余清清沒和余宛宛一起回來。

余清清再問仔細一些，才知余宛宛回來後曾喝過一次婢女端上來的果酒。

這下余清清才真的慌了，她也方想起來，那兩個覺得面熟的丫鬟，正是太子的人！

因著上次宴會余宛宛一曲驚人，太子沒少派這兩個丫鬟來侯府送禮，久而久之，余清清都認得她們了。

將自己見到的和聽到的一聯想，余宛宛將會遭遇什麼可想而知。

余清清本就因為余歲歲的那番話在反思自己，又撞上這樣的事情，滿心愧疚與懊惱都快把她淹沒了，因此才六神無主地求晚桃找來余歲歲。

余歲歲聽明白了大概後，心裡有了計較。

「晚桃，妳先回宴席去，看看大姊姊在不在。」

晚桃聽命離開。

余歲歲看著眼前涕淚橫流的余清清，心裡也難免起了幾分憐憫。

才幾歲的小女孩，生性講義氣，情竇初開卻因為心上人喜歡了自己的姊姊，所以心中既嫉妒又糾結。
可這份嫉妒談不上惡毒，甚至都還沒來得及成型，就遇上了這種事，恐怕以後都要嚇出心理陰影來了。
「好了，清清，別哭了。」余歲歲勸道。「妳在哪兒看見那兩個人的？知不知道她們往哪裡去了？妳如果不冷靜下來，我們怎麼去救大姊姊？」
余清清還是嚇得渾身發抖。
余歲歲無奈道：「妳只是看到了那一眼，也許是妳看錯了，也許她們只是扶著喝醉了的人……總之，妳帶我去看看，咱們確定了不是大姊姊，也不是她們要害什麼別的姑娘，不就皆大歡喜了嗎？」
余清清這才一點點地緩了過來，點點頭，按著記憶找起了路。
不一會兒，兩人來到了一個偏僻的院子，裡面隱隱傳來說話的聲音。
「二姊姊，我看到她們進去了。」余清清道。
余歲歲朝她做了個「噓」的手勢，示意她悄聲，隨後壓低聲音道：「從現在起，妳必須聽我的，知道嗎？」
余清清小雞啄米似的點頭。
兩人這才放輕腳步，慢慢潛入院中。
這院子著實偏僻荒涼，看樣子常年無人打理，地上荒草叢生，還有上一個秋天的落葉，幾近腐爛。

院子裡只有一間屋子，此時屋門緊閉，兩個看著約莫二十歲的丫頭坐在門口，看起來就五大三粗的，似乎是在守門。

余歲歲從余清清的眼神確認了，她們就是太子手下的那兩個丫鬟。

見這個情景，余歲歲心裡也是一咯噔。

如果太子真的帶走余宛宛，還到這麼一個地方來，想幹什麼簡直昭然若揭。

可太子已過弱冠之年，余宛宛也才滿十二歲啊，真是禽獸！

「怎麼還不來？」門口年紀大一些的丫鬟突然探身嘟囔了一句。

余歲歲嚇得一把拉著余清清趴了下來。

不過這一句，也讓余歲歲放下了一點心。

起碼，那恐怖的事情還沒有發生。

另一個年紀小一些的丫鬟也有些心焦。「主子說好的是這個時辰啊！」

「應該快來了吧？不然再拖下去，可就要糟了。」先開口的大丫鬟自我安慰道。

另一個丫鬟這時看向大丫鬟。「我說妳剛剛真是膽大，居然敢冒充公主府的侍婢給余大小姐上酒，就不怕被人記住了臉嗎？」

大丫鬟神情懊惱。「還不是因為找不到余四小姐！主子在公主府又沒有安插人手，我不去誰去？妳去啊？只盼望這次主子的計劃能成功，不然咱們兩個都得遭殃！」

余歲歲倏地轉頭望向身旁的余清清，只見她一臉茫然，拚命地擺手，顯然也不知道為什麼會被這兩個人提起。

余歲歲也覺得奇怪。

太子想要強占余宛宛，與余清清有何關係？余清清不是被五皇子給迷得五迷三道嗎？

太子讓她給余宛宛喝有問題的酒，余清清怎麼可能聽他的？

更奇怪的是，太子既然做好了害人的準備，怎麼本人卻遲遲未到？這種壞事可是耽擱不得的。

余宛宛是侯府的小姐，如果消失的時間太久，必然會引起關注，等其他人找來，太子的計劃不就泡湯了？

只是此時，余歲歲也來不及細想了，她得先把余宛宛救出來才行。

想著，她看向余清清。「想救大姊姊嗎？」

余清清重重地點頭。

「那就聽我的。」余歲歲湊過去對她耳語了一陣。

過了一會兒，只見余清清用貼身的手帕往臉上一蒙，裝作面紗，大搖大擺地衝進了院子中。

「本小姐就不信了，堂堂公主府，竟連個中用的下人都沒有！」

那兩個丫鬟被突然闖進來的人嚇了一跳，雙雙跳起來，擋在門前。

可余清清壓根兒沒往門前去，只是插著腰，一副跋扈小姐的樣子，指著那兩人道：「妳們這兩個賤婢，躲在這裡偷什麼懶呢？公主府居然能養出妳們這種東西，怪不得本小姐找遍了都沒見著個能出氣的！」

兩丫鬟對視一眼，暗道不好。

「不知這位小姐有何急事？奴婢一定效勞！」大丫鬟走過去一些，想要趕緊把她打發走。

余清清下巴一揚，滿眼不屑地看著她們。「本小姐迷路了，妳們快把我帶出去！再敢廢話，我扒了妳們的皮！」

余清清這囂張的模樣演得唯妙唯肖，兩個丫鬟也信了。

大丫鬟趕忙道：「小姐饒命！奴婢這就為小姐帶路。」說著，朝身後小一點的丫鬟使了個眼色，要她仔細守門。

余清清又是一怒。「本小姐看妳不順眼，讓她來帶路！」她指著還站在門邊的那個丫鬟。

大丫鬟想要拒絕。「小姐，她才來，不太認得路……」

余清清冷笑一聲。「本小姐還要妳來教我做事嗎？這死丫頭見到本小姐竟視若無物，本小姐就要她來帶路！」

兩個丫鬟簡直焦頭爛額，萬萬沒想到竟會遇見這麼個不講理的小姐。

無奈，那小一些的丫鬟只好走過去，打算換大丫鬟回去守門。

就在小丫鬟走過來的下一刻，一根木頭一下子敲在了大丫鬟的後腦，大丫鬟應聲倒了下去。

小丫鬟還未及反應，就被余清清猛地一推，腳下站立不穩，向後跌去。

下一秒，後頸處也跟著挨了一棍子。

木棍落地，露出余歲歲的笑臉來。

「二姊姊，妳不是武藝很好嗎？幹麼要偷襲啊？」眼見沒了威脅，余清清終於敢出聲問出自己的困惑。

「我又不是神仙，這兩個人比我大上一圈，我一時半刻怎可能同時制伏？要是讓她們引來了人，大姊姊怎麼解釋？」余歲歲解釋道。閒言碎語可是不講道理的，余宛宛昏迷在偏僻的屋中，就算什麼也沒發生，也夠那些人嚼很久的舌根了。「行了，趕緊進去把大姊姊帶走。」余歲歲也沒管地上的兩人。

她帶著余清清推開房門，果然看見余宛宛昏昏沈沈地被放在床上。

余歲歲咬了咬牙，將余宛宛拉起來揹到背上，由余清清扶著，溜出了小院。

「二姊姊，現在怎麼辦啊？」余清清又沒了主意。

余宛宛昏迷不醒，這該怎麼解釋？稍有不慎，名節受損，那對古代的女子來說就是天塌下來的事情了。

想了想，余歲歲道：「妳說妳之前一個人待著的地方在哪裡？帶我們去。」

余清清雖然不解，但還是照做。

余清清選的地方果然不錯，一面朝著宴會廳，一面是矮樹，視線隱隱約約，是個半隱秘、半開闊的地方。

余歲歲將余宛宛放在石凳上，晃了晃她，仍然還是人事不知。

「算了，等一會兒吧，等她醒來。」余歲歲交代道：「一會兒回去了，就說咱們三個在這兒聊天忘了時辰。」

「可……可要是大姊姊還不醒呢？」余清清擔心道。

「那就說她病了唄！突然暈倒，到時咱們喊兩聲，表現得驚恐一點點，糊弄過去就行了。」余歲歲毫不猶豫地張口就來。

余清清微張著嘴，看向余歲歲的眼光，第一次帶上了欽佩。

畢竟，能如此臨危不亂、部署妥當的，也就她余歲歲一人了！

「余二姑娘好伶俐的手段，真真是謊話連篇，我今兒個算是見識到了！」

一聲嘲諷，嚇得余歲歲兩人一個激靈。

余歲歲一回頭，白眼就翻到了天上。

女主在哪裡受難，男主就會在哪裡出現，比導航還靈！

這平王世子陳容謹，跟明昀彥還真是一對臥龍鳳雛，連說的話都這麼類似。

「世子沒見識過的事情可多了，以後多見識見識就不會如此大驚小怪了！」余歲歲也用同樣的話堵了回去。

陳容謹又是一個冷笑，看向余宛宛。「宛宛怎麼了？妳把她如何了？」

余歲歲一個眼刀飛過去，正要諷刺回去，便聽到不遠處傳來了陣陣喧鬧──

「……怎麼回事？妳說太子殿下怎麼了？」

「……偏院？淫亂……」

「……五皇子看見了……打起來了……」

聲音斷斷續續的，可余歲歲還是聽到了關鍵字。

她看向陳容謹，相信他也聽見了。「聽明白了？明白了還不快走？」

陳容謹的眼裡立刻閃過怒意，顯然是意識到有人要謀害余宛宛，當即就上前一步，伸出手。「我要帶她走！」

余歲歲一個清脆響亮的巴掌打掉陳容謹的手。

「帶走？帶哪兒去？還嫌她涼得不夠快是吧？這種時候誰消失就是閒話一樁，你腦子被驢踢啦？是害她還是救她啊！」余歲歲順帶發洩了自己的怒氣，朝陳容謹罵罵咧咧的。

陳容謹動作一頓，也知道她說的是對的，捏了捏拳頭，一甩袖離開了。

等他一走，余清清頓時慌亂地問道：「怎麼辦？怎麼辦啊二姊姊？」

余歲歲凝神細思，一個念頭驀地竄進腦海。

她一把拔出隨身帶著的那把小短劍，抓起余宛宛的手，喃喃說了一句。「對不起了余宛宛，事急從權，這可不能算我是惡毒女配傷害妳啊……」說著，手起刀落，劍尖刺入余宛宛的中指尖，一粒血珠倏地冒了出來。

十指連心。

鑽心的疼痛將余宛宛瞬間從藥物的作用下弄醒，只是神智還有些昏沈。

余歲歲也顧不得許多，用力抓住她的肩膀道：「想救自己就聽我的！」

長公主帶著一眾女眷從偏院出來，臉黑如墨。

剛剛後院突然有人來報，說太子和五皇子打了起來，眾人趕過來一看，卻見太子衣衫不整，而偏房的床上還躺著兩個衣不蔽體的丫鬟！

至於五皇子雖然看著衣冠整齊，但身上也挨了太子幾腳，怎麼看，怎麼像兩個皇子是為了爭風吃醋打起來的。

長公主都快要氣死了！

身後的夫人們也都小聲地議論著這樁精彩刺激的大戲——

「唉呀，不對啊……」一個尖臉的夫人突然一拍掌。「剛剛我怎麼好像聽那丫鬟說，說什麼……躺在這兒的本該是余大小姐？侯夫人，怎麼沒見余大小姐呀？」

皇子爭丫鬟，肯定不如皇子爭小姐招人興致，旁的夫人一聽，耳朵立刻就豎了起來。

繼夫人秦氏聞言，臉倏地一黑。「夫人仔細說話，這等骯髒事豈能讓未出閣的小姐來看？她們自是在別處。」不在這裡的又不只余宛宛一人，憑什麼逮著她不放？

可那夫人既然開了口，就是要不依不饒的。「侯夫人這話可不對了，余大小姐大半個宴席都不見人影，這可是大家都瞧見了的，誰知道她到底幹什麼去了？」

上次余宛宛一曲揚名，京中眾家夫人都認得了她，當即也是暗暗點頭。

繼夫人正恨不得撕了她的嘴時，便聽見旁邊的小花園裡，傳來兩聲爭吵。

眾家夫人趕緊加快步子，要去看熱鬧。

「大姊姊不肯教我琴曲，是不是怕我把曲子學了去，超過了妳，這才藏著掖著的？」

一個鵝黃衫的小丫頭一臉怒氣。

「四妹妹怎能血口噴人？我何時這般說過？妳得了好字不肯讓我看時，也是怕我偷學了去，字寫得比妳好嗎？」

反唇相稽的，正是剛剛眾人在找的余宛宛！

「哎呀，大姊姊、四妹妹，妳們不要吵了啦！要吵，回家再吵嘛！」

旁邊一看勸架勸得就很隨便的，不就是侯府另一個話題人物——余歲歲！

原來，這三姊妹躲在這裡吵架呢！

繼夫人一看，心裡狠狠鬆了口氣。「宛宛、歲歲、清清，妳們在做什麼？」她走過去，佯裝生氣。

三個小姑娘像做壞事突然被抓到一般，立刻全部噤了聲。

余清清眼含淚水，看著委屈極了。眾人以為是吵架吵的，殊不知是剛剛看到余宛宛清醒過來，化險為夷，才不禁紅了眼眶。

余宛宛臉蛋脹紅，她一向在外人跟前溫柔恬靜，許是吵架被發現，羞的。可實際上，她兩隻手藏在袖子裡，正抖得厲害。

只有余歲歲最輕鬆，見繼夫人過來，立刻就懂了她的意思。

「母親恕罪。其實……是四妹妹想讓大姊姊教她琴藝，大姊姊想讓四妹妹指點她書法，結果兩人鬧了點小彆扭。我想著，都是一家姊妹，互相學習、指點，不就能一起進步嘛，這才想著將她們叫來說和，誰知道……」余歲歲不著痕跡地捧了一把自己。

繼夫人繼續故意冷聲道：「自家姊妹一點雞毛蒜皮的小矛盾，怎麼鬧到了這裡來？還不快回來！」

余歲歲朝身後兩人使了個眼色。

「都是我不好，我不應該為了爭一時意氣跟大姊姊鬧彆扭。」余清清半真半假地說了真心話，眼圈更紅了。

余宛宛忙道：「也是我不好，不該和妹妹爭論。以後妹妹想學什麼，儘管來找我。」

長公主適時開口。「這才對嘛，姊妹之間，哪有什麼隔夜仇？知錯能改，善莫大焉。」

這下，所有人都開始順著長公主的話，讚揚起余家三個姊妹來。

之前挑事的那位夫人也縮著身子，再不敢吭聲了。

一場風波，終於平安地度過。

直到登上回府的馬車，五姊妹同乘，余宛宛和余清清才從驚恐害怕的餘韻中緩過神來。

「二妹妹，今天若不是妳……我就……」余宛宛說著就掉了眼淚。

「二姊姊，妳太了不起了！是妳救了我啊……」余清清也跟著流淚。

「哇——」的一聲，也不知道誰先開始的，余宛宛和余清清同時撲向了余歲歲，抱著她痛哭起來。

余歲歲閃躲不及，只能僵著身子被二人黏著，身上的雞皮疙瘩都掉了一馬車。

「別、別……哎呀……鼻涕蹭我身上了！」

余欣欣和余靈靈則是一頭霧水地看著三人，完全摸不著頭腦。

從那天起，余清清對余歲歲的態度突然就來了個一百八十度大轉彎，看見她跟看見同胞姊妹一般，彷彿比之前和余宛宛還更要好的樣子。

這一日，余清清又來找余歲歲。

「二姊姊，妳說……那天如果我沒有出去，太子是不是就會找我去害大姊姊了？」余清清的神情突然落寞起來。

余歲歲看向她，反問道：「那妳會嗎？」

余清清堅定地搖搖頭。「當然不！我那時候雖然是有些嫉妒大姊姊，可……我怎麼會用那麼惡毒的手段去害她呢？」想了想，又罵道：「這個太子，真是可惡！」

余歲歲拍了拍小姑娘的肩膀。「妳到現在還以為，是太子想害大姊姊嗎？」

余清清的臉色驀地一變。「二姊姊，妳這是什麼意思？」

「妳還記得嗎？我們打暈了那兩個丫鬟後，就把她們扔在了院子裡沒管了，可為什麼，她們之後會衣不蔽體地出現在屋裡床上？」余歲歲問道。「還有，如果太子要害大姊姊，他會不知道床上躺著的人是誰嗎？怎麼還會被眾人看到衣衫不整？如果真的是他，在看到自己的婢女躺在那裡的時候，就該知道計劃失敗，趕緊走為上策了。最後，也是最關鍵的一點——五皇子為什麼會突然出現？如果不是下人報告太子和五皇子打起來了，長公主和眾位夫人怎會前去？」

一連串的問題，把余清清直接問傻了。

余歲歲最後再一擊。「我聽祁川縣主說，那兩個丫鬟當天晚上就死了，說是羞憤自盡。而且，那天太子喝了很多酒，人根本不清醒。」

其實余歲歲還有一點沒有說出來，那就是，如果太子真想要余宛宛，不過就是對盧陽侯說句話的事而已，何必冒那麼大的險，還選在長公主募捐的宴會上下手？

那場宴會是太子為了沽名釣譽而辦的，他是瘋了才會在那個時候幹下這種事！

因此，事實的真相只有一個——

是五皇子意圖利用余清清陷害余宛宛，沒想到卻被余清清意外躲過去，而五皇子想要上演一齣「英雄救美」，陷害太子的同時，再故意讓人看到余宛宛和自己在一起，進而將余宛宛收入府中。

至於余宛宛的名聲、余清清的死活，都不重要。

他想要的，就要得到。哪怕得來的是個死物、哪怕付出其他的代價，也一定要達成目的。

余清清的臉色一點一點地白了下去。

目送著余清清離開後，余歲歲嘆了口氣。

這下子，這丫頭總該醒過來了吧？

長公主府募捐會的半個月後，裴涇從溧陽回京交旨。

溧陽的災情已基本救治妥當，匪患在朝廷正規軍的鎮壓之下更是不堪一擊。

民心趨穩，朝廷又得一金礦，可謂圓滿完成。

而接下來，就是清算簡州不作為官吏、商討溧陽未來的時候了。

隨裴涇進京的，還有一個人。

「父皇，兒臣以為，韓濟民私自入京，投遞匿名信，便是暗通朝廷大員，按律當論罪！

他明知溧陽之事，卻欺瞞州府、公然上京越訴，居心更是叵測！」金殿上，太子義憤填膺地指責著跪在大殿中間的一個中年男人。

他便是溧陽撤縣前的縣令韓濟民，也是寫匿名信的人。

在裴涇控制住了溧陽的局勢後，韓濟民便自己站出來承認了匿名投訴的事實，因此被裴涇帶回了京城。

「父皇，如果開了這個口子，將來豈不官場打亂？」太子據理力爭。

「陛下，臣也以為，雖然事出有因，但韓濟民到底有違定制，理應處罰。」朝中頑固派的老臣們也站出來附和。

「父皇，兒臣也覺得，太子皇兄所言有理。」五皇子也站出來了。

前段時間還打得不可開交的兩人，此刻卻站在了同一條陣線上。

為了各自斂財牟權的利益，為了打壓七皇子和裴涇，他們結成了暫時的同盟。

馮大人站在一旁，低眉斂首。

龍椅上，皇帝看著殿下的韓濟民，然後再一次掃視群臣。「煜兒，你怎麼看？」

陳煜跨出一步，朗聲道：「父皇，兒臣以為，韓濟民有罪。不僅有罪，還是大罪，應當重罰！」

馮大人和裴涇都驚呆了，太子和五皇子也不可置信地看過去，就連皇帝都被陳煜弄得一愣。

「你……那你說說。」皇帝有點兒懵。

「當年溧陽撤縣改制，韓濟民明知溧陽情形，卻只是具表上奏實情，而非拚死阻止，此為其罪一。

「韓濟民明知自己官卑職小，奏摺需經郡、州兩級審查才能入京，卻在奏摺被扣下之後無所作為。今次他並無官身都能冒險上京投訴，當時卻非要囿於縣令不得私離汛地的規定而不這麼做，此為其罪二。

「這次入京投訴，韓濟民深知自己所言句句屬實，卻仍藏頭露尾，只敢以匿名信上告，彷彿一旦說出姓名便會遭遇不測，分明是將朝廷置於不義之地，此為其罪三。」陳煜頓了頓，半揚起頭道：「因此，僅憑這三宗罪，就該重罰韓濟民！」

龍椅上的皇帝看著殿中自己這個小兒子，心裡莫名湧起一股澎湃之意，彷彿在他的身上，看到了當年的自己。

陳煜口口聲聲說的是韓濟民的罪，可這又何嘗不是韓濟民的無奈？又何嘗不是朝廷的悲哀啊！

「煜兒，那你說，要怎麼罰他？」

「父皇，溧陽遭此一難，亟需重設縣制，並以得力之人治理，以求休養生息、安撫百姓。韓濟民之罪，皆因溧陽而起，便要他去做溧陽縣令，戴罪立功吧。」陳煜回道。

話音落，所有人的視線，都看向了皇帝。

現在所有人都聽出來了，陳煜就是來給韓濟民求情的啊！

那麼這件事上，皇帝的態度就至關重要了。

如果皇帝復了韓濟民的官職，並讓他重任溧陽縣令，那麼就等於自個兒打臉，說自己錯了。

可如果不這樣做，韓濟民就會論罪下獄，同樣會寒了一批人的心。

皇帝看看面前的文武百官，一邊是頑固派世家虎視眈眈，彷彿他只要一答應，就要跳出來痛陳利害，拿什麼大雲律例、祖宗家法來壓他。

他又看看另一邊的御史和激進派士大夫，一個個義憤填膺的，好像只要等他說出不答應，就要一頭撞上金殿的柱子，給自己一個死諫的美名，再送皇帝一個遺臭萬年的大禮。

呵，他是被嚇大的嗎？皇帝捋捋自己的鬍鬚。

從小他的父皇就告訴他，天上地下，皇帝最大，比皇帝還大的是祖宗，比祖宗還大的是江山！

可比江山還大的是什麼？父皇並沒有告訴他。

但做了這麼多年的帝王，皇帝好像也自己悟出了些道理。

他想告訴自己的兒子，那比江山還大的，是民心。

「韓濟民，七皇子痛陳你三宗罪，你可認罪？」皇帝開口道。

韓濟民俯拜在地。「草民甘願領罪，任憑陛下責罰。」

皇帝點點頭。「那，朕就罰你回去繼續做你的溧陽縣令，三年之內不許升遷，遇大事奏摺需直遞中書。三年後，朕要看到溧陽縣政清人和。如若不然，朕就要你拿人頭來謝罪。」

韓濟民滿眼熱淚地仰起頭，然後重重叩拜於地。「是！臣，領罪。」

皇帝看見有人想要開口反駁，便先一步打斷。「之前，七皇子向朕進言，往各地派得力大員任黜置使，查察當地撤縣改制後的民情政務。這段時間朕從收到的回報中發現，不光是撤縣改制，許多州縣都因各種各樣的原因而導致政令不通，百姓有所不滿。因此朕打算，自今日起，在朝中設立專職巡察使，定期選派官員前往地方巡察，替朕體察民情。眾卿以為如何？」

這種舉措，前朝很多帝王都用過，只是都是臨時的，沒有像皇帝一樣想要設立常態化的專門官職。

但這個辦法沿用歷朝歷代，後世提起都是稱頌，因此誰也不敢站出來說不對。

馮大人率先揚聲道：「陛下聖明！」

隨即，所有人都紛紛附和。

幾天後，溧陽復縣，韓濟民上任，影響了近一月的溧陽之案終於落下了帷幕。

京城的書局裡，余崴崴的新系列畫冊《鳳鳴岐山》正式開售。

這個故事正是脫胎於韓濟民，只是與他的事蹟不太一樣，其中更是頌揚了當今皇帝。

於是，在有人有意地推廣下，《鳳鳴岐山》一夜之間就紅遍了九州四海，夕山君的名字也被世人所知曉。

當皇帝從底下的臣子口中聽到此事時，也覺得心情大好，當即就讓人賞了京城書局兩箱奇珍異寶，要他們親手交給那位「夕山君」。

而余歲歲是如何抱著兩個箱子樂開了花，皇帝自然是不知道的了。

一晃眼，又是一年一度的端午佳節。

因著解決了溧陽的案子，又被民間百姓大肆讚揚了一番，皇帝可是高興得不得了。他聽聞祁川縣主組建的女子馬球隊訓練頗有成效，一時興起，大手一揮，竟答應了祁川於端午在暢風苑進行女子馬球比賽的要求。

這個聖旨一出，又是滿朝譁然。

女子打馬球，聞所未聞。起先那幾個小姑娘自娛自樂也就罷了，如今聖旨都下了，那不就是縱容這樣的現象嗎？

很多大臣都覺得不成體統，難以接受。

皇帝也覺得自己高興過頭，草率了。可聖旨已下，金口已開，他實在不能打臉收回，只得硬著頭皮告誡祁川，不可玩得太過火。

於是，端午這日，大雲朝歷史上，乃至從古至今歷史上的第一場女子馬球比賽，正式拉開序幕。

祁川縣主、余歲歲、衢國公府小姐明琦等人組成一隊，對陣的是由潘家眾位小姐和她們的好友組成的隊伍。

兩方紛紛坐於馬上，一方穿紅衣，一方穿黑衣，立於球場兩邊，彼此對視。場邊，很多人的眼睛都目不轉睛地盯著場中。

可以說，這兩支女子馬球隊的教習，都是來自京城男子馬球隊。

一邊是七皇子、潘縉、陳容謹幾人教出來的，一邊則是五皇子和其他馬球高手教出來的。任何一方能贏，也都代表著她們身後教習的水平。

潘縉和五皇子一直是京城馬球雙絕，陳容謹、明昀彥也名聲在外，七皇子更是今年新加入後嶄露頭角，勢頭正猛。

其實更多人想要看的，不是姑娘們的馬球打得如何，而是如何通過這場比賽來判斷誰才是京城最好的男子馬球手。

可場上的姑娘們，才不管看客們心裡想的到底是什麼。

隨著一聲鑼響，馬球比賽開始。

祁川縣主雙腿一夾，馬速飛快，閃過幾人，便將球帶到了接近對方球門的位置。

潘二小姐是潘家馬球隊的一號球手，當即調轉馬頭回防，就在祁川縣主將球擊出的一瞬間，她頓時出杆一擋，球向後場飛去。

「駕！」潘二小姐朝祁川露出一個張揚的笑容，駕馬追球而去。

祁川有些惋惜，卻並未氣餒，也調換了一個方向。

余歲歲力氣大，擅長擊長球，但馬術技巧不如潘家姊妹，因此她的位置在後場，接近自家的球門。

見潘二小姐一杆將球打回，她抓起馬韁便挺身而出，在場中故意繞了個小圈，馬調了個方向，剛好將追趕而來的對手擋在身後。

只見她球杖一勾，馬球一個反弧線從她的頭頂向後飛去。

視線被余歲歲擋了個嚴嚴實實的潘家球手猝不及防，只能眼睜睜地看著球飛過頭頂，無能為力。

而追過來的潘二小姐再回防已經來不及。

早有準備的祁川根本沒有後退太多，在看到球飛來的一瞬間，舉杆一送，第一球，輕鬆拿下！

場邊頓時傳來歡呼與掌聲。

皇帝看向長公主，表情喜悅而欣慰。「沒想到，祁川這丫頭還真有幾分本事，朕看，姑娘打馬球，與小子們也沒什麼差別嘛！」

長公主當然附和。「皇兄說得對極了，本來就沒什麼差別。男人跟男人比，女人跟女人比，一項強身健體的運動，何以男人能做，女人不能做呢？」

此時的場中，比賽到了激烈的時候。

雙方各進了三球，打成平手，可離終場結束，已經沒有多少時間了。

這是第一場女子馬球賽，贏了的隊伍是要載入史冊的，因此兩隊都頗有些急了。

馬球是允許一定的身體衝撞的，於是潘家姊妹仗著自己騎術精湛，只要球一落在余歲歲這隊的手中，就開始故意衝撞，干擾她們運球。

可余歲歲這一隊也不是吃素的，妳撞我，我就撞回去，大不了拖著，誰也贏不了。

眼看著時間一點點過去，潘家姊妹終於忍不住了。

這時是明琦帶球，潘家兩個小姐堵在她的馬前各種擠來擠去，讓她根本無法前進。

明琦沒辦法，又不肯讓球被搶走，只得一咬牙，向後揮杆，回傳給余歲歲。

余歲歲停住球，開始觀察著自己隊友的位置，思索著如何進行一次反擊。

可一看，每個隊友身邊都有對手故意阻擋，進行肢體衝撞，個個都有些自顧不暇。這時候傳球，隊友一時接不到也就算了，萬一落到對手的手裡，那才糟糕。

余歲歲正打算自己帶球接近對方球門，沒想到斜角裡突然竄出一人一馬，一下子就撞了過來。

余歲歲一看，是潘家四小姐。

只見她表情凶狠，好像要把余歲歲給撕了一樣，手上的球杖胡亂揮舞，卻根本不是為了來搶球，而是假裝搶球，實則打人。

余歲歲坐在馬上，一仰一伏，躲過兩次潘四的球杆，用手肘將她撞遠了一些。

沒想到潘四還不死心，手中球杖平舉著回過來，夾帶著勁風，分明就是衝著余歲歲的腦袋來的！

若是挨了這麼一杖，不死也得殘！

余歲歲聽見場邊傳來了驚叫之聲。

要手段、使陰招，他們潘家人欠她的可太多了！余歲歲頓時怒從心起。

既然她們不想講比賽規則，那就別怪她手下不留情了！

余歲歲一個側身，腰肢一軟，上身整個彎到馬的另一側去，潘四的球杖貼著她的鼻尖刮過。

這是余璟教給她的一招馬術動作，可她技術不熟，從來沒做成功過。

身為禁軍校尉，隨皇帝駕臨暢風苑的余璟也一直在場邊看著，見此情景，立刻就捏了一把汗。

余歲歲彎倒後便覺得吃力，雙腿死死夾住馬肚子，可腰上的核心力量還是不能支撐自己重新翻回馬上。

就在她要掉下馬背的一瞬間，她雙手舉過頭頂，將手中的球杖朝地面一撐。額外的支點給了她巨大的支撐力，她咬緊牙關，拚盡全力一個挺身，再次坐直在馬背上。

手中的球杖跟隨著她的動作，以一個大圓弧形揮出，端部直擊對面潘四的肚子。

潘四一個吃痛，被余歲歲擊落馬下。

余歲歲球杖的方向壓根兒不停，就好像是被慣性帶得無法控制一般，從左側劃向右側觸地。

地上，馬球正安靜地躺著，無人問津。

余歲歲雙手握杖，彎腰大力揮杆，就像當初教訓余釗的那個高爾夫式的姿勢一般，一杆將球打上半空。

所有人都抬起了頭，屏住呼吸，目送著小球飛行的方向。

小球飛過明琦、飛過祁川、飛過潘二小姐的頭頂，擦過對手門的球柱後，穩穩落在地上。

「鏘」的一聲，比賽結束。

「喔——」場上的歡呼猛然爆發。

祁川一躍下馬，朝余歲歲飛奔而來，緊緊地抱住了她。「歲歲，我們贏了！我們真的做到了！」

場上的隊友一個又一個地圍了過來，將余歲歲簇擁在正中央，誇讚著她的一記長傳贏得了比賽，興奮得又叫又跳。

余歲歲站在人群中央，目光卻忍不住看向場邊。

她看到余璟在給她鼓掌，雙眼裡滿是讚許和驕傲。

父女倆隔著人群遙遙對望，眼裡都不禁染上了濕意。

余歲歲看著余璟，她一直想成為父親的驕傲，想讓父親見證她的榮耀與光彩。可惜過去的二十多年，她一直沒能等到這個機會。

今天，她做到了！

余璟看見女兒盯著自己，臉上洋溢著自信、興奮的笑容。他遺憾了半輩子，沒能支撐女兒攀向高峰，也沒能陪伴女兒走過低谷。

如果不是這場穿越，他不會有機會與女兒朝夕相處，教給她一切自己的所學，看著她在人群中接受喝彩與掌聲。

這一刻，他好像看懂了女兒眼裡的意思。

可是，她又怎麼會知道，不管她是什麼樣子，贏也好、輸也罷，她永遠都是自己的驕傲啊！

場邊，亦有無數朝臣和夫人不得不感嘆著這場比賽的精彩絕倫。

祁川縣主和余歲歲這一隊靠她們自己向眾人證明，女子打馬球沒有什麼不可以，一樣可以吸引人。

這個時候，不會有人再去計較，這兩隊到底哪一隊的教習技術更高。她們的勝利本就屬於她們自己，至於她們的教習，當然也有自己的賽道。

陳煜坐在皇帝身邊，遙望著人群中的余歲歲，看她遙望著余璟。

他聽到自己心跳如雷，每一絲情緒都被眼中的人牽動。

如果這一刻，余璟是她眼裡唯一能看到的人，那她，就是自己眼中的唯一。

這場女子馬球比賽，改變了很多事。

比如世人皆知女子也能打馬球競技、比如皇帝默許了女子馬球隊的繼續存在和擴張、比如余歲歲一戰成名，被譽為京城女子馬球的第一球手。

余歲歲享受著自己的盛名，期待著今後有更多的比賽讓她打發無聊的時間。她依舊每日讀書、練字、畫畫、習武，偶爾和祁川縣主一起練習馬球。

她有父親、有朋友、有繪畫和比賽的「事業」。

在現代的二十多年，她從來都沒有像如今這麼快活過。

她都快忘了，她正身處一本小說之中，有些劇情，總會依照安排，步步而來。

第十三章

當秋天的第一場寒雨下過，清晨的京城百姓正要開始一天的生活時，京兆府外，一對衣衫襤褸的老夫婦跪在衙門外，雙腳被磨出了血紅。

「青天大老爺，求您救救草民吧，草民冤枉啊——」

然而，淒慘的哀叫，並沒能叫起睡夢中的京兆府尹，更沒能引起行色匆匆的路人的注意。

皇宮金殿，皇帝剛剛下朝，正與幾位重臣在御書房議事，臉上盡顯喜色。

「陛下，潘大將軍在邊關擊破南侵的蠻子，讓邊關聞風喪膽，真是大快人心啊！」兵部尚書喜笑顏開。

「是啊！這些年蠻子雖與我們達成了和平盟約，可總是時不時地來犯，態度反覆，似乎是故意要試探咱們的態度啊！」馮大人也說道。

皇帝點點頭。「此次潘家幾位將軍確實有功，馮卿，你便按定例擬好賞賜聖旨，派人前往邊關傳旨吧！」

馮大人連聲應是。

因為潘將軍打了勝仗，皇帝連帶著看五皇子都順眼了很多，正準備開口稱讚幾句時，內侍匆匆來報——

「陛下，京兆府尹在殿外求見！」

皇帝有些疑惑，隨口道：「讓他進來。」

京兆府尹撩著官袍，風風火火地走了進來。「陛下，臣有要事請奏！」

說著，從袖口裡掏出一張白紙黑字的大字條來。

京兆府尹這般焦急，定是有大案發生，在場的眾臣都緊張了起來。

皇帝接過來，定睛一看，就見紙端寫著兩個大字——訴狀。

皇宮外。

今日是余璟當值，他正領著一隊禁軍在巡察禁宮，突然，他在宮門口看到了自己在金吾衛時的熟人。

「小五？你在這裡做什麼？」余璟走上前，疑惑地問道。

小五看見余璟，也覺得驚喜，但隨即臉色就是一苦。

「余大哥，出大事了！」小五壓低聲音，湊上前道。「今早有一對老夫妻到京兆府門口喊冤，誰知不曉得從哪兒過來了兩輛車，車上不知是什麼人，居然把那兩個老人給捅了！女的當場死了，男的就剩下一口氣。我正好在附近巡邏，聽見有人尖叫就趕了過去，一看趕緊就去京兆府門口叫人。等京兆府尹出來後，那老頭子指了指自己的腳，喊了句冤枉，人就沒氣了。」小五一邊說，一邊撫著胸口，心有餘悸。

「然後呢？」余璟眉頭一皺。敢在京兆府門口當街殺人，什麼人有這麼大的膽子？

小五繼續道：「然後京兆府尹就招呼人檢查，發現那老頭兒的鞋裡藏了一紙訴狀，控訴潘將軍府嫡支宗親在童縣大肆圈地，逼死良民，民不聊生。京兆府尹一看事情鬧大了，不敢耽擱，拉著我就進宮來，說要稟告陛下。」說到「潘將軍府」時，他還刻意壓低了聲音。

余璟心裡一沈。

今早皇帝才接到邊關捷報，說潘將軍大勝敵兵，如今潘家就出了這樣的事，之後不知又會有什麼血雨腥風？

早先皇帝派巡察使去各地巡察吏治，為的就是看看各地的百姓生計如何？只是巡察使們去的大多都是些偏僻的、天高皇帝遠的地方。

誰能想到，在童縣，堂堂京畿大縣，居然有人敢玩這一齣燈下黑呢？

余璟正唏噓著，一個內侍匆匆而來。

「余校尉，陛下口諭，請您即刻進殿面聖。」

余璟神情一肅，立刻升起不好的預感。

盧陽侯府。

余歲歲一大早醒來，就覺得眼皮子跳得厲害。她以為是自己昨日沒睡好，還打算吃過早飯再睡個回籠覺。

晚桃從外頭進來，心情似乎很好。

「晚桃，什麼事這麼高興？」余歲歲好奇地問道。

晚桃朝她一笑。「姑娘可聽說，潘將軍在邊關打了勝仗了？」

余歲歲搖搖頭。「何時的事？」

「初秋的事，這兩日才傳到京城的，剛剛我聽外出採買的林婆子說的。」晚桃喜悅道。「姑娘，我都沒和您說過，其實在我賣身為奴之前，家就住在邊關的雲林鎮。若不是因為戰亂，與父母失散，被拐子轉手賣來賣去，恐怕也沒法遇見姑娘。聽說這次蠻子大舉入關，卻被潘將軍直接打回了老家去，真是天大的好事呢！」

見晚桃喜上眉梢的樣子，余歲歲也不禁有些高興。

雖然潘府著實令人討厭，但為國征戰的將士還是非常值得尊重的，打了勝仗，當然也值得高興。

前段時間太子和五皇子爭得頭破血流、你死我活的，如今這場戰役一贏，五皇子又要占一段時間的上風了。

可惜，太子和五皇子的運氣都不怎麼好，龍虎相鬥，最終還不是便宜了那個剛出生的小娃娃和小說男主？

余歲歲隨意地想著，突然，腦子猛地一頓。

原著裡，好像就是這一年，潘家在邊關打了勝仗，可之後很快就出了大事。也正是這一次，直接造成了五皇子的失敗，從此再無奪嫡的可能。

余歲歲凝神細想，卻一時間根本想不起來。

實在是原書大多為余宛宛的視角，而五皇子的這件事與男主陳容謹無關，與盧陽侯府也無關，他的失敗正是太子一派的喜事，因此也根本沒有細說。

余歲歲無語。合著自己穿了書，以為手握劇本，有上帝視角，鬧了半天就是個用來填補劇情空白的工具人！

不過她此時也管不了那麼多了。

五皇子的事與余宛宛無關，可與她、與爸爸、與七皇子可是息息相關。這事關他們父女倆的生死和金大腿，余歲歲不得不緊張。

「晚桃，我出府一趟，中午不必等我了。」

這件事，她得趕緊告訴爸爸才行。

等余歲歲著急忙慌地來到武館，才發現余璟也剛剛回來，還在脫著身上的禁軍盔甲。

而齊越則站在一旁，表情有些奇怪。

「爹爹，你不是今日值守嗎？怎麼這麼早就下值了？」余歲歲心裡有些不安。

余璟看了看她，嘆了口氣。「出事了，我奉聖旨，跟隨七皇子去京兆府轄下的童縣查案。」

余歲歲一驚。「是不是跟五皇子有關？」

余璟愣了一下，隨即點點頭，將潘家在童縣圈地之事說了一遍。

「滿朝文武，有一半都在替潘家求情，請求皇帝看在邊關剛剛大戰，不能動搖軍心，讓蠻夷趁虛而入的理由上，從輕處罰。陛下問七殿下之意，七殿下答覆要查清楚再說不遲。因著裴大人前幾日剛剛因公離京，七皇子便自請前往查案。許是皇帝也信不過旁人，便答應了，但要我全程護送。」

余歲歲立刻擔心起來。原書裡，五皇子為了這件事直接失去奪嫡的資格，這會是多大的案子，要遭遇多少凶險？

皇帝和文武百官此時意識不到，只會認為是個普通的圈地案罷了，可余歲歲不能眼睜睜看著余璟涉險。

「爹，我要跟你一起去！」余歲歲上前一步。

余璟感動之餘，壓根兒沒有當真。「剛剛阿越也說要跟我一起去，你們的心意我領了，但來回奔波，我又得照護七皇子，無暇顧及你們，你們就好好待在京城，你們安全，我也就心安了。」

「哎呀，你不懂！」余歲歲急得不行，拉扯著余璟的身子，迫使他彎下了腰。「爸，這件事沒那麼簡單……」她低聲在余璟耳邊將自己知道的劇情說給他聽。說到最後，她脖子一梗，耍賴道：「反正我一定要去！你不讓我去，我就偷偷跟著你！你要是覺得我偷偷跟著更安全的話，反正我是沒意見。」

余璟被她的耍無賴弄得哭笑不得，卻又當真奈何不了她。

他太瞭解自己的閨女了，說到準能做到。

這要真讓她偷偷跟著，還不如帶在身邊，還能時刻關照著。

午後，當陳煜在城門口與余璟會合，看著余璟身後跟著的兩個小尾巴時，神情都有些繃不住了。

余歲歲也就罷了，齊越又是怎麼回事？這真的不是來添亂的嗎？

對此，余璟也表示很無奈。

齊越這小鬼頭仗著有余歲歲，簡直是仗姊欺人。兩個人在跟著余璟出京這件事上，真的就如同親姊弟一般，站在了同一陣線。

不過好在余歲歲和齊越的功夫都不錯，所以余璟最終也還是鬆了口。

就這樣，余璟帶著三個孩子，踏上了去童縣的官道。

余璟納悶。怎麼莫名有一種帶領童子軍的感覺？

一路輕裝簡行，騎著快馬，臨到傍晚，四人就進入了澧縣的地界。

兩年前余璟在這裡救下了七皇子，後從這裡入京，自此再未返回。如今故地重遊，早已物是人非，想來也是恍如隔世。

四人找了一間客棧，住了下來。

「從這裡離開澧縣，就是童縣的地界了。明天一早，我們就啟程，午時之前定能到達童縣縣衙。」屋中，陳煜在桌上攤開地圖，指著兩縣的交界處。

「殿下，有個問題，我可以問一問嗎？」余歲歲托著臉，看向陳煜。

「請說。」陳煜點頭。

「陛下派殿下前來童縣查案，滿朝文武人盡皆知。童縣隸屬京畿，消息一定也很靈通，他們敢在京兆府大門口當街殺害告狀的百姓，就一定不會害怕有人來查。因此，童縣的官員和潘家宗親恐怕早就做好了準備，等著殿下去查，到時殿下查出來的，就只可能是無關痛癢的一些證據。而潘家剛剛在邊關打了勝仗，所以到最後，此案只會不了了之吧？」余歲歲分析著。

陳煜嘆了一口氣。「余姑娘所言，我又何嘗不知？可這也是沒法子的事。自古以來，朝廷委派至地方州縣的官員都會遇到這樣的困境，我也只能盡我所能，更加接近真相罷了。」

余歲歲眼珠一轉，突地計上心頭。「那為什麼不另想個法子呢？」

「什麼法子？」陳煜瞧她的樣子，想到余歲歲一向聰慧機靈，於是趕忙追問，眼中染上期冀。

「童縣官府，可有殿下的熟人？」余歲歲問道。

「我母妃是澧縣人，因此我的外祖父一家世居於澧縣。兩縣相鄰，我又曾回來過兩次，若說有熟識之人，也不是不可能，但絕對不會多。而且我的眾位舅父，都在地方州府做官，童縣官府之中更是沒有熟人。」陳煜如實道。

余歲歲一拍掌，喜道：「這就好辦了！既然沒有認識的人，那我們就喬裝改扮，偷偷進入童縣，看一看真正的童縣到底是什麼樣子？」

陳煜眼睛一亮。「余姑娘的意思，是私下查訪？」

余璟聽著也覺得是好主意。「殿下，我覺得可以。如果我們大張旗鼓地進入童縣，一舉一動都會在縣衙和潘家的眼皮子底下，根本就看不到童縣的真相。不如，我們明日就從綠芽鎮入童縣，從南往北，繞一個小圈，到潘家祖地豐年鎮私下暗訪，最後再進縣衙。這一路經過五到六個鎮子，童縣的民情應該便能窺見一二了。」

看著余璟在地圖上畫出的路線，陳煜想了想，最終同意了。

第二天一早，四人將馬匹交給客棧暫存，又去買了一輛破舊的驢車，扮做普普通通的百姓，來到了童縣綠芽鎮。

雖然表面上看著四人形容普通、衣衫樸素，與旁的百姓並無不同，但四人身上均帶好了隨身的武器和應急的藥品，以備不時之需。

綠芽鎮是童縣最小的一個鎮子，鎮中居民也不過七、八十戶，彼此都認得，乍一見到外人，都覺得新奇古怪，不少人都偷偷打量著這四人。

整整一天，四人都沒有發現鎮子有什麼問題。百姓們正常經商、正常行走，與其他鎮子，並沒有什麼兩樣。

晚上，四人坐在綠芽鎮的客店裡，不禁有些自嘲自己的草木皆兵。

「真是，提著老大的勁兒，如臨大敵似的在鎮中遊蕩，難怪百姓們看我們都跟看怪物一樣。」余歲歲低聲笑道。

「是呀，我眼睛都瞪圓了，也沒發現有什麼不對勁的地方。」齊越在一旁附和。

陳煜也有些失笑。「我們許是太緊張了，總以為童縣是多麼水深火熱的地方，只要一來，就會看到餓殍遍野、屍橫滿地，所以正常的事情反倒讓我們想得不正常了。想來，潘家在豐年鎮圈地害命，逼得老百姓走投無路、上京告狀，但他們的勢力畢竟更多是在京城和邊關軍營，在童縣或許還沒有這麼大的影響力，因此，我們明天就離開綠芽鎮吧。之後的鎮子，我們只需看看當地百姓的生計是否安穩即可，更多的精力還是留待到了豐年鎮再用吧。」

余歲歲和齊越覺得有道理，便跟著點頭答應。

突然，余璟臉色一變，朝三人做了個噤聲的手勢。

三人俱是一驚，齊齊看向他，臉上重新升起防備。

余璟打開一旁的茶壺蓋，手指沾了點水，在桌上寫了四個字——

隔牆有耳。

余歲歲三人立時如臨大敵。

難道是他們暴露了行蹤，被潘家人或是五皇子的人追過來了？

可陳煜和余璟是奉命出京查案，如果他們死在童縣，皇帝定會勃然大怒，五皇子和潘家不會做這種蠢事的。

他們寧可愚弄陳煜蒙混過關，寧可咬牙給出一些無傷大雅的證據，也得把陳煜全鬚全尾地送回去。

可如果不是他們，又會是誰呢？

余璟很快又寫下四個字——

隨機應變。

隨後，余璟一揚聲，故意說給門外的人聽。「兒子啊，太晚了，別瞎聊了，趕緊睡吧，咱們明天還得趕路呢！你們奶奶在家病得不輕，再不回去，連最後一面都見不著了。」

他們今日在鎮中，便是裝扮成奔波趕路的一家四口，余璟是父親，其他三人都是他的兒子。

「知道了，爹。」余歲歲粗聲粗氣地應了一聲。

四人彼此交換了一個眼神後，吹滅了桌上的蠟燭。

今日訂客棧時，四人為了安全，訂了這間分裡外兩室的客房。約定余璟和陳煜同睡外間，余歲歲睡裡間的床，齊越個子最小，就在榻上將就一晚。

還別說，這童縣不愧是京畿最富庶的幾個大縣之一，連小小的一個綠芽鎮都能有這般配置齊全的客棧。

然而現在，因為外間有人偷聽，四個人誰也不敢睡，都聚在裡間，警戒地盯著門窗。為了以防萬一，余璟將外間的兩床被子都鋪開攤在床上，造成有人睡著的假相。

不知道過了多久，就在余歲歲三人都難掩睏意，不停打哈欠的時候，門外終於再次傳來了腳步聲。

余璟一雙犀利的眸子在黑夜裡炯炯發亮，聽見響動，立刻如老鷹般提起了精神。

窗外的影子不知在摩挲著什麼，只能聽到細細碎碎的衣物摩擦聲。

忽然，余璟看到糊窗的紗絹上正被小刀一點點地劃開，他登時一驚，快速撕破衣襬，將茶水倒在布條上浸濕，塞進余歲歲的手裡。

接著，他又快速做好三個濕布條，讓陳煜、齊越和他自己都捂住了口鼻。

此時，裡外兩間的窗戶上，都分別伸進來一支竹管，外面的人一吹，一縷白色的煙粉就吹入了屋中。

四人交換一個眼神，都在他人眼裡看到了兩個字——迷煙。

外面的人非常謹慎，吹過迷煙之後並沒有立刻進來，反而一直等著。

他們等，屋裡的四人也在等。

終於，外面的人動了。

「應該睡熟了吧？」

外面傳來了說話聲。

「放心，下了大劑量。那個當爹的和大兒子就睡在外頭，咱們先殺了他們，再把裡頭兩個帶走。」

陳煜猛地看向余璟，兩人對視，都喚起了彼此共同的記憶。

這情形，怎麼那麼像人販子？

四人齊齊掏出身上的武器，嚴陣以待。余璟和陳煜個頭最高，兩人放輕腳步，藏身到外間的門邊。余歲歲和齊越則在床邊埋伏，等著外面的人自投羅網。

吱呀——門扇被一點一點地推開。

兩個人販子的眼睛全都落在床上兩床拱起的被子上，壓根兒沒有注意到別的。

他們抬起手，亮出手中的匕首，朝著床鋪就是兩刀——

嗤！嗤！

刀刀落空。

就在這一剎那，余璟和陳煜一個飛身撲了上去，將兩人死死壓在床上。

齊越迅速關上了門，和余歲歲一起，將短劍架在兩人的脖頸處。

「敢出聲就殺了你們！」余璟惡狠狠的聲音從頭頂傳來。

泰山壓頂一樣的力道讓兩人又痛又怕，咽喉處刀尖的冰涼又讓他們不敢動彈，只能輕聲哼哧，表示會乖乖聽話。

「你們是什麼人？為什麼要暗害我父子四人？」余璟詢問道。

其中一個人顫聲道：「大哥饒命！我們也是奉命行事，我們不是故意的！」

余璟一皺眉，難道真是五皇子和潘家人？

「是誰指使你們的？」陳煜跟著問道。

「我、我們老大……」另一個人道。

「大哥，我們是真的不知道你們有這本事，我們有眼不識泰山，求你行行好，饒我們一命吧！我們老大看你們是外鄉人，又帶著孩子，就起了心思。咱們都是道上的人，只要大哥饒了小弟狗命，小弟回去一定稟告老大，以後絕不再招惹大哥！」先前說話的人帶著哭腔說完。

余璟這才知道，原來他們只是綠芽鎮的黑道分子，專幹些買賣人口的生意。許是沒想到自己父子四人個個武功高強，所以以為他們也是混黑道的了。

余璟看向陳煜，無聲地詢問他的看法。

雖然他恨極了人販子，但這次出來他們有著更加重要的任務，此時不能因小失大。

陳煜顯然也是這麼想的，朝余璟搖了搖頭，示意還是放他們走。

突然，余歲歲出聲了。

「我問你們，綠芽鎮中還有多少幹拐子勾當的？」

被押著的兩個人販子愣了，陳煜也愣了。

余璟的臉色只是瞬間一愣，隨即便露出了然的神色。

「少、少爺，我們不、不懂你在說什麼。」人販子說道。

余歲歲毫不手軟地將匕首壓進他的脖頸，逼出些血珠來。「既然知道我們的身分，就最好從實招來。」

余璟也即刻配合。「說，今天你們在城西藥鋪，是不是交易了兩個孩子？」

這句話一說出來，別說人販子了，連陳煜和齊越都驚呆了。

余歲歲和余璟交換了一個眼神，便知道他們都想到了問題的所在。

今天下午的時候，他們因為一整天一無所獲，便從城中返回客棧。在城西藥鋪附近，正好碰見兩個男人抱著兩個孩子進了藥鋪。

當時余歲歲不過是隨意一瞥，只當是孩子病了，家人送來看病。

可就在剛才，她認出了這兩個人的臉，就是當時抱孩子的那兩個人！

世間哪有這麼巧的事？人販子的孩子病了，晚上還來拐別人家的孩子？

唯一的解釋，就是下午的那兩個，也是他們拐來的！

見人販子還想死硬著不說話，余葳葳手下又是一個狠勁。「說不說！」

被余葳葳刺了脖子的男人覺得自己的脖子痛得要命，甚至感覺到了血液在一點點地流出去，當下不敢再強撐，忙道：「我說、我說！綠芽鎮早在五年前，就開始做拐子的營生了！因著是暗地裡的勾當，大家表面上都還有自己的生活。由於綠芽鎮在童縣南邊，更是兩縣的交界，為了掩人耳目，我們起了個只有道上人才知道的名字──南關鎮。」

「南關鎮?!」余璟當即震驚。

當初他從人販子手中救下陳煜的那晚，最後來的那個人，供出來買賣孩子的中轉之地，正是南關鎮！

當時他並不知道南關鎮在哪裡，而且人微言輕，只能寄希望於官府。

現在想來，官府即便是追查，也絕對想不到那彙集了無數嬰孩與窮苦兒女血淚的南關鎮，就堂而皇之地存在於所有人的眼皮子底下。

「把你們知道的通通交代出來，否則立刻要了你們的命！」余璟威脅道。

這兩個人販子也知道今日落入彀中，不說實話必死無疑，當下也沒了顧忌，將自己所知全部和盤托出。

原來，在五年以前，綠芽鎮是個比如今還要小的鎮子，因為是兩縣的交界，常有人從此過路，因此這裡的百姓們便經營一些茶鋪、客棧等生意來維持生計，也算能過上安穩的日子。

五年前，一個江湖上的末路豪強流落至此，被一家商戶好心收留，卻沒想到招來了殺身之禍。綠芽鎮上本就不多的居民被一夜之間殺了個乾淨，而這個豪強，卻鳩占鵲巢，帶著自己的嘍囉在此定居了下來。

這個豪強，就是這兩個人販子口中的大哥——莫鎮仇，人稱莫七爺。

綠芽鎮居民被殺光殆盡的事到底是瞞不住童縣縣衙的，可莫鎮仇此人又狠毒、又有錢，於是在一番威逼利誘之下，童縣官府便對他睜一隻眼、閉一隻眼，綠芽鎮也彷彿變成了莫鎮仇的山寨，而莫鎮仇就是這裡的天。

五年時間，這幫惡棍無惡不作，將綠芽鎮發展成了如今的規模。在不知實情的外地人看來，這就是個普通的小鎮，但實際上，這裡五毒俱全。

拐賣、賭博、放高利貸、殺人越貨，世間只有想不到的惡事，沒有他們做不盡的勾當。

除此之外，他們與官府和朝中權貴都有千絲萬縷的聯繫。很多官面上的人不敢做的事情，只要給他們錢，就能買通他們來做。

而且這幫人很聰明，知道自己犯的罪足夠千刀萬剮百回，因此行事謹慎小心。加上又有官府的縱放和權貴的保護，五年來居然從來沒有被人察覺出來過。

當兩個人將這些事講完後，余璟和余歲歲四人都有一種對這個世界的認知彷彿都被顛覆了一般的感覺。

綠芽鎮的存在，就是明晃晃打在朝廷臉上的耳光，讓「海晏河清」這四個字，都變成了笑話。

如今事情已經朝著無法控制的方向而去，余璟和余歲歲都齊刷刷地看向陳煜。

眼下這兩人的死活去留，只能由他來作決定了。

殺了，他們四人就必須連夜出逃，前往童縣官府亮明身分，以免招致莫鎮仇無止境的追殺。但這樣一來，他們查清潘家圈地案的初衷就廢了。

放了，他們同樣會惹來莫鎮仇的注意，身分仍然有暴露的危險。但他們仍有一半的機率可以平安離開綠芽鎮，等查完潘家的案子之後再回來收拾這幫惡棍也不遲。

陳煜沒有選擇的餘地，最終朝余璟點了點頭。

余璟隨即便朝那二人道：「算你們識相！我們父子四人不過是路過此地，不想招惹麻煩，也不想管任何閒事。今日看在你們大哥的面子上放你們一馬，之後我們橋歸橋、路歸路，互不相干。」說著，放開了兩人。

那兩個人逃過一劫，心有餘悸之下，只知道連連磕頭感激，然後連滾帶爬地跑了出去。

「師父，現在怎麼辦？」齊越到底年紀小，還是有些害怕，說話的聲音都有些顫了。

余璟看看余歲歲，懊惱道：「早知童縣是個虎穴龍潭，我就不該同意你們跟來的！」

可現在，後悔也來不及了。

余歲歲趕忙賠笑。「不入虎穴，焉得虎子嘛！反正我們也不會給爹扯後腿的。今晚若是真的只有你和殿下兩人，那才糟糕呢！」

余璟一聽她說完話，立刻做了個手勢。「從現在起，我們說話、做事更要萬分小心，暴露身分的稱呼絕不可再說出口了。」

陳煜也點頭道：「師父說的沒錯，這莫鎮仇在這裡儼然成了土皇帝，官商勾結，潘家圈地的案子恐怕也與他難脫干係，我們得更加謹慎才行。」

「不然這樣好了，我們分別取個化名，便於隱藏身分。」余歲歲提議道：「我看，爹爹就叫余三兒，我們就是爹的三個兒子，老大、老二和老么。我們以父子、兄弟互稱，也假裝成混跡江湖、想要金盆洗手的人。」

其他三人立刻同意了她的提議。

陳煜回應得很積極。「爹，我覺得二弟跟來，還是有好處的。他頭腦機敏靈活，點子也多，若是沒有他說要隱藏行跡，今早我們一進鎮子怕是就要出大事了。」

余璟被陳煜的一聲「爹」喊得有點肝顫啊！被皇子喊爹，這可真是他穿越以來的人生巔峰了。

余歲歲聽得卻是很受用，立即讚賞地給了陳煜一個眼神，感謝他替自己說話。

陳煜接收到她的目光，神色稍顯有些不太自然。

「行了，既然都計劃好了，那大家就先睡吧。明天早上，我們一切如常地起床趕路，看看他們是個什麼反應？」余璟安排道。

「好。」

余歲歲便帶著齊越回到內室，見他小臉繃得緊緊的，不由得拍了拍他的肩膀安慰道：

「沒事，別害怕。有我和爹爹呢，會保護好你的。」

齊越攥緊拳頭，揚起臉看向余歲歲。「我不怕，我也要保護師姐和師父！」

余歲歲莞爾一笑。「好，讓你保護。不過你這稱呼可要趕緊改過來，不然我就要罰你不許說話了！」

齊越的神情終於有了些放鬆，趕緊改口道：「是，二哥！」

第二天一早，四人收拾好行囊，彷彿什麼都沒發生過一樣，走出了房門。

客棧的老闆看到他們，打量的神情幾乎已經不加掩飾了，連收他們的銅錢時，眼睛都還在看著他們，也沒點一點錢數。

「你看什麼呢？是我們臉上有什麼不對勁嗎？」余歲歲表情張揚且豪橫地問了一句。

客棧老闆趕緊偏開眼神，乾笑了兩聲敷衍了過去。

這一下，倒是讓父子四人隱藏的豪強人設立穩了。

臨走時，老闆終究一個沒忍住，問道：「幾位客官，昨晚、昨晚……睡得好嗎？」

余璟回過身，一雙鷹眼盯住老闆，嘴角勾起個冷笑。「你覺得呢？」

老闆一凜，沒敢再問，只得拱手道：「幾位慢走！」

出了客棧，四人駕著車就朝北走，一路上接受著無數或明或暗的注視。

四個人雖然都有些心跳如雷，可依然目不斜視，一副什麼都不知道的樣子。

馬車離鎮子的北出口越來越近了，走出鎮口的那道閘門，就是通往下一個鎮子的鄉道土路。

余歲歲的目光盯著那個出口，看著它一點一點地接近、變大。

突然，一人一馬從旁竄出，擋住了他們的去路。

余歲歲的心，一下子就提到了嗓子眼。

「車上的好漢，暫且留步！我們大哥想找你們聊聊！」馬上的人喊道。

余璟和陳煜本就在車外駕車，聽聞此言，便收緊了馬鞭，全神戒備。

「我們父子無意招惹麻煩，只是借道此地回鄉，還請閣下讓條路來，咱們從此再無見面之期。」余璟回道。

「呵！」馬上的人冷笑。「你們傷了我們的人，還想走？我們大哥敬你們有幾分本事，這才派我好言來請，若是你們不識好歹，可就別怪我們不客氣了！」

余璟沈默著，沒有回答。

「爹。」車裡的余歲歲傾身靠近，低聲道：「走不了了，別硬拚，我們留下吧。」

她知道，余璟的沈默是在估量對方與己方的實力，以及硬闖的成功率。

畢竟，一邊是她和齊越以及當朝皇子，余璟是絕不肯留下冒險的。

可一旦硬碰硬，先不說勝算，他們來童縣的所有目的都會付之東流。如果這一次不能一舉打垮五皇子一派，今後不管是陳煜，還是他們父女倆的處境，都會非常不妙。

走，是下下策。留下，就還有翻盤的機會。

陳煜也贊同余歲歲的觀點，他朝余璟道：「爹，我們留下吧！」

馬上的人立刻道：「還是小孩子深明大義啊！好漢，請吧！」

余璟攥了攥拳頭，終於放下了馬鞭。

對面倒是真是來請人的，沒有綁縛也沒有看押，但這也證明了，綠芽鎮的老大莫鎮仇並未將他們放在眼裡。

他們順著街道一路走，來到了鎮中最大、最豪華的宅院門前。

昨日他們曾在暗訪鎮子時經過這裡，當時還以為是鎮子裡的富戶，現在想來，還真是捏了一把汗。

進了正堂，屋裡坐了七、八個人，正中的一張雕花椅上，坐著個高大精瘦的中年男人。

他膚色略帶些麥色，面容談不上好看，卻絕對不醜，一身文士打扮，若乍一看，還以為是哪家儀表堂堂的舉子。

顯然，這就是莫鎮仇了。

難怪用這張臉，騙過了綠芽鎮無辜的百姓。

可座下的那些個男人就不是那麼回事了，外表便是粗獷野蠻，有的臉上還帶著刀疤，就跟土匪窩裡的土匪沒有兩樣。

見四人進來，莫鎮仇調整了一下姿勢，目帶審視。

余璟毫不畏懼地對上他的目光，更不掩飾身上的氣勢。

他從警多年，見過的窮凶極惡的凶犯是這屋中之人的數十倍還多，他們中的有些人做過的惡，怕是連莫鎮仇也得甘拜下風。

因此，對於眼前的情形，余璟心中只有怒火，沒有恐懼。

可身後的余歲歲三人就不一樣了。他們誰都沒與這樣的惡人真正面對面過，再是故作鎮定，也難免露出怯意。

莫鎮仇打量了半晌，見父子四人反應各異，卻與他想像中的並無不同，心中的懷疑也消散了幾分。

「王五、趙三，過來看看，他們是不是昨晚傷你們的人？」莫鎮仇招來一旁候著的兩個嘍囉。

那兩人唯唯諾諾地上前，抬頭飛快地看了一眼，然後點點頭。

坐得離莫鎮仇最近的一個粗壯男人見狀，啐了一口罵道：「沒出息的慫樣，給老子滾下去！」

兩人如蒙大赦，告饒著快步退了出去。

「還沒問，閣下姓甚名誰？」莫鎮仇看向男人。

「余三兒。」余璟吐出兩個字來。

「余三兒，你傷了我的弟兄，還問出了綠芽鎮的秘密，你說，我該怎麼處置你呢？」莫鎮仇緩緩開口。

余歲歲心裡暗想，這莫鎮仇還真把自己當土皇帝了，瞧瞧這說話的口氣。

「秘密？」余璟一挑眉。「不見得吧？莫七爺在這裡過得風生水起，知道這裡秘密的人又不止我一個。況且昨晚若不是你的人先來招惹我，我可對你莫七爺毫無興趣。」

話音一落，周圍的人立刻嚷嚷起來，嫌余三兒口氣太大，要給他點顏色看看。

莫鎮仇安撫住眾人，眼裡反而升起些欣賞。「喔，倒不知余兄弟昔日在何處營生？對我莫某人竟都不甚在意啊！」

余璟毫不遲疑地吐出兩個字。「溧陽。」

陳煜和余歲歲皆是心裡一動，是啊，溧陽可不就是個好藉口嗎？溧陽的土匪被裴涇大人一窩端掉，沒有人知道內幕，還不是由著他們說？

更何況，他們三個人都對溧陽的案子瞭解頗多，陳煜更是瞭若指掌，絕對不怕露餡。

莫鎮仇幾人顯然也是知道溧陽的，當即便問了幾個問題，都被余璟不假思索地答了上來。

這下，莫鎮仇對他們的疑心又少了一些。

「既然余兄弟離開了溧陽，又到了我莫某人的地界，便是咱們的緣分。余兄弟和幾位公子都是好手，不如就留下來跟著我。我這裡，莫說吃香喝辣，便是土地、房產，美人、珍寶，那也是應有盡有的。」莫鎮仇道。

余璟不屑地一笑。「我余三兒雖然手上人命無數，可從不幹販賣人口的勾當。這等斷子絕孫、天打雷劈的事，我可不會做！」

旁邊人聽了又是一陣罵嚷。

可余璟就是故意這樣說的。

他越是如此，莫鎮仇就越會相信他的人設。畢竟即便是黑道中人，有很多也是極其厭惡拐孩子的。當然，這並不代表他們就有多講原則。

昨日在客棧中，他們已經表現出了對拐子的深惡痛絕，今天就要把戲一起演到位。

果然，莫鎮仇很能理解余璟的表現，畢竟他是三個孩子的爹，當了爹的人，再狠的心也會有軟的時候，更何況是事關孩子的事呢？

於是莫鎮仇很大度地說：「余兄弟要是願意，我自交給你做大富貴的買賣。可若是你不願意……」他頓了頓。「進了我莫某人的門，就不是那麼好出去的了。」

事已至此，余璟知道，留下是唯一的出路了。

他看了看余歲歲，又做出一副糾結的模樣，磨了老半天，才終於答應了。

莫鎮仇立刻大喜過望，大手一揮，就要下人替他們安排住處，還說晚上要宴請他們。

余璟四人提著口氣，來到莫鎮仇安排的小院子裡，這才感覺到，後背的衣襟早已被冷汗浸濕了。
「爹……」余歲歲看向余璟，欲言又止。
余璟輕輕搖搖頭，朝三人安撫道：「既來之，則安之。」
身在狼窩，有些話不敢說得太明白。但幾人都明白，這一次，若不與莫鎮仇不死不休，他們的生命將再無保障。

正堂的莫鎮仇打發走了其他的手下，只留下身邊的二當家。
二當家是個徹頭徹尾的粗人，一向佩服莫鎮仇文武雙全、有勇有謀，卻也沒弄明白莫鎮仇非要留下那父子四人是為了什麼？
「大哥，您這是何意？他們知曉了咱們的秘密，殺了便是，何必這麼費事？」
莫鎮仇看他一眼，反問道：「你覺得，那個余三兒的功夫如何？」
二當家一愣。「看著……是挺厲害，可咱們兄弟幾個一起上，也不愁拿不下他。」
莫鎮仇冷哼一聲。「然後呢？為了他一個人，搭上個把兄弟的性命？這虧本的買賣，要做你去做。」
二當家不說話了。
「我留下他們，自然有用。」莫鎮仇道。「你可知，潘家圈地的案子已經鬧上了京城，這事雖然小，但牽扯到了皇子，就會有不少人動腦筋。我聽說，京裡已經派了欽差來童縣，恐怕過不了幾日就要到了。」

「圈地的是他們姓潘的，我們不過就是拿了錢財，替他們收拾收拾人命，關我們什麼事？」二當家不以為然。

莫鎮仇不得不再解釋得明白些。「你怎麼還不懂？為了皇位，那些個皇子們無罪都能扣上三分罪，有罪還不給你罪上加罪？這次之事鬧大，欽差定是要查個水落石出的，萬一童縣官府那群軟蛋把我們招出來，你以為就憑我們這些兄弟，抵得住朝廷衛軍的圍剿？唯今之計，是要盡快脫身！」

二當家想了想，覺得莫鎮仇說得有理。

「我們在綠芽鎮待了五年，該賺的也都賺夠了。聖人云，竭澤而漁，而明年無魚。這附近已經沒了我們的魚，這裡又離京城太近，太過冒險了。」莫鎮仇最喜歡拽點文才。「再加上，我們剛接的那筆大買賣，弄不好就是殺頭滅族的罪名，總得找個替罪羊不是？」

二當家這下才聽懂了。「大哥好計謀！回頭讓余三兒他們當冤大頭，咱們全身而退，到別處去逍遙快活！」

「既然明白了，就告訴弟兄們好生對待他們，可不能讓我這好好的替罪羊給跑了！」莫鎮仇囑咐道。

二當家立刻歡喜地答應了。

當晚，莫鎮仇便在院子裡大擺宴席，將余璟四人介紹給手下眾人，那架勢，彷彿已經和余璟結成了異姓兄弟一般。

作為孩子，余葳葳自然和陳煜、齊越坐在一旁，安靜地當好配角。

只是席上看到被這群人調戲玩弄的女子個個面黃肌瘦、眉眼帶愁，便知她們亦是身不由己、命運淒慘，看得余葳葳心裡堵得要命。

陳煜感受到了她的不安與怒氣，雖然沒有說什麼，卻也在用心地防備著，以防余葳葳的姑娘身分被這群人發現。

已近深夜了。

莫鎮仇興致很高，酒一杯接著一杯地喝，到最後走路都不穩當了，才被手下人扶著去更衣。

余璟一直心有防備，因此沒喝幾口，莫鎮仇雖然沒說什麼，但其他幾個當家硬是攔著他不讓他走。

眼看酒越喝越多，宴席也越來越亂，甚至有的人摟著身旁的女人，行事越發出格起來，余璟便朝陳煜使了個眼色，要他帶余葳葳回去，確保她的安全。

余葳葳雖然不想走，可也知道事情嚴重，聽話地和陳煜離了席。

走出幾步遠，陳煜輕輕開了口。「二弟，別害怕，有我和爹爹，不會有事的。」

余葳葳平復著有些慌亂的心跳，聲音細若蚊蚋。「我們是不是做錯了……」

陳煜笑了笑，語氣卻是很堅定。「沒有錯，不會錯。」

他看著余歲歲，知道她一定懂得他的意思。他們是正義的，邪是永遠壓不倒正的！

余歲歲被他眼中的堅毅深切地感染了，心裡也漸漸安定下來。

她點點頭，眼眸中重新燃起一貫的自信與勇敢。

陳煜鬆了口氣，轉身帶著她繼續往前走。

走到一個岔路口時，莫鎮仇和手下突然從小路上轉過來，身上酒氣還未消，幾人正巧撞個正著。

眾目相對，陳煜一挺身護在余歲歲身前，做出保護的姿態。

莫鎮仇看了看他們，「嗤」地一下笑了出來。「小子，你這是做什麼？我又不會吃人。」

陳煜不答話，仍舊警戒地看著他。

余歲歲也眼中戒備，盯著莫鎮仇。

莫鎮仇只把他們當成毫無威脅的小孩，笑得更加厲害了。「余三兒這三個小子倒是有意思，長得都不太一樣，怕不是一個娘生的吧？哈哈哈！」他朝身邊的手下說著，一副點評的樣子。「這大小子看著挺不錯，老實穩重。這二小子嘛，看著挺機靈的，就是這雙眼……」

莫鎮仇突然一頓，盯著余次子的眼睛，仔細地看著。

余歲歲的身體猛地僵直，渾身都被莫鎮仇看得發毛，不由自主就抓住了身前陳煜的手。

這一次，陳煜沒有躲開，反而回握住她，用手上的力道給她打氣。

終於，莫鎮仇停下了他的端詳，看著余次子的雙眸，有些出神地唸叨著。「這雙眼睛，我怎麼好像在哪裡見過？」

余歲歲的眼睛下意識就瞪大了幾分，憋著一口氣，不讓自己露怯。

沒想到莫鎮仇看得更出神了。「對、對！就是這個眼神！太像了，太像她了！」

余歲歲的手死死地抓著陳煜的手，指甲都不自覺地嵌入了他手背的軟肉。

跟在莫鎮仇身邊的手下看了余次子幾眼後，朝莫鎮仇道：「大哥，這眼睛是有點兒像清嫻小姐，可長相……差遠了。」

余歲歲臉上本來就做了女扮男裝的偽裝，遮擋了她小姑娘的白嫩肌膚，因此看起來，自然是不太好看的。

聞言，莫鎮仇方才嘆了口氣。「唉，清嫻當初若是不那麼任性，我們不也能生個這樣的娃娃？」

說著，莫鎮仇便由手下人扶著，一步一步地走了。

等兩人走出幾十步外，余歲歲這才大口地喘息起來，彷彿剛剛被人扼住了喉嚨一樣。

陳煜拉起余歲歲，不敢再耽擱，快步朝住處而去。

他們回來沒多久，余璟和齊越也回來了。

余璟剛一進屋門，余歲歲立刻就撲了過去，抱住他就是悶聲大哭。

「爹，我害怕……」

她以為她膽子夠大了，以為她騎得了馬、打得了架，就代表了她能平安無虞，可真正與莫鎮仇這樣窮凶極惡、無惡不作，體型、力量都足以碾壓她的人面對面時，她才發現她有多弱小。

今天，她不過是被莫鎮仇看了兩眼而已，她都不敢想，那些被莫鎮仇和其他惡人們搶來的女人、壓迫的奴隸，內心又該有多麼大的恐懼。

余歲歲的眼淚轉眼就浸濕了余璟胸前的衣襟，余璟的心臟都隨著她的抽泣一點一點地抽著疼。

他看向陳煜，以眼神詢問。

陳煜便將兩人在路上遇到莫鎮仇的事說了出來。

感覺到女兒的身子都在發抖，余璟輕拍著她的後背，耐心地安撫著余歲歲。

「老大，」余璟朝陳煜說道：「之後，你要寸步不離地跟著你二弟，好好保護他。莫七爺會交給我一些事情，往後的幾天，我可能都不會在這裡。」

余歲歲猛地抬起頭問：「爹，你要去哪兒？」

余璟搖搖頭。「具體的還要聽從安排，妳跟著妳大哥，能不出去，就別出去了。」

余歲歲咬了咬嘴唇，聽話地點了點頭。

她的害怕是真的，但也不是一害怕起來就手足無措、只會添亂的個性。她只是需要發洩一下，她會趕快堅強起來的。

齊越也堅定地說道：「爹放心，我也會保護二哥的！」

第十四章

第二天下午，余璟就被莫鎮仇指派，與他手下的五當家一起離開莫家大宅，外出做事了。

莫鎮仇非常謹慎，並未告知余璟要去做什麼。在他眼裡，余璟就是個土匪，還是個有軟肋的土匪，拿捏住他的孩子，就能拿捏住余璟。

五當家和余璟一路駕著馬車，走出了綠芽鎮，朝北而去。

北邊，有一個河口鎮，這裡有一處渡口，一向是南來北往的必經之地，繁華又熱鬧。河口鎮的百姓，連身上穿的衣服和戴的配飾，看來都比其他鎮子要精貴得多。

五當家領著余璟坐進渡口旁的一個茶棚，點了兩碗茶。

「余三兒兄弟，你之前在溧陽那邊，身上應該有不少好東西吧？」五當家和他閒聊起來。「聽說溧陽可是有金礦的，你在那兒，這個……沒少拿吧？」五當家摩挲著手指，代表著金銀財寶。

余璟面上苦笑。「五當家真當金礦那麼好挖？這金子只有挖出來才值錢，挖不出來那就是破爛，乾看著，沒用！」

五當家呵呵一笑。「這倒是。」

「再說，我從溧陽跑出來的時候，也只敢留些不起眼的東西，生怕別的被官府盤查出來。」余璟嘆道：「刀頭舔血了半輩子，臨了，還不是求個安生。」

五當家深以為然。「這話余兄弟說得太對了！你說說，咱們這些人，成日裡出生入死為了啥？不就是要過好日子嘛！那些個當官的吃香喝辣，咱們不伺候皇帝老兒，也不受那什麼閒氣，照樣想幹啥幹啥！兄弟們都沒啥追求，就是想著多賺點錢、娶幾房媳婦，再置辦些田產，當個小財主，那可就美咯！」

呵，想自己過得好，怎麼不想想被他們欺壓、殺戮的無辜人命？哪個人不想好好活著，過自己的小日子？余璟心裡暗罵。

可他依然神色如常地聽著，並適時地流露出贊同。「五當家說得是。」

五當家見余三兒對自己的態度一直很是奉承，心裡對他的芥蒂也消除不少。五當家看了看周圍，然後傾過身子，朝余璟湊了過去，壓低聲音道：「大哥的意思，等幹完這一票大的，咱們也金盆洗手，各奔前程。」

余璟心裡一動，卻沒有衝動地打探，反而道：「也好，七爺還是個有想法的。」

五當家「呿」了他一聲，似有些笑話他。「就知道你是個慫的！欸，說起來我還想問你呢，你上哪裡弄來的三個兒子？偷來的？搶來的？喔對了，我都忘了，你不幹這買賣！那難道，是叫哪個花樓裡的婊子給你生的？搶來的那些個身子乾淨的娘兒們，可是不願意給你生吧？」

余璟聽著他刺耳的用詞，張口敷衍了兩句。「有了就生下來，養著就是。」

五當家嘿嘿一笑。「呿，你能知道生下來的就是你的種？我看著你那三個兒子都不像你，別是當了冤大頭了！」

余璟懶得理他。

五當家卻是越說越興奮。「還別說，我們大哥一年前也搶來過一個官家小姐，長得啊，嘖嘖，那叫一個水靈！聽說還是那小姐家的什麼人花重金找上我們底下一個堂口的兄弟，要毀了那小姐的身子。我們那兄弟見她生得好看，這才獻給我們大哥的。喲，可把我們大哥給心疼壞了，好吃好喝地供著，我們兄弟也想跟著沾沾葷，都讓他給罵了，非要一個人吃獨食呢！」一邊說，五當家還一邊眼冒綠光，好像只要一回憶起來，就覺得饞極了。「要我說，我們大哥什麼時候這麼對過一個女人？以前那些還不是玩膩了就賞給兄弟們了？結果呢，那小娘們忒地不知好歹，不知何時藏了把刀要殺我們大哥！我大哥捨不得呀，竟叫她給傷了胳膊，誰知道那娘們一看不妙，居然自己抹脖子了！」五當家一臉可惜地搖頭。「最後你猜怎麼著？我大哥讓老九去找個地兒把她埋了，老九後來偷偷跟我說，他到那墳場上還是偷偷爽了一把！你說這老九……哈哈哈……真噁心……不過換了我，估計也得這麼幹！」

余璟聽得渾身都在冒火，閉了閉眼，壓下心中的怒氣。他壓根兒不敢去想五當家口中的那個姑娘，到底經歷了些什麼悲慘的命運。

五當家還想繼續說什麼，卻聽見渡口一聲號子，船到了！

他趕緊收起笑臉，站了起來，朝岸邊望去。

余璟也跟著站了起來，順著他的目光看去。

直到兩個身形威猛高大的男人從人群中走出來，五當家才快步走了過去，余璟也連忙跟上。

「兩位可是北邊來的客人？是到南關鎮瞧鐵器的？」五當家說出約定的暗號。

那兩人眼神一正，立刻點點頭。「正是。閣下就是南關鎮賣木材的吧？」

五當家趕緊點頭，態度都恭敬了起來。「二位爺遠道而來，快請跟我們來吧！馬車都備好了，咱們即刻上路。」

那兩人點點頭。「有勞了。」

五當家引著兩人往馬車走去。

余璟略微落後一步，臉上盡是若有所思。

雖然這兩人掩飾得很好，但他們說話的咬字和尾音，總讓余璟有一種聽外國人講話的感覺。再想想這兩人的面容，雖然已經非常接近漢人的長相，可那眼窩和鼻梁還是多少不太符合如今大雲朝普通漢民的相貌。

余璟眼神微瞇。

難道莫鎮仇要幹的這一票大的，是和西域人做生意？像莫鎮仇這樣的惡人，會跟西域人做什麼生意呢？

莫家宅院。

余歲歲在余璟走後，就沒有離開過他們住的小院。

莫鎮仇的那些個手下們對他們幾個孩子也沒有什麼興趣，所以他們終日也只能見到來送飯的下人。

來送晚餐的，是個看上去有些年紀的男子，將飯菜放下就要出去。

「欸，你等等。」余歲歲叫住了他。「你可認得……一個叫清嫻的小姐？」

這兩天余歲歲冷靜下來，才仔仔細細回想了那晚的事。

那天晚上莫鎮仇看她的眼神，好像真是什麼癡情不悔的大情聖一樣，若不是余歲歲早知他是個無惡不作的禽獸，難保還真被他那張面皮給騙了，以為他是什麼好人。

一個孩子，聽到了莫鎮仇在自己面前提起的人，出於好奇問問，應該不會引起什麼懷疑吧？所以余歲歲便想要打探一番，看看能不能得到什麼有用的資訊。

沒想到，男子看了她幾眼，搖搖頭就走了。

余歲歲有些洩氣，但也沒有執著。

哪裡知道，等三人吃過晚餐，下人來收餐盤時，卻對余歲歲道——

「七爺說，讓你去書房見他。」

余歲歲驀地一驚，恨不得給剛才的自己一巴掌！

陳煜立刻站出來。「我和妳一起。」

齊越也想去，但被陳煜給制止了。

下人顯然也是不在乎他們誰去的，收斂眉目就退了出去。

余歲歲看看陳煜，深吸了一口氣，一起走了出去。

一進書房，就見坐在桌旁的莫鎮仇好像很落寞的樣子。

見到余長子也來了，莫鎮仇立刻就笑了。「你這大哥當得真是盡心盡力，我當初要是有你這麼一個兄弟，也不至於幹上這刀口舔血的勾當。」

余歲歲和陳煜心中不約而同地對他的話表示了嗤之以鼻。

誰要在乎做盡惡事的人有什麼悲慘的童年、可憐的身世、迫不得已的藉口與理由？大家只想讓他趕緊遭報應好嗎！

莫鎮仇顯然也沒打算跟他們追憶自己的少年時代，接著道：「你們家這三個小子看著挺招人喜歡的，余三兒好福氣啊！我也挺喜歡孩子的，可惜命裡沒有。」

有就怪了！余歲歲繼續暗罵。幹了多少傷天害理的事，拐走了多少別人家的孩子，這種人要是能子孫滿堂，那才是老天爺不長眼！

莫鎮仇看向余次子。「你不是想知道我說的清嫻是誰嗎？我來告訴你就行。」

余歲歲眼中立刻升起防備。

不得不說，莫鎮仇的外表真的很具有欺騙性，尤其是在他好言好語說話的時候。

可越是知道他是個什麼貨色，他這般的平常反而越讓余歲歲覺得詭異又發毛。

見他如此，莫鎮仇又開始了「追憶往昔」。

「清嫻是我底下的兄弟送給我的女人，聽說是個官家小姐，家裡人買通人去害她，若不是我，她恐怕就得被人毀了清白。她可是個才女，出口成章，寫的字也好看。我這人別的愛好沒有，就喜歡讀書。我每次要她陪我讀個詩詞歌賦、經史子集什麼的，她就拿你這樣的眼神看我，還死撐著不說話。其實，她若是好好跟著我，自是無人敢欺辱她的。哪怕她要殺我，動手傷了我後，我也捨不得動她一根指頭。」莫鎮仇嘆了一聲。「我早知她是個烈性的，卻沒想到她居然連命都不想留。我雖出身不高，可外表、才氣哪樣及不上那些個官家子弟？我統領這麼多部眾，呼風喚雨，又哪裡次於那些達官顯貴？」說著，莫鎮仇問余次子。「要你是她，你會不會留下跟著我？」

余歲歲毫不遲疑地在心裡說「呸！」，然而臉上依舊是懵懂無知的表情。

莫鎮仇估計也沒想得到什麼答案，便道：「算了，反正你也不知道。你瞧著也就只有十二、三歲吧？小鬼一個，懂個屁！清嫻可比你大幾歲，唔……跟你大哥差不多呢！」

余歲歲和陳煜對視一眼，掩下眼中的震驚。

十四、五歲的姑娘家，深陷土匪窩，經歷了什麼暫且不說，想死還要被害她的罪魁禍首怪罪她不識好歹？

而這個都能當她父親的男人還在這裡口口聲聲地訴說情意？毀了別人的一輩子還裝得萬般癡情，不要臉都不能夠形容出莫鎮仇禽獸的一二吧？

見余次子還是不說話，莫鎮仇越發覺得和記憶中的那個影子更像了。

「我還真沒見過能跟她的眼睛這般像的人。」莫鎮仇說道。「要不是她姓鄭，你姓余，她是童縣來垠鎮人，你是簡州溧陽縣人，我還真以為你跟她有什麼關係呢！」

余歲歲愣了一下，隨即心裡突地一跳，趕忙垂下了眼神。

莫鎮仇估計就是閒得發慌，找人過來耍著玩玩，見這兩個孩子實在沒什麼意思，便擺了擺手，打發他們出去。

回到住的院子，余歲歲一進屋就跌坐在桌旁，臉色白得嚇人。

「二弟，怎麼了？」陳煜大駭。

齊越也趕緊過去察看。

余歲歲攥了攥自己的拳頭。「我沒事。」

她倒了一杯茶水，手指蘸水，在桌上寫起了字——

我的生母，便是童縣來垠鎮鄭氏宗族的貴女！

陳煜猛地一驚，那麼那位清嫻小姐豈不是……

余歲歲覺得自己的心裡堵得要命，好像有一口鬱氣想要衝出，卻被什麼東西抑制住了。

清嫻小姐應該是她某個舅舅的女兒。

如果余歲歲這雙眼睛遺傳自她素未謀面的生母，那和表姊的眼睛相像也不是什麼意外的事。

余歲歲想，她之所以來到童縣，見到莫鎮仇，會不會是冥冥中的一種指引和牽扯？那個悲慘死去的女子，是不是也不甘心自己就這樣紅顏薄命，連為自己報仇的機會都沒有呢？

余璟回來的時候，已經是兩天後了。

他一路風塵僕僕，直至見到余歲歲三人安然無恙，一顆心才算定了下來。

「爹，他們讓你去做什麼了？」余歲歲低聲問道。

齊越在門邊望風守衛，耳朵也朝這邊豎著。

余璟有些興奮地說：「我們當初留下，確實是正確的決定。」

陳煜眼睛一亮，聲音卻是更低。「莫不是爹發現了什麼跟潘家有關的證據？」

余璟點點頭。「莫鎮仇讓我去渡口接人，接來的是兩個外族面孔的男人。起初我以為他們是西域來做生意的，那個五當家對他們極為恭敬。後來我便借著機會試探了幾次，發現這兩個人不是西域人，而是北面的敕蠻人。莫鎮仇只是個中間人，這兩個人真正要來童縣見的，是潘家人！」

「什麼？」余歲歲和陳煜異口同聲。

「潘家將軍不是鎮守邊關，多年來力克敕蠻南侵嗎？就在之前，邊關也才剛剛打了勝仗啊！敕蠻人為什麼要來見潘家人？」余歲歲不敢置信。

「具體的我不知道，但過幾日，莫鎮仇會帶我們去豐年鎮，想來就是為了去潘府的。」余璟道。

「難道……」陳煜眉頭一蹙。「潘家通敵？」

余歲歲心裡突地一動，一個長久以來連不上的邏輯鏈，被陳煜這一句話勾連了起來。

如果有一個罪名，能讓潘家在剛剛獲得軍功、舉朝讚譽時，僅僅因為圈地這樣一個在某些人看來可以睜一隻眼、閉一隻眼的小事上一下子大廈傾倒，甚至直接導致了五皇子的倒臺，那這個罪名很有可能就是——

通敵！

是的，潘家是通敵，卻不是叛國。他們在雲朝位高權重，大權在握，當然不會叛國。但通敵，卻可能僅僅是因為一些不可告人的利益，他們選擇和敕蠻達成某種交易。也許是為了穩固潘家的兵權，也許是為了提高五皇子奪嫡的籌碼，也許這兩個都是。

「現在，我知道莫鎮仇為什麼要留下我們了。」余璟感嘆一聲。「他和潘家暗中勾結，已經不是一次兩次了。但這一次，他深知捲入此事風險極大，潘家兵權在手，若要找替罪羊，他這種無權無勢還無惡不作的人，便是最好的選擇，說不準還能讓潘家賺個好名聲。但莫鎮仇也不傻，正好這個時候我們撞了上來，他就乾脆留下我們，打算讓我們來當他的替罪羊。」

「那他為什麼還要親自去豐年鎮呢？這樣豈不是一樣撇不清關係？」余歲歲不解。

「他不去，潘家同樣也會疑心他。莫鎮仇肯定留有後手，到時候我們就會被他圈入彀中。」余璟分析道。

「那我們要怎麼辦？」余歲歲問道。

余璟看向陳煜，想聽他的決定。

陳煜略一思索，正色道：「那我們就將計就計吧，乘機去往豐年鎮，查明圈地一案，再證實潘家是否真的通敵？只要拿到證據，我們不要暴露身分，立刻潛行回京，請朝廷派衛軍來圍剿。」

余璟點點頭，現如今，這就是最好的辦法了。

兩天後，余璟帶著余歲歲三人，跟著莫鎮仇、五當家還有那兩個敕蠻人，出發去往豐年鎮。

一行人在豐年鎮落腳後，陳煜和齊越便和莫鎮仇帶來的幾個屬下們一樣，打著要出去好好玩玩的旗號，漸漸消失在莫鎮仇的視野之中。

余璟則一直將余歲歲帶在身邊，最重要的是保證她的安全，同時分散莫鎮仇對陳煜和齊越的關注。

終於，與潘家人見面的時間到了。

而在見面的前一晚，陳煜和齊越也回來了。

這個時候，潘家圈地之案儼然已經成了一宗大案裡微不足道的小案，陳煜和齊越只是到潘家的莊園和養馬的馬場附近去暗訪了一圈，就知道圈地案證據確鑿了。

但現在，重點在潘家和敕蠻人的會面上。

莫鎮仇一心要將余璟當成替罪羊，便毫不避諱地將余璟帶去了會面的現場，他本人反而卻在中途藉口離開。

余璟求之不得。

於是，他就親眼目睹著五皇子的使者、潘家宗族的代表與那兩個敕蠻人交換了雲朝邊境的部分佈防圖、雲朝的軍中箭矢、金銀錢財；而敕蠻人更是將他們悄悄帶入關的敕蠻馬種的藏匿地點，告訴了潘家人。

他還親耳聽到雙方如何約定在邊關佯裝打仗，以此換取潘家的軍功，然後再如何規劃一番，最終協助五皇子榮登大寶。

這一晚，潘家人喜出望外，決定在別莊擺一場宴席。

莫鎮仇稱病不來，要求余璟帶著三個兒子全部赴宴。

豐年鎮館驛。

莫鎮仇叫來五當家，在房中密謀。「我們的弟兄都佈置好了嗎？」

「放心吧大哥，等今晚宴席過半，我們立刻衝入別莊，殺死那兩個敕蠻人和余璟父子，將潘家和五皇子的人控制住，坐實他們通敵的罪名。」五當家道。

莫鎮仇微微一笑。「想不到我莫某人殺戮半輩子，還能得到這麼好的洗白機會，真是天助我也。」

五當家戲謔道：「潘家通敵賣國，大哥，咱們兄弟也是一片赤膽忠心啊！」

「哈哈哈……」莫鎮仇哈哈大笑。

另一處的房中，余璟四人將身上所有的武器都檢視一遍，再仔細藏好。

「今晚莫鎮仇一定有行動，我們要趕在他動手之前離開豐年鎮，連夜進京。」余璟囑咐道。「潘家人好對付，莫鎮仇和他的手下人多勢眾，所以我們一定要儘量避開。無論如何，逃走才是我們的唯一目的，記住了嗎？」

余歲歲、陳煜和齊越齊聲答道：「是！」

時間爭分奪秒，比的就是誰技高一籌。

然而，人算不如天算，巨大的變故來得猝不及防。

宴席剛開始，席上就突然多出了一個人，而且之前余璟完全沒有見過。

此人正與潘家人和五皇子的使者相談甚歡，目光無意間地瞥向余璟這邊，隨後就是一怔。

余璟正覺得奇怪，便聽到左手邊的陳煜低聲道——

「糟了，那是我母妃的宗親，他認得我！」

「你說什麼？」余璟心裡一驚。

陳煜低著頭，躲避著那人的目光。「我也沒想到，林家人居然也參與進來了。」

余璟深吸一口氣，讓自己冷靜了一下。

正在這時，門口又是一陣喧鬧，好像又來了什麼新客人。

余璟當機立斷。「我們現在就走！」

人來人往之間，一大三小四個身影，轉瞬消失在人流之中。

秋夜陰沈，天邊沒有月光。

別莊的其他地方都靜悄悄的，四人借著夜色，跑向後院的一處房間。

「事情有變，林家人可能認出了煜兒，我們必須改變計劃。」余璟邊跑邊說。

本來他們是打算等酒席過半再動手的，現在看來，已經不能拖了。

潘家人和敕蠻人交易不止一、兩次了，所以他們有些大意，只顧著吃喝玩樂，卻把交易的東西暫時存放在後院。

軍中的箭矢都是有規格的，只要一支箭，就足以證明潘家通敵。

余璟早就觀察好了他們存放箭矢的地點，四人小心翼翼地潛入房間，撬開箱子，拿出一支箭，藏在了懷中。

「現在計劃要調整了，我們離開豐年鎮後，要繞道東邊，先去汝右大營。煜兒，聖上的金牌是不是在你身上？」余璟低聲問道。

陳煜捂了捂胸口，點點頭。

當初皇帝和所有人都以為潘家只不過是一個圈地案的事，加上他們剛剛建立的軍功，所以查案不欲太過鋪張，這才讓陳煜和余璟輕裝簡行前來，也是想要給潘家和五皇子留個後路。

而實際上，如果潘家只有圈地這一案，陳煜他們也是不會有危險的。就像當初他們推測的一樣，童縣官員和潘家會掩蓋掉一些真相，讓陳煜查到一些瑣碎的證據，處置些嘍囉，然後把陳煜恭恭敬敬地送走。

但是，現在情況已經完全翻過來了。

先有莫鎮仇這麼個窮凶極惡的人在綠芽鎮作惡，再有通敵這個大罪，那麼他們四人的生命安全就無法保證了。這些人會不顧一切地要他們的命，只為掩蓋自己的罪證。

其實，如果沒有林家宗親，他們本來也是可以不用去求助軍營的。

只要他們悄悄離開童縣，留下莫鎮仇和潘家鷸蚌相爭，到時朝廷大軍一到，該抓的抓、該殺的殺。

可現在，林家的宗親一旦認出陳煜，潘家和莫鎮仇就會化敵為友，將他們視作共同的敵人。

如今，才是他們的生死時刻。

「煜兒、歲歲、阿越，一會兒出去之後，情況難料，我只有一個要求，保護好你們自己。」余璟鄭重地囑咐道。

「爹……」余歲歲聲音顫抖。

余璟分別拍了拍他們三人的肩頭，露出鼓勵的眼神，隨後正色道：「走吧！」

宴席上，那個姓林的男子還在四處張望著，眼中滿是疑惑與思索。

旁邊，潘家的潘四老爺是這次交易的代表，更是這場宴席的主人，此時他正和一個男人說著話。

「杜師爺，這次的事還要麻煩縣令大人替我們遮掩過去，那兩箱謝禮，還請縣令大人笑納啊！」

杜師爺呵呵一笑。「好說、好說！等七皇子一到，保准叫他什麼也查不出來！」

潘四老爺滿意地點了點頭，隨後又有些疑惑道：「奇怪，這都好幾天了，這七皇子就是走路也能走到了吧，怎麼還沒來？」

杜師爺不以為然地說：「嗐，這些個皇親貴胄，能幹成什麼事？指不定在路上哪裡逍遙快活去了。我聽說這七皇子年紀小，還不知事呢，肯定好糊弄得很！」

「潘四爺，你們說的七皇子，是什麼情況？」姓林的男人湊過去詢問。

潘四爺一看見他，趕緊就拉他坐下。「哎喲喲，差點把咱們林五少給忘了！杜師爺，我來給您介紹，這位是林五少，澧縣林家旁支的庶少爺。他們林家這些年為了我們，也是沒少出力氣啊！」說著，潘四爺又神秘一笑。「宮裡的賢妃，七皇子的親娘，就是他嫡支的堂姑！」

杜師爺眼神一驚，隨即恭敬起來。「唉呀呀，我真是有眼不識泰山啊！那你說，這七皇子到咱們童縣來，不就是大水沖了龍王廟嘛！哈哈哈……」

林五少趕忙確認道：「你們是說，七皇子來了童縣？」

潘四爺一怔，而後道：「是啊！喔，你剛從澧縣過來，可能不知道，我們建別莊的時候惹了點小麻煩，有兩個老不死的告狀到京城去了，卻是不知道哪個孫子在京兆府門口把那兩個臭窮酸給殺了，居然沒在路上動手，真是成事不足、敗事有餘！」潘四爺罵道。「這下好了，引來了朝廷的注意，於是派了七皇子來查訪。五殿下專門送了信來，要我們先收收手，把七皇子應付走再說，剩下的他會處理。」

林五少眉頭一蹙。「所以，七皇子還沒來？」

「當然沒來。」潘四爺笑道：「他要來了，我們哪敢這麼明目張膽啊？」

林五少想了一會兒後，猛然一驚。「不對，七皇子已經來了！」

潘四爺和杜師爺均是一驚。「你說什麼？」

「剛剛我看見的那個人就是七皇子！他回過澧縣，我見過他，不會錯的！」林五少道。

「剛才我還以為是我眼花了，現在看來，他是微服私訪，早已經把我們的底摸透了！」

潘四爺立刻警戒起來，細細地盤問林五少。

「我剛剛看他跟在一個男人旁邊，身邊還有兩個，看著都是孩子。」林五少如實交代。

潘四爺一下子就想起了莫鎮仇帶來的余三兒那父子四人。

「好你個莫老七，跟我玩起花活兒來了！來人！」潘四爺一聲大喝，廳中立刻安靜下來。

「封鎖別莊，給我搜！找到剛才那父子四人，絕不能放他們離開別莊！」

一聲令下，別莊裡潘家的打手立刻傾巢而出。

潘四爺一把抓住林五少的手腕。「走，你跟我去認人！」

別莊的小路上，余璟帶著余歲歲幾人風一般地飛速奔跑。

突然，不遠處傳來一陣喧譁。

「封鎖各個出口，搜！快搜！」

「糟了，他們發現了！」余璟的心頓時就涼了。

此時的別莊外，莫鎮仇和五當家帶著一夥人也正在暗處蟄伏。

突然，五當家看見潘家別莊裡火光四起，還時不時傳來喧鬧聲。

「大哥，是不是裡面出事了？難道他們發現了什麼？」

莫鎮仇眉頭也是一皺。「莫不是潘四那個蠢貨覺察到了什麼，朝余三兒下手了？余三兒父子可不是好對付的，就憑潘家那些個打手，恐怕留不住他們。」

「大哥，那我們該怎麼辦？」五當家急了。

莫鎮仇一舉刀。「絕不能讓余三兒他們跑了！兄弟們，給我殺進院子，見人就砍，片甲不留！」

一聲令下，眾人大喊著殺進了潘家別莊。

別莊外，剛剛接到封鎖消息的家甲們還沒來得及反應，就被突然湧上來的土匪們給殺懵了。

他們連忙舉刀迎戰，雙方立刻纏鬥起來。

可這幫家甲哪裡是土匪的對手？很快地，別莊的大門便被莫鎮仇攻破。

外面的喊殺聲立刻驚動了裡面的潘家打手，他們一回頭，就看見土匪們舉著刀朝自己砍來，當即也顧不上搜人了，忙大喊著殺了上去。

剛跑到內、外院交接之處的余璟四人，也聽到了喊殺與兵戈相交之聲。

「莫鎮仇動手了！」余璟精準地判斷出形勢。「在大門。」

「那我們走東門？」陳煜提議道。

「不，我們去大門！」余璟立刻反對。「此時大門前是一片混戰，他們越是互相殺戮，我們面對的敵人就越少，也正是逃出去的好機會。如果我們去別的地方，一旦暴露，相當於就給了他們雙方清晰的目標，他們不再互相消耗，我們就會面對成倍的敵人。」余璟的腦子飛速地轉著。「今夜沒有月光，潘家的別莊裡也沒有什麼燈火，一會兒要記住，先殺人搶刀，再主要攻擊舉火把的人。孩子們，如今只有拚死一搏了！」

事情到了這個地步，他們再也沒有後退的選擇。

三人聽完余璟的話，都紛紛抽出了身上的武器。

陳煜看向余璟。「師父，您護著歲歲就好，不用管我！」

余璟回看向他，心裡滑過一絲暖流，隨後重重地點了點頭。

「走！」

余璟低聲一吼，四人齊齊朝大門的方向衝去。

此時，莫鎮仇的人已經殺到了院子之中，一批又一批的人被砍倒，血腥味瀰漫在整個空氣中。

在夜色的掩護下，余璟義無反顧地衝入戰局，手起刀落，結果掉一個舉著火把的家甲，反手抽出他手裡的長刀，轉身幾個翻手，三、四個土匪便倒在了他的身前。

余歲歲緊跟在余璟身邊，也用手中的匕首結果了一人，搶下長刀，見人就砍。

陳煜和齊越也分別衝進了戰局。

四人只有一個目標，那就是殺出一條通往大門的血路！

混亂之中，沒有人清楚有誰加入了戰局，又是哪一方的，他們只知道斬殺著和自己對上的人，或者被對方殺掉。

潘四爺帶著一幫人趕到時，一眼就看到了混戰中的莫鎮仇。

因為很多潘家的打手都認得他，所以很多人都拚命地朝他殺過去，他身邊聚集的火把也是最多的。

「莫鎮仇，你個無恥小人！」潘四爺跳腳地罵道。

莫鎮仇殺倒一人，朝潘四爺喊了一聲。「潘四爺，彼此彼此！」

潘四爺越發著急了，他深知，自己這些人定然不是莫鎮仇這種刀尖舔血惡霸的對手。

「還沒找到七皇子嗎？」潘四爺急著朝旁邊的人吼叫道。

「都搜遍了，沒有。」家丁低頭回報。

「廢物！都是廢物！」

「四爺！潘四爺！」林五少突然搖晃著他的胳膊。「我看見那個跟著七皇子來的男人了！」他朝混戰的人群中一指。

余璟身形高大挺拔，此時又恰巧出現在火光照亮的地方，在一群家甲和土匪裡面格外的顯眼。

潘四爺剛鎖定他的背影，只見幾個舉火把的土匪一倒，人就又不見了。

「七皇子呢？我讓你找七皇子！」潘四爺整個人都處在爆怒的邊緣。

林五少使勁地看著，可他也不熟悉七皇子的身影，天又太黑，火光更是一晃一閃的沒有定數，再加上七皇子畢竟還是少年，身形偏瘦，因此在混亂之中根本難以發現。

潘四爺看著他找來找去都沒有結果，心裡也越發焦急。

想了半天，潘四爺揚聲朝莫鎮仇喊道：「莫七爺，我不管你想要幹什麼，現在我要告訴你，朝廷派來查案的七皇子，就在你帶來的那幾個人中！他們現在就混在人群中伺機逃跑，一旦他逃走了，咱們都是死路一條！聽我一句勸，我們雙方先解決掉七皇子，再來談我們的事！」

潘四爺一喊，莫鎮仇的身形一頓，可手上卻沒有立即停下。

這種時候，誰知道潘四爺說的是真話還是詐他？

黑暗裡的余璟早就算到了這個局面。

他砍倒身前的兩個人，借著黑暗朝莫鎮仇欺身而去。

只有殺了莫鎮仇，他們才有機會逃走，但也必然會讓莫鎮仇發現自己。

余璟看了一眼身後離自己不遠的余歲歲，心裡有些酸澀。

陳煜不能死，齊越不能死，歲歲更不能死。

這個險，只能他來冒！

在余三兒撲向莫鎮仇的一剎那，莫鎮仇才終於知道潘四爺說的是對的。

可他已經沒有時間要求自己的人停手了，而眼下，就算他喊停手，殺紅了眼的雙方也不可能聽他命令了。

「余三兒，真的是你！」所以，他只能大喝一聲，提醒四周能聽到的人，圍剿余三兒。

余璟根本不回他的話，手下招招狠辣，每一招都是必殺之技。

莫鎮仇到底是獨霸一方的黑道大哥，絕非潘家的家甲和一般的土匪，竟能在余璟手下走上百招，雖然被逼得朝大門方向步步後退，但仍未被傷及分毫。

余璟身後，余歲歲、陳煜和齊越相繼朝他聚攏過來。

土匪們發現自己的大哥被圍攻，自然反身來救。

潘家的家甲以為土匪們後退了，更是士氣大振地衝殺上前。

如此一來，在遠處的潘四爺和林五少看來，戰局立刻就明朗了起來。

「我看到了！我看到七皇子了！」林五少突然跳起來，指著人群中的陳煜。

「哪個？」潘四爺急問。

激戰中的余璟聽到這聲喊叫，心下頓時一急。他右手長刀格擋住莫鎮仇的大刀，左手迅速抽出腰間的短匕，頭也沒回地向後擲去。

短匕破空飛出，一聲悶響，血花四濺。

「就是——呃……」林五少興奮的指認聲瞬間卡在了嗓子眼，並且永遠都無法再說出來了。

「啊！」與此同時，五當家趁余璟分心之際，一刀砍殺過來，正中余璟的腰眼。

余璟中刀後，身形猛地一晃，莫鎮仇立刻占了上風。

「爹！」三聲異口同聲的叫喊，淒厲而驚懼。

陳煜飛身舉刀，用盡全力地砍下，五當家的頭顱瞬間飛出，滾落在莫鎮仇的腳邊。

莫鎮仇見兄弟被殺，眼中立刻盈滿怒火，一刀砍中余璟的左肩。

余璟吃痛，身子一癱，單膝跪倒在地。

一直緊跟著余璟的余歲歲雙眼驀地大睜，她想張口喊父親一聲，卻發現自己根本發不出聲音來。

她渾身好像被烈火焚燒一般，四肢百骸都是痛的，腦中一片空白，只感覺到自己的雙腿不受控制地朝莫鎮仇衝去，高舉著手中的刀砍下。

這一刀，被莫鎮仇擋下，巨大的震力讓余歲歲的長刀瞬間脫手。

就在莫鎮仇反手將大刀揮向她的時候，余璟一個飛撲，將莫鎮仇撲倒在地上，兩人扭打在一起。

余歲歲抽出身上齊越送給她的那柄小巧的短匕，沒有片刻遲疑，像發了瘋的小獸一樣衝了上去，一刀深深地捅進了地上莫鎮仇的腰眼。

莫鎮仇的手正死死地掐著余璟的脖子，猝不及防地被她捅傷，力道立時一卸。

余璟乘機長腿一屈，壓住了莫鎮仇的下身。

而此時的余歲歲眼裡什麼都看不見，她只看見余璟逐漸發白的臉色。

她跪倒在地，雙眼充血，雙手握住刀柄，舉過頭頂，狠狠地扎向莫鎮仇的胸膛！

「噗」的一聲，鮮血飛濺，濺得余歲歲滿臉都是。

可她毫無所覺，抽出匕首，舉過頭頂，然後再次狠狠地扎了下去。

一刀、兩刀、三刀……每一刀都是血珠四濺。

她死死盯著莫鎮仇，莫鎮仇同樣死死地盯著她的眼睛。

這一瞬間，這雙眼睛彷彿變成了他記憶中另外一雙相似的眼眸。

余歲歲大張著嘴巴，以為自己在淒厲地叫喊，實際上她壓根兒發不出任何聲音。

她只有一個念頭，她要殺了莫鎮仇，她要救爸爸，她一定要救爸爸！

「歲歲！」

當莫鎮仇的手癱軟地摔向一邊，掙脫了箝制的余璟終於一把將余歲歲的身體抱住，緊緊摟在懷中。

聽到余璟在耳邊輕聲的呼喚，余歲歲才喘著粗氣停了下來，嘴裡仍失神地唸叨著。「我要殺了他……我要殺了他……」

身後，陳煜和齊越再次踢飛兩個土匪。

當他們回頭，看到被捅得血肉模糊的莫鎮仇和渾身是血的余歲歲時，心中都升起一絲驚懼和無限的心疼。

「爹，快走！」陳煜喊了一聲。

余璟一把拽起余歲歲，腳尖挑起莫鎮仇的大刀，忍著傷口的劇痛，飛踢出去。

大刀飛起，一下子貫穿過四個土匪的身體，插在第五個土匪的前胸。

五人朝後倒下，正好阻擋了身後人的追擊。

就是這一瞬間的遲滯，余璟四人飛奔至門口，搶過門外賓客帶來的兩匹馬。

余璟帶著余歲歲，陳煜帶著齊越，四人兩騎，朝夜色深處奔去。

土匪們舉著刀，狂奔出去，誓要為莫鎮仇報仇。

潘家的家甲們正要跟著追，就被潘四爺喊了回來。

他來到門邊，看著地上莫鎮仇的屍體，暫時鬆了口氣。

「潘四爺，這下怎麼辦？」杜師爺慌張地走過來。

莫鎮仇死了沒用，讓七皇子跑了，他們一樣全得完蛋啊！

潘四爺糟心地回頭看了看林五少的屍體，頭腦都要炸了。

「現在唯一認得七皇子的人死了，那三個孩子，到底哪個才是七皇子？」他咬牙切齒地怒道。

杜師爺仔細思索著。「那個余三兒，應該就是皇帝派來保護七皇子的侍衛。那麼他最保護的那個，就該是七皇子。」

潘四爺回憶了一下。「最保護的那個？難道是那個裝作他二兒子的小男孩？」

即便偽裝得再好，人的眼神也是會洩漏秘密的。

潘四爺的印象中，那個余三兒每次做出戒備神色時，下意識裡第一個看的都是那個眼睛特別亮的二兒子，之後才會再去看另外兩個。而另外兩個孩子，對那個二小子也是格外關注和保護。

一個被三個人都護著的少年，不是七皇子還會是誰呢？

「我看，就是他了！」潘四爺作出了判斷。

話音剛落，門外又是一陣騷動。

潘四爺如驚弓之鳥般看過去，在見到來人時，先是鬆了一口氣，而後驚訝地開口。「潘東？」來的是一群黑衣人，個個勁裝蒙面，只有為首的人沒戴面罩。「你們怎麼來了？」

「五殿下派我們來清理證據，順便問問七皇子查出了什麼沒有？」潘東回道。「我們今天晚上剛到，聽說四爺在別莊，就找了過來。」說完，潘東看著門裡門外的血跡及一地屍首，面色一驚。「四爺，這裡出什麼事了？」

潘四爺閉了閉眼。「完了，全完了……」他將來龍去脈講了一遍。

潘東的臉色越聽越黑。「四爺，如今只有殺了七皇子和那余璟，五殿下才能高枕無憂。」他神色一狠。「來時，殿下已經說過，如果七皇子真的查到了什麼不能查的，就絕不能手軟。」

潘四爺突然來了希望，一把抓住潘東。「他們雖然跑了，但那個侍衛受了重傷，一定跑不遠的！你們認得七皇子，就一定要追到他！」

潘東的表情一頓。「我們都是殿下培養的死士，平日裡一向秘密訓練，還未認得七皇子。」

在之前，五皇子從未將七皇子當作對手，又豈會讓手下人去關注他呢？而且潘東還以為七皇子會大搖大擺地進童縣查案，哪裡知道潘四爺他們從頭到尾都不知道七皇子來過啊！

潘四爺一噎，呼出一口氣道：「反正就是跟著那侍衛最近的一個小男孩，嗯……眼睛特別亮！」

潘東一氣，這算什麼特徵？但余璟拚死保護的，那肯定是七皇子沒錯了！想了想，潘東一揮手，轉身追人去了。

「潘東，記得那幫土匪也得殺了，以絕後患啊！」潘四爺在身後囑咐著。

一群黑衣人呼啦啦地騎馬離開。

此時，遠處的樹林裡，還有一群黑衣人，他們騎著馬，躲在暗處觀察著潘家別莊。

「頭領，咱們跟著五皇子的人追過來，現在他們怎麼突然走了？」

為首的黑衣人想了想。「這裡應該就是消息裡說的潘家別莊，看起來剛剛該是發生過一場激戰……難道是七皇子和那個余校尉？」

「那我們現在怎麼辦？」

黑衣首領思索了片刻後道：「太子殿下的命令，是讓我們跟著五皇子的人找到七皇子，然後乘機殺了七皇子，嫁禍給五皇子。如今能讓五皇子的殺手這般如臨大敵的，只可能是與七皇子有關，所以，我們還是繼續跟著他們。」

「是！」

余璟帶著余歲歲，身後跟著陳煜和齊越，四人一路狂奔，朝豐年鎮東邊跑去。

耳邊呼嘯過的夜風颳得臉都是痛的，余璟的傷口隨著馬背上的顛簸越來越疼，眼前也越來越模糊。終於，他一個眩暈，身子一歪，從飛馳的馬上跌了下來！

「啊！」余歲歲被他一起帶倒，雙雙滾落在地上。「爹、爹！」她顧不得自己摔疼的四肢，一骨碌地爬起來，查看余璟的情況。

「師父！」陳煜和齊越也停了下來，跳下馬飛奔而至。

余璟撐起自己的身體，靠在旁邊的石頭上，捂著腰上的傷口，試圖扯出一絲笑容，安慰驚恐的三人。

「我、我沒事……」

余歲歲朝余璟的傷口一探，觸及一片滑膩，收回手，瞬間便是濃重的血腥味。

她不敢想，余璟頂著這流血不止的傷口，是怎麼跑了這麼久的？

「爹……」她擔心地輕喚一聲，淚珠大顆大顆地往下掉。「藥、藥呢？」她突然想起，這次出來，他們隨身帶的都有傷藥！余歲歲朝身上一摸，心頓時就是一涼。身上的包裹，早就在打鬥中不知所蹤了。「陳煜！藥呢？藥呢？」她朝陳煜低吼。

陳煜咬緊牙關，不忍看她。他們身上的包袱，也都已經弄丟了。現在他身上，除了那支證明潘家通敵的箭，就只有皇帝的金牌了。

「歲歲……」余璟伸出手，握住余歲歲的臂。「歲歲別哭，我沒事。我受過的……比這還嚴重的、的傷……多了、多了去了。我們得……得趕緊走，不然他們……會追上來的。」余璟斷斷續續道。

「可你身上還有傷啊……」余歲歲哭得不行。

余璟搖搖頭。「不走，就不是傷了，就、就是沒命了……」說著，他看向陳煜。「殿下，現在，我可能……不、不能保護你了，我的傷，只會拖、拖慢行程，你帶著歲歲和……和阿越先走……」

「不可能！」余歲歲低喊道。

「師父，我怎麼可能丟下您不管！」陳煜當然也不會同意。他赤紅著雙眼，跪在余璟面前，臉上也早已爬滿了淚水。

「殿下！」余璟忍痛，聲音嘶啞著苦勸道：「我們是、是來幹什麼的？你怎麼能丟、丟下……大局不管？」

陳煜不住地搖頭，語氣哽咽。「我寧可暫時放過他們，也不會讓師父為我丟了性命！」

「為你？」余璟看向他。「想想邊關的百姓，想想那對……那對慘死京兆府前的老夫妻，你以為我、我出生入死，是為了你？」

陳煜無言以對。

黑夜裡，一陣若隱若現的喊殺聲突然飄入耳中。

本來默默哭泣的余歲歲驀地抬頭，眼睛瞪大，腦海裡閃過一個念頭。

她猛地站起身來，拉起地上的陳煜和齊越，推了他二人一把。「你們走，你們兩個一起走！」

「余姑娘，妳……」陳煜愣住。

地上的余璟也愣住了。

余歲歲擦掉臉上的眼淚，語氣堅定地說：「陳煜，我以我爹是你師父的名義命令你，帶齊越走，去汝右大營也好，回京交旨也好，快走，走啊！」

陳煜盯著她的眼睛，突然明白了她的意思。「不——」

余歲歲猛地抽出短劍，粗暴地打斷他。「追兵已經追過來了，你再不走，我和我爹現在就死在這兒，也免得被他們抓住，平白受辱！」說著，她看向齊越。「齊越，帶他走，帶他走！」

齊越又哪裡不懂她的意思？他死死咬著牙，憋著眼淚，拉住了陳煜的胳膊。

黑夜裡，陳煜的眼中只剩下幕天席地之間，渾身都被血裹滿了的余家父女兩人。他一步一步地向後退，離他們越來越遠、越來越遠。

他知道，自己這一輩子都不可能忘卻這個夜晚。

這一晚，有兩個這世間對他而言最重要的人，用他們的生命來換他的命，換一個真相。

他最後看了一眼黑夜裡余歲歲模糊的身影，而後堅定地轉過身，飛身上馬，任由淚珠甩出眼眶，灑進冰冷的黑暗中。

「駕！」一聲悲憤的怒吼，陳煜和齊越的身影，漸漸消失。

余歲歲這才轉過身來，將余璟扶了起來，走向另一匹馬。

余璟看著她，她也抬頭看著父親。

「陳煜有使命，齊越有血恨，他們都不能死。」余歲歲眼眶中的眼淚，一點點地聚滿。

「這一次，我來做爸爸的戰友，我陪你！駕！」兩人一馬從大石後猛然竄出。

奔跑而至的土匪們只想替莫鎮仇報仇，叫嚷著繼續追去。

他們的身後，是騎馬追趕而來的潘東一行。

「首領？」

潘東冷道：「追上去，殺了那群土匪，再殺余璟和七皇子！」

再往後，又是一眾人馬。

「跟上去，殺了五皇子的人，再殺余璟和七皇子！」

第十五章

黎明的天光亮起，太陽在東邊升上。

余璟和余歲歲藏在一處小樹林中，靠坐在樹下歇息。

「爸，你怎麼樣了？」余歲歲查看著余璟的傷口。

「還行。」余璟的臉色沒有昨晚那麼嚇人了。

余歲歲將綁縛傷口的布條解開，發現傷口的血已經有了凝固的跡象。她驚喜不已，又從懷裡掏出了一把草藥。

「爸，你真行！這東西居然真的能止血！」

余歲歲挑出幾片草藥葉子來，放進嘴裡嚼碎，然後吐出來，敷在余璟的傷口上，再撕下裡衣乾淨的布條包紮。

余璟看著余歲歲略顯生澀的動作，神情卻是很欣慰。

「誰讓我閨女是我的小福星呢！」他笑道。「如果不是妳帶我跑到這山上來，我恐怕已經死了。」

余歲歲眼眶一濕，卻忍了回去。「爸，你怎麼會認得這種草藥，還知道怎麼用它？」

「當年在部隊，執行任務的時候用過。那個時候哪裡等得到去醫院，都是這樣放嘴裡嚼碎了敷上，就能救命。」余璟輕描淡寫地說了幾句，並未多言。

余歲歲也沒有細問，她知道，這簡單的一句話背後，不知道藏著多少槍林彈雨。

她看了看周圍，這裡是一片密林，就算有人找過來，也不會輕易發現他們。

但缺點也正是這個，他們也不能輕易發現追兵。

「爸，我們向西跑了整整一夜，直到現在都沒有土匪跟上來，是不是已經甩掉他們了？」余歲歲問道。

余璟想了想，卻是搖了搖頭。「沒那麼簡單。妳忘了，可不只莫鎮仇的人要我們死。」

余歲歲一驚。「你是說，潘家的人還是不會放過我們？」

「他們的榮華富貴和生死都繫在了我們身上，他們能不急嗎？」余璟道：「我想，那些土匪之所以沒有追上來，不是因為他們跟丟了，而是因為他們已經被殺死了。」

余歲歲替他穿好衣服，如今余璟傷勢穩定，她整顆心也定下了不少。「只要不是跟去了陳煜和齊越那裡就好。」

想起昨晚女兒毅然決然的一幕，余璟不禁摸了摸她的頭。「歲歲長大了。」

「爸，我們還是得盡快趕路。現在我們連在哪裡都不知道，總要找個村落問問方向，也好給你治傷。」余歲歲說道。

雖然昨晚她可以大義凜然地讓陳煜和齊越先走，但並不代表他們就要等死。何況他們已經逃了出來，誰不惜命呢？

「也好。」余環撐著身體站起來，牽過旁邊的馬。「再跑下去，馬也受不了，得找個地方換馬。」想了想，他又看向余歲歲說：「不過歲歲，我們一旦與外人打交道，暴露的風險就會更大。妳跟著我，太危險了。」

「你又來！」余歲歲瞪住他。「如果潘家的追兵真的追著我們而來，那陳煜他們回京就會順利、快速得多。我之所以讓他們先走，不就是要替他們引開追兵嗎？如果怕危險，我何必留下來？」看了看四周，余歲歲神色坦蕩輕鬆地說：「反正，我們就帶著這些追兵在這裡繞繞圈子，等著陳煜他們的消息。待這幫人回過神來，發現自己家被偷了，那才好玩呢！」

余環摟了摟她的肩膀，暗自下定決心要保護好女兒。

父女倆牽著馬，朝密林外走去。

直到黃昏，兩人才走出林子，走進了一個小鎮子。

幸好天色昏暗，他們又穿著暗色的衣服，身上的血跡不太明顯，只是形容略顯狼狽。

他們本就是為了引追兵的，所以行事也沒有太過遮掩。

余環用身上的錢訂了個客棧，又讓夥計幫忙買了兩匹馬。

余歲歲則請來了郎中，替余環治傷。

幸好余環年輕體壯，傷口雖然深，但都沒有傷到骨頭，再加上及時止了血，已沒有性命之憂。

郎中開了內服、外敷的藥，余歲歲趕緊幫著給余璟用上。

如此到了晚上，提心吊膽了一天一夜的父女倆，總算能享受難得的平靜。

「爸，我今天打聽過了，這個鎮子是童縣和澧縣的交界之處。綠芽鎮在童縣南，這裡在童縣西，再走一段路，就是澧縣的東部轄地了。」余歲歲憑著記憶在桌上畫起了地圖。

「東部？」余璟心裡一動。「那不是離余家莊很近？」

「什麼？」余歲歲一愣。難道是她想的那個余家莊？

余歲歲一穿越過來，就已經身在侯府了，所以並沒有見過余家莊。可余璟在那裡還住過一段時間，對那裡還算是熟悉的。

余璟心中一喜。「太好了，到了余家莊，就是到了我們自己的地盤，我太熟悉那附近的地形了！歲歲，我們明早出發，直奔余家莊，就在那裡甩掉追兵！」

余歲歲剛想答話，便聽到屋外一聲輕響。

兩人驀地驚起，反手拿出了武器。

余璟凝神靜聽，外面的腳步聲雖然很輕，但還是讓他聽了出來。

父女倆幾回出生入死，早已培養出了一種如同並肩作戰的戰友一樣的默契。

余璟指了指後窗，余歲歲立刻點頭明白。

於是，門外的殺手只聽得兩聲悶響，趕緊回頭，就見後窗下兩個自己人被放倒，一大一小兩個身影飛掠而出，躍上院子裡的兩匹馬，就飛奔而逃。

為首的潘東立時一急。「快追！」

這個鎮子真的太小了，余歲歲和余璟剛跑出客棧沒一會兒，就跑出了鎮子，來到了山道上。

山道狹窄，余璟在前引路，余歲歲跟在後面。

不知跑了多久，身後的殺手一直追得很緊，總能聽到不遠不近的馬蹄聲。

「七殿下、余校尉！只要你們交出證據，我們還是能放你們一條生路的！」潘東高喊道。

余歲歲和余璟心裡都滑過了一絲疑慮。

童縣的人，是不知道余璟身分的。

也就是說，這幫殺手，是京城派來的！

他們兩人誰都沒有答話，依舊繼續向前跑著。

潘東又繼續喊道：「七殿下，本是同根生，相煎何太急啊！您可要想清楚啊！」

這下，余歲歲更加斷定，他們就是五皇子派來的人了。

他們居然能說出這種話，不覺得自己可笑嗎？

「七殿下，你們再不收手，就不要怪我們不客氣了！」

回覆潘東的，還是只有風聲和馬蹄聲。

追在最前的潘東眼神一狠，緩緩抬起右手，朝後吩咐。「放箭！」

「咻」的一聲，羽箭擦著余歲歲的身側飛過。

余歲歲後背倏地就是一陣冷汗，他們居然有羽箭！

這一念頭剛起，又是一支羽箭飛來，余歲歲舉刀就是一擋。

前頭的余璟聽到響動，立時大駭。

他猛地扯緊韁繩，身下的馬一個急剎。

余歲歲還沒反應過來，自己就從余璟身旁跑過，將余璟落在了後面。

她趕緊回身，只見余璟一個橫馬，徒手便接下一支箭矢，朝身後的殺手擲出。

「啊！」一個放箭的殺手應聲墜馬。

余璟立刻調轉馬頭，再次奔逃起來。

潘東親眼看著余璟擲箭殺死了自己的同伴，心中的恐懼升起。

他終於明白為什麼太子和三皇子的殺手都曾敗在這個人的手裡；為什麼皇帝那麼信任他，甚至只指派了他一人護衛七皇子。

這個人太可怕了，他必須得死！

潘東下定決心後，再次一抽馬鞭，加快追擊的速度，同時朝身後喊道：「放箭，一定要射死余璟！」

在疾馳的馬上射箭本來就有很大的難度，很多次壓根兒無法瞄準，而難得瞄準的，卻又被余璟擋下，於是潘東越發著急了。

「把弓給我！」潘東朝身後伸出手。

身後的殺手趕忙將弓扔給了他，潘東抽出一支箭，直起身子，拉弓、瞄準。

弓箭飛出，直衝余璟的後心！

余璟察覺背後的勁風，側身一躲。

可馬上可供躲閃的空間太小了，「噗」的一聲，羽箭入肉，左背肩胛骨瞬間吃痛，余璟悶哼一聲。

左肩上被砍中的那道傷口，也在這一刻迸裂。

余璟甚至感覺到，傷口的血在一瞬間噴灑出來，浸透了身上的繃帶。

他抬頭，看著前方俯在馬上的女兒，咬著牙，強迫自己一定要挺住。

快了，就快到余家莊附近了！

山路逐漸變寬起來，余璟拍馬加快速度，趕上前面的余歲歲，跑到前方引路。

余歲歲驚恐地看著父親的後背插著一支箭，她想問他傷勢，卻終究沒有出聲。

不知道為什麼，五皇子的殺手把她認成了七皇子，但這是好事，他們不能功虧一簣！

余璟駕馬在前面跑著，今晚月光朦朧，他借著一點光亮，看到了前方的灌木林。

到了！

余家莊的東邊是一片灌木林，道路崎嶇又岔路極多，而往東南，就是余家莊的那片後山，山區又深又大。

從東邊翻過後山，山腳附近就是余璟從前的家了。

這些，都是余家莊為什麼貧窮的原因之一，但此刻，卻成了他們救命的良機。

余璟放緩了馬速，靠近余歲歲。

「歲歲，我數一二三，咱們就跳馬！一、二、三——」

兩道身影從馬上躍下，在地上滾了兩圈，隨即跌跌撞撞地跑進了灌木林中。

兩匹馬則順著道路的方向，繼續疾馳而去。

追過來的殺手一時不察，跟著馬蹄聲漸漸跑遠了。

灌木林裡，余璟和余歲歲撲倒在地上。

「爸！」余歲歲撐著自己快要散架的身體，爬向余璟。等接近了，她才發現，余璟身後的羽箭早已不知何時被生生扯了下來，翻出的血肉從衣服的破漏處露出來，看得人觸目驚心。而余璟滿頭大汗，意識已經模糊了。「爸！爸，你別嚇我，爸！」

余歲歲吃力地架起余璟高大的身體，他一大半的體重瞬間都壓在了余歲歲的身上。

余歲歲咬著牙，拖著余璟，一步一陷地朝前走去。

「歲、歲歲……往那裡……」余璟顫巍巍地伸出手指，指向一個方位。

余歲歲立刻聽從他的指揮。

「我們……進山，他們很快……就會發現……不對的……」

「我知道了，爸，你別說話，我帶你進山。」余歲歲早已分不清臉上到底是淚水還是汗水了。

余璟不再說話。

她一手拉著余璟的胳膊，架在自己的脖子上，一手抱著他的腰。長這麼大，她從沒揹負過如此沈重的重量，可她不能放棄，嘴唇都被咬破了，卻還是吃力地向前挪著。

突然，她腿一軟，右腿膝蓋一下子跪在了地上，痛叫一聲。膝蓋下，尖銳的石子直接刺破了她的皮肉，痛得她渾身都在顫抖。

她就這樣跪在地上，緩了一會兒，等到疼痛不再那麼明顯，這才用盡渾身力氣，重新站了起來。

余歲歲就這樣一直走著、挪著，直到看見了一個隱蔽的山洞。

將余璟拖進山洞，放在地上躺好，她才發現，父親早已失去意識，臉頰通紅。

她趕緊去探余璟的額頭，溫度高得嚇人！

「爸！爸你一定要堅持住！」

余歲歲摸了摸身上，還好在那個小鎮中開的金創藥都還沒搞丟，她趕緊解開余璟的衣裳，準備把他的新傷、舊傷再次上好藥。

直到這時，她才看到，余璟的所有傷口都已經迸開了，血流得驚人。

她趕緊止血，然後上藥、包紮。

等終於將余璟的傷口料理妥當後，余歲歲已經精疲力盡了。
余璟還在發燒，可她已無能為力。
她癱倒在一旁，也顧不得管自己的傷口，昏昏沈沈地暈了過去。

再次醒來時，山洞外面的天都已經大亮了。
余歲歲第一時間看向余璟，見他臉頰依然泛紅，身上的溫度還是沒有消退。
「爸爸……」余歲歲暈暈乎乎地爬過去，靠在了他身邊，沒有注意到身旁人的手指微微一動。
余璟睜開眼睛，只覺得頭痛欲裂，整個身子都彷彿不是自己的了。
可這些他都無暇顧及，他看向臂彎裡的女兒，臉上、手上皆是擦痕與細碎的傷口，衣服到處都有破口，頭髮也早已亂掉了，臉上血痕、淚痕，什麼都有。
「歲歲……」他吃力地張口，咽喉疼得如同撕裂了一樣。
余歲歲迷迷糊糊地回應著。「爸，我們是不是……又要死了？」
「不許……瞎說……」余璟也沒有比她清醒多少。
「也好，這回死了，就能見到媽媽了……」余歲歲閉著眼睛，好像在自言自語，身子朝余璟身邊又湊緊了一些。「到時候我們就跟她說，我們死了兩次呢……」
余璟一時竟覺得好笑，嘴角輕輕扯動了一下。「好……要是能再見妳媽媽一眼，該有多好……」

山洞內再次歸於寧寂。

京城，皇宮。

皇帝坐在龍案前，案上放著一支染血的箭矢。他看著陳煜，素來得體的兒子如今滿身狼狽，盡是血污，皇帝放在龍案上的手都在不停地發抖。

「好啊、好啊，我的好兒子……」

陳煜微微抬眼，看著皇帝似笑非笑的表情，不知道他到底是在說自己，還是在說五皇兄。

「父皇，兒臣持父皇的金牌前往汝右大營，張將軍已派兵圍住綠芽鎮，也派了人監視豐年鎮和童縣縣衙，只等父皇聖斷。」陳煜說道。

皇帝目光一凜。「煜兒做得很好，每一步都思考得很周全。你先回宮，換洗一下衣服，見一見你母后和母妃，她們都很擔心你。」

陳煜的面色遲疑了一下。

皇帝將他的表情盡收眼底，笑了笑，繼續道：「等休息好了，朕要你親自帶禁軍前去，童縣的一切事宜，均由你全權處置！」

陳煜猛地抬頭，眼中劃過不敢置信，當觸碰到皇帝信任的眼神時，陳煜頓時覺得身上熱血澎湃。

「是，兒臣定不辱命！但兒臣……還有一個請求。」他說道。「等童縣公事完畢，兒臣想……去找余師父的下落。」

皇帝嘆了口氣。「你有情有義，朕又怎麼可能拒絕你呢？儘管去吧。若能找到他，朕必有封賞。」

陳煜哀痛的眼神終於有了些許鬆動，告退離開。

看著他的背影，皇帝一揮手，讓內侍宣禁軍白統領和馮大人進宮。

「白卿，立刻查封五皇子府和潘府，任何人不得出入。馮卿，派刑部、大理寺、兵部、宗正府和御史臺一道，給朕把這樁通敵大案查個水落石出！」

馮大人和白統領交換一個眼神，心裡都生出了驚詫。

他們都聽說今早七皇子一人一馬血衣進宮，原來竟是出了如此大事！五堂會審，看樣子皇帝這回算是氣狠了。

「陛下，若是五皇子要見陛下……」白統領還是很有經驗的。

皇帝閉了閉眼睛。「告訴他，想見朕，那就去宗正府大牢裡等著吧！」

見蕙宮。

陳煜和林賢妃面對面的坐著，他剛剛將自己在童縣的經歷講給母妃聽，這還是他記事以來，第一次不是和母妃在佛堂交談。

「好個林家！」突然，林賢妃一掌拍在桌子上，手裡的佛珠驟然斷裂，滾落一地。

陳煜一驚。

林賢妃雙眼含恨，語氣憤怒。「當年為逼我進宮，以我生母相挾，又殺我未婚夫婿，如今竟還與外人勾結，害我兒的性命！他們真當我是軟柿子，捏了這麼多年，還會任由他們擺佈！」

陳煜震驚地看著賢妃，險些沒有反應過來。

「我還以為，他們這些年不吭不響，該是學乖了。可沒想到，他們居然暗地裡作死，還不惜殘害你！」賢妃怒道。

她什麼都可以忍，但這個，她忍不了！

「煜兒，告訴母妃，你想要那個位置嗎？」

陳煜沒想到，母妃一朝突然轉變也就罷了，居然張口便問出如此驚人的問題來。

他沈吟了一下後，聲音低沈地說：「母妃，從我七歲時被母后叫去椒房殿的那一刻，我就沒有選擇了。母后待我很好，我聽她的話，母妃在宮裡也能過得更舒坦一些。」

林賢妃有些意外。「所以，你從來沒想過那個位置嗎？」

陳煜搖了搖頭。「起初是沒有的。可一旦開始，就沒有回頭路可走了。母妃，兒臣沒有選擇。可是……」他突然話鋒一轉。「直到遇見師父和余姑娘，我……我突然就覺得，也許真的只有坐上那個位置，才能保護住我想保護的所有人。」陳煜抬起頭，一雙眼睛慢慢蓄滿了眼淚，像受了傷、渴求母親舔舐的雛鳥。「母妃，如果這次，余師父和余姑娘真的死了，兒臣、兒臣……」

林賢妃的眼淚瞬間垂落，三步併作兩步地來到兒子的身前，將他抱進自己的懷裡，輕輕地安撫勸慰。

他們母子，恐怕已有十年未曾如此親密了。

「煜兒，不會的，他們都會沒事的。你儘管去做你想做的事，今後，母妃會永遠和你站在一起的。」

「母妃！」陳煜跪倒在地，摟住賢妃的身體，將頭低埋，失聲痛哭。

余歲歲是在一陣勾人的香味中漸漸甦醒的。

她眼睛還沒睜開，胃裡的饞蟲就先蠕動了起來。

聽到耳邊的響動，她一下子睜開眼睛，入眼的便是余璟的笑臉，和一隻烤好的兔腿。

「歲歲醒了？先喝點山泉水，再吃飯？」

「爸！」余歲歲驚喜地想要坐起來，卻發現自己的身體又痠又疼，剛起來一點兒就又倒了下去。

余璟趕緊將兔腿放到一邊，扶著她坐了起來。

余歲歲這才看向兩人的身上，衣服還是那件髒兮兮的衣服，但身上的傷口都上了新藥，用乾淨的布條包好了。

唉，他們兩人身上的裡衣，怕是都被薅禿了吧？

「爸爸，你好了嗎？你沒燒了嗎？我們活下來了嗎？還、還是，我們已經死了？」余歲歲靈魂四連問。

余璟沒好氣地刮了一下她的鼻子。「死了還能有東西吃？妳個貪吃鬼！」

「哇，爸爸！」余歲歲撲進余璟懷裡，興奮不已。

余璟這才告訴她，他其實已經醒來快一天一夜了。

也許是傷藥止住了傷口的發炎，而他身子強硬，挺過了高燒那一關。

然而當他醒來時，余歲歲也發了低燒，是他替余歲歲包紮了身上各處的傷口和擦傷，又看護了一夜替她降溫，這才終於等到了她的甦醒。

白天的時候，他趁余歲歲未醒，已經去查看了周圍。他們確實已經回到了余家莊，就藏在余家莊的後山上。

「歲歲，大山裡可全都是寶貝，只要咱們待在這兒，野菜、山雞、兔子什麼都有，太子就是圍我們十天半個月，我們也餓不死。」余璟的心情很不錯。

余歲歲驀地一愣。「太子？怎麼會是太子？一直追著我們的不是五皇子的殺手嗎？」她一頭霧水。

余璟沈默了一會兒後，搖了搖頭。「雖然我也不知道哪裡出了變故，但我今天去查探時，看到了當初來找我的那個盧陽侯府的管事。能讓盧陽侯府牽扯進來的，除了太子的人，不會再有別人了。」

余歲歲嘆了口氣。現在倒好，他們居然能同時被土匪、五皇子及太子三方人馬追殺，還真是受寵若驚。

其實想想也是，太子怎麼可能會放過他們呢？她爸油鹽不進，這次事後，儼然會成為七皇子的一大助力，太子如果聰明，肯定會在這個時候選擇殺了他們，還能嫁禍給五皇子。

余歲歲喝下余璟打來的水，接過烤好的兔腿吃了起來。

餓了不知道多久的肚子，總算填上了一些東西。

「爸爸，我突然想起，那對死在京兆府前的老夫妻，恐怕不是五皇子的人動手的。」余歲歲思索道。「你想嘛，這人都到了京城了，這個時候死，不是更會把事情鬧大嗎？而且他們明知那對老夫婦是來告狀的，還要把屍體留在府門前，讓人搜出他們身上的訴狀，這不是傻嗎？」

最開始，她以為是潘家狗急跳牆，不得已而為之；後來知道了莫鎮仇與潘家的勾結，又覺得是莫鎮仇做這件事的。可現在想來，事情恐怕沒有那麼簡單。

余璟點點頭，贊同她的說法。「其實，我今天看到太子的人馬時，也想到了這事。我覺得，沒準殺死老夫婦的人，就是太子指使的。妳想想，大理寺卿裴大人剛出京辦事，這件事就被捅破了。七皇子的心性，在之前溧陽一案時，他就有所領教，因此皇帝會派七皇子前來查案的可能性最大。假如這回他們真的殺了七皇子，受益最大的可不就是太子嗎？」

余歲歲生氣地抓起山洞裡的石子一扔。「這幫人，真是為了利益，什麼都幹得出來，視人命為草芥，就應該把他們都抓起來，一刀砍了！」

余璟看著義憤填膺的女兒，她的身上還掛著累累的傷痕。

穿越給了他們第二次生命，可也帶給了他們在現代社會體會不到的苦難與無能為力。

在現代，他們只要勤勤懇懇、遵紀守法，就能過好自己的小日子。可在這裡，當你無權無勢的時候，沒有人會跟你講道理。

他們想殺你就殺你，肆無忌憚，更無處伸冤。

這一次，他和歲歲能靠著運氣死裡逃生，那下一次呢？下下次呢？

當自己的手中沒有他們忌憚的東西時，就只會變成砧板上的魚肉，任人宰割。

而如果真的讓這些草菅人命的衣冠禽獸坐上那個無上的寶座，不光是他們父女，還有無數無辜的生命，都會變成他們玩弄權術的犧牲品。

於公於私，余璟都不能接受。

「爸爸，你在想什麼呢？」

余歲歲叫了余璟好幾聲，都不見他的回應。

余璟猛地回神，看向她的小臉。

「歲歲，如果……我想去參軍，妳……會怎麼想？」余璟小心翼翼地問道。

他明明許諾過要陪在女兒身邊的，可現在，他怕是要食言了。

「為什麼？」余歲歲驚訝道。

余璟深吸一口氣。「只有軍功，才能讓一個人用最短的時間，得到更大的權力。歲歲，我害怕了，我不能讓妳再陷入今天這樣的險境，哪怕一次，我都可能會永遠後悔莫及。」

余璟說完，看著沈默的余歲歲，心中忐忑不安。

他以為，歲歲會反對、會難過，可沒想到，歲歲只是想了一會兒，就無比冷靜地點了點頭。

「好，我支持爸爸的決定。」

「妳……」余璟有些沒反應過來。「妳不怪我，再一次離開妳？再一次錯過妳的成長嗎？」

余歲歲搖搖頭，笑意盈盈地看著余璟。「如果一時的分別，可以換來今後長久的陪伴，那我願意。但我要爸爸發誓，保護好自己，不然……我永遠都不會再原諒你了！」

余璟心裡一酸。他的女兒，總是這麼懂事。

余家莊山腳下，余管事看著殺手頭領，心裡有些發怵。

「梁統領，五皇子的人已經撤了，我們……還守著嗎？」

梁統領瞥了他一眼。「京城傳來消息，五皇子已經被軟禁，七皇子帶兵去了童縣。他們的主子已經完了，他們當然要回去了。真是一幫蠢貨！老子還以為他們追的是七皇子和余璟，鬧了半天居然追錯了人！」

想來五皇子的殺手和己方一樣，在聽到七皇子浴血進宮的消息時，都嚇丟了魂吧？

可是誰能想到余璟和七皇子居然和他們玩了個明修棧道、暗度陳倉！如今五皇子已經完蛋了，太子下了死令——

余璟必須死！

可余家莊這深山老林，他們屢次進去，都在裡面迷了路。想到這裡，梁統領就氣不打一處來。

「對了，梁統領，小人想到一個好主意！」

「說。」

「找其他人不保險，可若是找余璟的家人，他們肯定不敢亂說話。」余管事湊上前道。「我們就告訴他們，余璟在京城犯了大罪，找不到他，就得抓他的家人抵罪。這幫鄉巴佬什麼都不懂，一怕死，肯定會帶我們上山去找余璟！」

梁統領第一次正眼看了余管事一眼。「行，算你聰明一回。走，你帶路，去余家。」

「是！」余管事咧嘴一笑，屁顛屁顛地往前頭帶路去了。

一眾人來到余家時，余母正在院子裡。

看見余管事，她就是一愣。「你……你是那個……」

余管事上前一步。「余老太太，還記得我吧？我是京城盧陽侯府的管事。」

余母眼睛一亮。「你來找我做啥？是不是俺那個孫女要接我去京城享福啊？」

梁統領冷笑一聲。「哼，妳就是余璟的娘？」

余母點頭。「是啊，我是。」

「大膽！余璟在京城犯了大罪，潛逃回了老家。我乃京中的官差，奉命搜查，現在懷疑是你們將他藏了起來！」

余母當即大驚，臉瞬間就白了。「沒有、沒有，我們沒見過余璟！他兩年前一走就再沒回來過了！」

梁統領仍是一臉怒色。「大膽刁民，休想欺瞞本官！本官親眼看著余璟逃進了余家莊，不藏在家裡，那就是藏在山裡！我可告訴妳，若是本官找不到余璟，就抓了你們全家替他頂罪處斬！反正他是妳親兒子，子債母償，天經地義！」

話說完，卻見余母腿一軟，坐在地上號哭了起來。

「官爺、官爺，我可不是余璟的親娘，我跟他沒有一點兒關係，你可不能抓我啊！」

余管事冷笑。「剛才不是還說妳是嗎？」

「我不是、我不是！」余母瘋狂擺手。「他是我撿來的……喔不是，我不認識他，是他自己非要賴在我們家的……」

好似是看出面前兩人壓根兒不信，余母急了。「對了，你們去找他三表叔，他能證明余璟不是我兒子，他還能帶你們上山找人！」

「三表叔？」

余管事和梁統領對視了一眼，心裡有了決定。

是夜，余家後山。

余璟在山洞裡生了一堆火，用來夜裡取暖。只是山洞裡空氣不流通，他得盯著火堆，等余歲歲睡下，他再熄滅火堆，確保安全。

突然，他聽到山洞外面有響動。

他心裡一驚，一骨碌爬起來，撲滅火堆，手握短劍，起身朝洞口走去。

腳步聲越來越近，余璟的神經也越繃越緊。

突然，一個瘦小的身影探進洞來，朝裡面低聲地喊著。「二小子？二小子，你在這兒嗎？」

余璟耳朵一動。這聲音，怎麼有點熟悉？

「二小子？我是三表叔啊！你放心，只有我一個人來。」

余璟貼著洞壁，沒有做聲。

叫了一會兒，三表叔沒有等到回應，嘆了口氣，轉身走出洞穴。

余璟探身往外望了望，只見三表叔一步三回頭地走著，腳步還一深一淺的。

突然，余璟看到洞口放了一個鼓鼓囊囊的包裹，他上前蹲下，伸手摸了摸，裡面好像還有點熱呼呼的。

余璟心裡湧上一股氣來，站起身，追出去幾步，低聲喊道：「三表叔，是您嗎？」

三表叔的身形猛地一頓，一下子轉過身來，月光反射出他一雙微濕的老眼。

他辨認著余璟的身影，趕緊走上前。「二小子，我就知道你在這兒！這個山洞只有咱倆知道，我一猜你肯定就躲在這兒！」

余璟心中感動不已，重重地點了點頭。

當初三表叔為了勸原來的余璟跟他一起上山打獵維持生計，特意帶他上過山。可是原身因為余母的關係，一直沒能下決心。

余璟也是因為原身的記憶，才能對這座山這麼熟悉。

「三表叔，您怎麼知道我回來了？」余璟拉著三表叔來到山洞附近。

三表叔得意一笑。「那幫官差以為我老糊塗了，還想糊弄我呢！呿，打從他們一進莊，我就注意到他們不對勁兒了！今兒個下午他們去找你娘，我就偷偷跟了過去，聽見他們嚇唬你娘，說你犯了大罪，逃到了這山裡。我呀，一看就知道他們不是官差，指不定是你的仇家呢！二小子這麼老實，怎麼可能會犯罪呢？你那個娘……也忒不是東西，居然讓他們找我帶路！嘿，我一聽，腳底一抹油，回家拿了東西，囑咐你嬸子說我出去賣貨了，然後我就躲在外頭，等天一黑就跑到這山上來找你了，壓根兒沒讓他們找到我。」三表叔說道。「我就是來問問你，你要是真的沒犯事，表叔我絕對不會出賣你。你有啥要我帶話的，只管交給我，我給你辦得妥妥的！但你要真是犯了事兒，那表叔可就要勸你趕緊去衙門自首，可不能當個逃犯啊！」

余璟聽得心裡溫暖又動容。

「三表叔，多謝您了。我不用您替我冒險，您回去吧。他們確實是我的仇家，殺人不眨眼，您可不能招惹上他們，一定要保護好自己。我沒事的。」

三表叔猶豫了一下。「可……可你躲在這山上，終究不是個事兒啊！我給你帶了些乾糧和你嬸子做的烙餅，可也只夠你吃幾天啊！」

余璟拍拍三表叔的肩膀。「多謝三表叔，幾天就夠了。您快回去吧，別讓他們起疑。」

三表叔嘆了口氣，只得作罷。

臨走前，他似想到什麼，轉過頭，朝余璟道：「二小子，你那個娘……唉！總之，別再惦記她了，真等她一蹬腿死了，她的香火也算不到你頭上。我走了啊，你自己小心……」

看著三表叔的背影消失在夜色裡，余璟不禁露出一些笑意。

誰說這世上沒有善意呢？

第二天一大早，梁統領和余管事就又一次來到了三表叔家。

可任由他們威逼利誘，三表叔就是躺在床上哼哼自己昨天在外頭受了涼，難受得要死了，堅決不給他們帶路。

這下子，梁統領終於發怒了。「來人，把他那小孫子給我抓到這兒來！」

三表叔一個激靈，瞠著眼睛，看著幾個壯漢把他才六歲的小孫子像拎山貨一樣拎了進來。

「你們、你們……」他指著梁統領，氣得說不出話來。

「老頭兒，別給我們耍花招！要是不帶我們上山，我就殺了你的兒子、孫子！」梁統領陰笑道。

「你們這群狗官！你們這是草菅人命！」三表叔罵道。

「草菅人命？」梁統領一笑。「你們包庇罪犯，按律當斬！」

余管事在一旁補充道：「怎麼樣，老頭兒？你是死扛著不說，還是讓我們在你面前，把人一個一個的殺了呢？」

「爺爺、爺爺！」

小孫子在壯漢的手裡掙扎哭叫，三表叔的心裡也在來回的撕扯掙扎。

突然，外面的一個殺手闖進門來，一臉驚恐地朝梁統領道：「頭、頭兒……禁、禁軍來了！」

梁統領心裡一涼，轉頭就衝了出去。

三表叔的院子裡，此刻已被全副武裝的禁軍團團圍住。梁統領朝隊首的黑色駿馬之上一瞧，後背立時竄上一層冷汗。

七皇子！七皇子怎麼會找到這兒來的？

陳煜一身鎧甲戎裝，腰佩長劍，跨坐於馬上，居高臨下地看著梁統領。

就在昨天，他還在綠芽鎮殺得人頭滾滾，他一輩子都沒見過那麼多的血腥，可即便是染滿了刑場的鮮血，都抵消不了那一晚余歲歲和余璟身上的血跡留給他的衝擊與噩夢。

京城的五皇子已經被軟禁了，審問童縣潘家宗族就變得異常容易。得知五皇子的殺手曾一路追著余歲歲父女兩人而去，陳煜便派人仔細打聽。

像這樣罕見的大隊人馬過境，沿途的村鎮百姓不可能沒注意，只是稍微一問，余歲歲父女的路線就清晰起來。尤其是在知道余家莊就在這附近時，陳煜立刻就斷定，他們逃到了余家莊裡。

陳煜帶著禁軍一進莊子，就立刻問出了莊中有奇怪的陌生人活動的消息。這麼一個小村莊，想要知道來的人是什麼人？都幹了些什麼？現在在哪兒？對於眼觀六路、耳聽八方的村民們來說，簡直易如反掌。

此刻的陳煜，心情早已被余歲歲和余璟還活著的喜悅所席捲著，但眼下，太子的這一隊殺手，才是個極為棘手的問題。

「殿下，他們……」身後的禁軍副統領低聲請示。

明眼人都看得出來，這幫人的身分絕對不簡單。

陳煜冷睨著梁統領和他身旁的余管事，眉頭微微蹙起，然後又展開。

他的手緩緩放在腰間的劍柄之上，「唰」地一下猛然抽出長劍，一聲令下。「綠芽鎮餘匪逃竄至此，危害百姓，按律——格殺勿論！」

話音一落，禁軍副統領臉上劃過驚喜。

師出有名，好啊！他立刻帶人撲了上去。

梁統領沒想到七皇子壓根兒不給他任何說話的機會，當即只能拔刀反抗。

可這刀一拔，罪名就坐實了。

陳煜臉色一冷，欺身上前，擒賊先擒王。

當陳煜一劍劃破了梁統領的咽喉時，滿院的殺手均已倒地，只剩一個余管事顫巍巍地癱跪在地上。

「七、七殿下，小人、小人是……」

「噗」的一聲，喉頭血花噴出，余管事驚恐的雙目睜得大大的，緩緩歪倒下去。

禁軍副統領有些微怔地看著陳煜若無其事地收起劍，從懷中掏出皇帝的金牌大令，走向一旁嚇傻了的老頭面前。

他看見陳煜露出和煦的微笑，甚至莫名覺得還看出了些憨氣？

「老丈，我是朝廷派來迎接余璟余大人回京的，麻煩您幫忙帶路上山吧？」

三表叔徹底傻了。「余……大人?!」

山洞口，剛剛醒來的余璟準備出去觀察一番，剛一踏出洞口，就看見身披輕甲的陳煜，在對上自己眼神的一刻，雙目噙淚。

山洞裡，被余璟的動靜驚醒的余歲歲也揉著惺忪的睡眼走了出來，嘴裡還問道：「爸，你幹麼去？」

「余姑娘！」陳煜雙眼一亮，激動地喚了一聲。

余歲歲一愣，放下手臂，呆呆地看過去。

清晨的日光透過山林的縫隙，像碾碎的金屑，輕輕地灑在陳煜的銀甲之上，反射出熠熠的光點。

余歲歲不知怎麼的，突然覺得心情舒暢又開心，咧開嘴，燦爛一笑。

「陳煜！」

時隔半個月，余歲歲帶著滿身的傷，再次回了京城。

她並沒有回盧陽侯府，而是先住進了武館。

余璟和陳煜一起進了宮。

余歲歲剛換過衣服，祁川縣主帶著晚桃就找上了門。

當初余歲歲臨時決定和余璟一起出京，因為不能讓侯府知道她的去向，又擔心晚桃會被盧陽侯和余老夫人怪罪，便給祁川縣主寫了一封信，請她幫忙暫時將晚桃帶出來。
因此祁川縣主是京城中唯一一個知道余歲歲和七皇子同行的人。
從祁川這裡，余歲歲知道了後續發生的一切。
陳煜逃回京後，皇帝動作極快，直接把五皇子和潘府全都控制了起來，還嚴密封鎖了對邊關的消息，防止邊境的幾個潘將軍藉機叛亂。
如今，五皇子已經變成了恪郡王，潘府人也都在天牢裡押著，等待定罪。
至於潘縉，那個曾經傲絕京城的少年，也在這次事件中失蹤了。
祁川說起這事時，臉上落寞的表情，讓余歲歲心裡一動。
潘縉和潘家人是不一樣的，他算是光明磊落的人，並未同流合污。這樣的人，讓祁川這般女子動心，再正常不過了。
祁川離開後，余歲歲並未打算回盧陽侯府，因此晚桃便留下來照顧余歲歲。
其實，從盧陽侯府專門派了管事跟隨太子的殺手去余家莊殺他們後，余歲歲就知道，對於盧陽侯，她已經可以不用再有任何的顧忌了。
晚上，余璟從宮裡回來，帶來了一個消息。
「什麼？去邊關？」余歲歲驚訝不已。「可你傷還沒好啊！」
余璟摸摸她的頭，臉上帶著笑意。「別擔心，陛下派了隨行的御醫，無礙的。」
「可……」余歲歲還是不能理解。「爸，就算你想從軍立功，也不能拿自己的性命開玩笑呀！要是太子他們還敢害人，我們就跟他們拚了！」

余璟啞然失笑。自從去過一趟童縣，女兒的性情是越發硬氣起來了。

「我不是為這個。」余璟解釋道。「這次不是我要去的，是陛下要我和右衛將軍一起前往邊關，緝拿潘家幾個將軍的。潘家在邊關多年，在軍中的威望很高，這一回如果不能妥當處理，邊境恐怕要生亂子呢！這一回，為著潘家的事，皇上估計要改兵制了。」

有潘家這個前車之鑑，今後皇帝不會再允許統兵大將常年在外駐守，形成擁兵自重的勢力，威脅皇權的統治。

余歲歲這才明白過來。

這是皇帝交辦的差事，更是皇帝給的機會。

「那……你就去吧。一定要注意養傷，不要再出手了。」余歲歲擔心地囑咐著，頗有一種「父行千里女擔憂」的氛圍。

第二天一早，余璟就和右衛將軍一道，領著一千禁軍和五千右衛軍，開赴邊關了。

這一下，京城所有人都知道，這位五品的禁軍校尉，又要升官了。

又一日，余歲歲早晨剛起，宮中的內侍便到了，說是宮中皇后娘娘和賢妃娘娘要見她。

余歲歲心中登時緊張起來，她們定是為了七皇子吧？

幸好之前余璟給她買了不少衣服放在武館，她換上了一件新的，便坐上宮裡的馬車，隨內侍進了宮。

椒房殿。

皇后和賢妃並排坐著，看著規規矩矩行禮的余歲歲，臉上浮出滿意來。

「給余姑娘看座。」皇后吩咐一聲。

「謝娘娘。」余歲歲福了福身，朝宮女佈置好的座位坐下。

一坐下，她便悄悄打量起賢妃來。

比起上次在宮中花園那一見，如今的賢妃可謂是判若兩人。妝容明麗、眉眼精緻，渾身上下都彷彿從「出世」到了「入世」，沒了當初不食人間煙火的樣子。

倒不是變俗了，而是……多了些「蒸蒸日上」的氣質。

賢妃本就生得好看，現在再加上化妝和衣服的加持，在宮中稱個「絕色」也是擔得起的。

想到林家在童縣居然和潘家勾勾搭搭，不惜戕害陳煜的性命，余歲歲就大概明白，賢妃為什麼會有這麼大的變化了。

她在打量賢妃，賢妃也在打量著她。

「欸，妳不是那個……」賢妃突然想起什麼，指著余歲歲，滿臉驚喜。

皇后有些疑惑地問：「妹妹見過余姑娘？」

賢妃點點頭。「去年臘八，我丟了個玉珠串，還是余姑娘幫我找到的。那時她只說了她的名字，未曾提及身分，不然也不會此時才相認了。」

「妹妹說的，可是煜兒身上的那個玉珠串？」皇后點了點頭，將話題引向了陳煜。

「正是。」

「那還真是巧了。」皇后笑道：「今年春時，煜兒遇刺，便是那玉珠串替煜兒擋了一劫；這一回，若不是余姑娘和余校尉，煜兒更是凶多吉少；再算上前些年在澧縣那一回，余姑娘和余校尉已是三次救過煜兒的性命了。這番恩情，實在難得，我要替煜兒好好多謝妳。」

余歲歲哪敢在皇后面前承這個恩？趕忙起身道：「小女萬萬不敢當娘娘的謝，這些都是小女和爹爹應當做的。無論何人遭受危難，既然見到了，絕沒有袖手旁觀的道理。」

皇后點點頭，讚許道：「妳倒也是個實誠孩子。」

賢妃聽著，想著自己的孩子這麼短的時間就遇上這麼多危險，不由得又是難過、又是慶幸，看余歲歲的眼神也越發感激了。

「謝是定要謝的。」皇后擺擺手，示意余歲歲坐下。「無論是我和賢妃娘娘，還是陛下，都知道這次是妳替煜兒擋了災禍的。只是這次，妳是私自出京，若是大張旗鼓的賞賜，對妳未必是好事。」

「小女明白。」余歲歲點點頭。

說話間，殿外的宮人來報——

「兩位娘娘，七殿下來了。」

皇后眼眸一閃，看了余歲歲一眼。「煜兒怎麼來了？這個時候，他不是應該在大理寺嗎？」

賢妃掩嘴一笑。「姊姊怎麼忘了，陛下體恤煜兒前些日子受了不少苦，這些日子讓他好生休息了。不過之前煜兒說公務繁忙，沒曾休息，特意留在今天了。」

賢妃專門咬重了「特意」二字，與皇后交換了一個眼神。

余歲歲斂眉低首坐在下頭，只覺得她二人說話有些奇怪，其他的一概不知。

不一會兒，陳煜就健步如飛地走了進來，第一眼便先落在余歲歲身上，然後才向皇后和賢妃行禮。

余歲歲也再一次起身，朝他見禮。

「好了好了，都坐、都坐！」皇后看著這一番繁文縟節就頭疼，又讓宮人給陳煜看座。

陳煜道了謝，便在余歲歲對面坐下。

「煜兒今日不在宮裡好好休息，怎麼這時到我這兒來了？」皇后目露戲謔。

「難得休沐，兒臣便想來拜見母后和母妃。」陳煜面不改色地回道。

賢妃一笑。「那怎麼早不來、晚不來，偏偏這時候來呀？」

皇后隨後接道：「妹妹這可就不知道了，咱們兩個隨時都看得到，可余姑娘卻是難得一見呢！」

余歲歲倏地抬起頭來。

見她？見她做甚？該不會又是為了什麼術算、數獨吧？天啊，她以為上次的數獨已經算是把陳煜糊弄過去了。

再說了，陳煜要想找她，去武館不就得了，那不也是隨時能見？

她看向陳煜，卻見他臉頰微紅，似乎還有點不好意思。

嗯……他臉紅什麼？這都快入冬了，很熱嗎？

「對了，我這裡有太醫署特意調製的祛痕霜，去給余姑娘拿上兩盒來。」皇后本來也就是為了逗逗陳煜，如今目的達到，便也不再多言，轉而對一旁的宮女吩咐道。「今日瞧著，余姑娘臉上還有些細碎的傷痕，姑娘家的，可莫要留下了疤痕。」

余歲歲趕緊又一次行禮。「多謝皇后娘娘賜藥。」

「行了，咱們也說了這許久的話了，其他的話就留著以後再說。」皇后笑道。「煜兒既然來了，那就替我送送余姑娘吧！」

陳煜起身應下。

走出椒房殿，余歲歲跟在陳煜身後半步的距離，默不作聲的走著。

走了一會兒，陳煜腳步一停，轉過身來。

「余姑娘不用跟在我後面，咱們一起走。」

余歲歲抬頭，笑了笑。「還是別了，這裡可是皇宮，不合禮數。」

「余姑娘好像一貫不太在意這些。」陳煜笑道。

余歲歲摸了摸鼻子，說什麼大實話呢！

「那……那就走唄！」余歲歲往前跨了一步，跟陳煜站在了同一條水平線上，歪頭看向他。

陳煜一笑，終於又邁起了步子。

他身量高，腿也長，步子邁得比余歲歲大。可走出了好幾十步遠，兩人卻依舊還在一條線上，甚至邁出的腳都保持著一致。

余歲歲偷偷摸摸地想著：真看不出來，這陳煜居然還是個強迫症啊！

「殿下。」

「余姑娘。」

兩人同時出聲，隨即相視一笑。

「妳先說。」陳煜道。

余歲歲本來就是覺得太安靜了，沒話找話而已，被他一講，只能隨口編個問題。「我想問問，殿下是怎麼處置綠芽鎮的那夥惡霸？」

陳煜怔了一下。「也算不上處置，有一個算一個，都拉去處斬了。」

「那麼，那些被他們擄來的女子呢？」

「願意回家的都給了路費，不願意回的，也給了錢，要她們自謀生計了。」陳煜道：「那時事情太多，除了給錢，其他也顧及不了多少。不光是她們，官兵在綠芽鎮也搜出了不少還沒轉手賣出去的孩子，可他們年紀都很小，很多根本不記得自己姓甚名誰、來自何處？我安排童縣新上任的縣令負責安置他們，可到頭來，他們也只能淪落成無家可歸的孩子，待在官府的救濟園，若能等到好心人，便領養回家。」

余歲歲了然。救濟園，那便是育幼院了。在那裡待著，再好又怎會比得過自己的父母和家園呢？可這也只能是他們唯一的歸宿了。

「殿下剛剛想跟我說什麼？」眼見快到宮門口了，余歲歲又問道。

陳煜笑笑。「沒什麼，只是想讓妳一定要記得用那祛痕霜，真的很管用。」

「真的？」余歲歲很驚訝。這種純天然、無添加的草本藥物，真的有那麼靈嗎？「殿下用過嗎？」

陳煜臉上微微有些不好意思。「小時候用過，那時爬樹什麼的摔了，等傷好，母后就讓我用這個。」

「殿下還會爬樹？」余歲歲好笑道。

在她看來，陳煜總是一副老成的樣子，根本不像是個調皮的小孩。

「我當然會了。」陳煜道。「而且，余姑娘不知道嗎？余師父有一個絕技，就是用一根繩子和環扣就能讓人從高處緩速下降。學會了這個，再用上飛爪攀高，那與話本中的飛簷走壁便也差不多了。」

余歲歲想了半天，才想到陳煜說的大概是指那種「高空垂降」的技巧。沒想到，她爸居然連這個都教給陳煜了。

「嗯，我知道呀！」余歲歲點點頭。「殿下若是連這個都能學得會，那可就厲害了。」

「余姑娘放心，我一定會好好學的。」陳煜認真道。

「剛剛殿下說小時候用過祛痕霜，那現在不用了嗎？」余歲歲又回到之前的話題。

陳煜輕咳一聲。「我是男子，自然不需要了，除非……是傷到了臉。」

不管是皇宮，還是朝廷百官，人們對臉面的重視都是一樣的。大雲朝官員選拔的一個標準，就有臉上不能有明顯的傷疤，而想要繼承皇位，自然也是如此。

可這話聽在余歲歲耳朵裡，卻是另外一個意思了。

「嗯嗯，那倒是。」她深以為然地點頭，目光還在陳煜的臉上看過一遍。「男孩子和女孩子都一樣，能不留就不留，有了疤確實就不太好看了嘛！」

陳煜當即就是一愣，下意識摸上自己的臉。「余姑娘是……是說我嗎？」

余歲歲欣然點頭。「是啊！殿下不覺得自己長得很好看嗎？」

「唰」地一下，陳煜的臉再一次紅透了，就像煮熟的大蝦。

眼瞧著已經將人送出了宮門，他強忍著故作平靜，眼神卻是半分也不敢再看余歲歲。

「余姑娘好生養傷，我……就不送了。」說著，也不等余歲歲回應，轉身就想走。可等轉過身去，他又好像下定了什麼決心一樣，再次轉了回來，目光頗有些「視死如歸」的堅定狀。

「余姑娘雖然臉上受了傷，我也覺得很好看。」

說完，他才真的走了。

余歲歲看了看他的背影，不由得輕笑了起來。

還挺會說話的，求生慾滿分啊！她是挺好看的，她自己也這麼覺得呢！

……等等！她為什麼要用「求生慾」這三個字？

一道白光驀地劃過余歲歲的腦海，她心頭升起一絲燥熱，臉頰好像也跟著熱了起來。

是她想的那個意思嗎？

是……吧?!

第十六章

當冬天的第一場雪飄落京城時，余璟押著潘家的幾個將軍，從邊關回來了。

通敵是重罪，潘家雖不至於叛國，但已然觸碰了皇帝的逆鱗。

童縣潘氏宗族、京城潘府的潘老太爺，連同潘家的幾個將軍都被判處斬；其他跟此事沒有太大關係的男丁和老弱婦孺都判了流放，且三代不許入仕；而潘家其他的姻親、族人都沒有被牽連。

從某種意義上來說，這也算是皇帝的仁慈了。

潘家處斬那天，潘淑妃在宮裡自盡了。她的娘家和兒子在做什麼，想來她也是心知肚明的。

她深知沒了娘家和兒子的依仗，她在宮裡的日子會格外難過，那些從前她仗著得勢欺壓過的嬪妃，還有早恨她恨得牙癢癢的秦貴妃，都不會放過她。

自盡，或許也是她留給自己、留給皇帝的最後一份體面。

臘月初八，聖旨即下，余璟再升一級，搖身一變成了禁軍四品郎將，皇帝命他會同兵部與中書省，由七皇子帶領，共同著手兵制改革的草擬。

兵權制度的更迭，乃雲朝開國以來從未有過。

這天，確實是要變了。

雲朝開國以來，武官——尤其是四品以上的大將軍，在平時也是鎮守邊關，手握帥印和兵符的。雲朝十二衛中的六衛野戰軍，十幾萬的士兵，更是背井離鄉，日夜拱衛疆土。因為那時雲朝與敕蠻、西域諸國關係緊張，時常有仗打，而戰爭不等人，如果每一次都要請示彙報，邊關早就失守了。

可當今陛下繼位之後，因為大雲朝兵力日漸強盛，加上剛即位時潘家那一場大勝，雲朝很快就和外族搞好了關係，互通榷場，偶有交流。

戰爭少了，武官的晉升和權勢也就沒了出路。這也就是為什麼，潘家將軍敢養寇自重，與外敵私通，試圖「造假戰爭」，來為五皇子爭取政治資源。

說到底，潘家這一次沒有釀成大禍，全賴雲朝的兵力強盛。因為敕蠻打不過雲朝，才會搞這種小聰明，從潘家這裡攫取些金銀財寶和鐵器、羽箭。

可換句話說，潘家這一回也實在是伏禍長久。把朝廷製造的兵器賣給外族，到時再讓外族用自己的兵器來對付自己人，可謂是為了錢權，臉都不要了。

余璟去往邊關一趟，便已大概摸清了如今邊關的狀況。

二十多年沒有打過大仗，敕蠻已經開始心癢癢了。

再加上，他們長期從潘家那裡獲取了武器，而令敕蠻聞風喪膽的潘將軍又被定罪斬首，他們自然認為雲朝將帥不濟、兵力空虛。

因而余璟判斷，敕鑾和雲朝，五年內必有一戰！

一轉眼，又是一年的新春佳節。

余歲歲也不能總在武館常住，不得不回了侯府。

除夕一過，余歲歲和余宛宛同時跨入十三歲，余老夫人和盧陽侯到底著急起了兩人的婚事。

這天，余老夫人將余歲歲叫進了屋中。

「我記得，去年冬天，皇后娘娘和賢妃娘娘特意召見過妳吧？」余老夫人頓了頓，才又道：「歲歲，妳跟祖母說實話，妳和七殿下是不是……」

余歲歲的腦海裡猛地閃過陳煜的模樣，沒來由的耳朵一熱。

這些人，真會八卦！她腹誹道。

她跟陳煜？怎麼可能！

陳煜是長得好看，性格也好，尤其是人品端正、有禮有節、穩重成熟，對自己也頗為尊重，且陳煜的身上，有著和父親相似的氣質與心性。

一個合格的父親，在女兒的人生中同樣意義重大。從小到大，余歲歲看待異性的眼光都是以余璟為標準，而陳煜無疑是非常符合這個標準的，並且陳煜還誇過她好看哩。

但是……哎呀，反正總之，就是不可能！

余歲歲在心底做好了自我心理建設。

「祖母這意思，難道我若是應了『是』，還真要為我去和七殿下說親不成？」余歲歲抬起頭，反問回去。

余老夫人卻是一皺眉，臉上露出些猶豫來。「若真是這樣……」

余歲歲心裡下意識就是一咯噔！

若余老夫人沒這打算，壓根兒就不會是這種表情，頂多試探一番，再敲打她幾句。

可現在……

「以妳和七皇子多少算有些青梅竹馬的情意，真若是皇后和賢妃有心，倒也不是不可能。」余老夫人認真地考慮起來。眼瞧著七皇子勢頭正盛，和太子都能爭個高低了，余老夫人覺得，雞蛋不能都放在同一個籃子裡。「過不了幾時，七皇子必要離宮開府，他年過十五，也是該娶親的時候了。不過，若妳真入了七皇子府——」余老夫人瞇起眼睛。

余歲歲趕緊打斷她。「祖母，您想多了，我可並無此意。」

「妳沒有，那七皇子呢？」余老夫人看她一眼。「他待妳本就與旁人不同，皇后和賢妃在這種事上也不會逆他的意。再說了，還有余璟……」

余歲歲不得不承認，余老夫人說得很有道理。

像七皇子這樣的皇子成親，可不是憑什麼情啊愛啊的，就算陳煜真是這般想，可皇后呢？衢國公府呢？也會這樣想嗎？

或許是因為余歲歲在這件事上的態度極為明白坦然，言語更是成熟，余老夫人不由自主就多說了幾句。

「話說回來，妳當依妳的個性，真能過得了仰人鼻息的日子？在侯府妳都能無法無天了，若讓妳在皇子府的主母跟前立規矩，妳還不把人家的房頂給掀了！」余老夫人瞪她一眼。

余歲歲愣了一會兒，才突然明白什麼叫「皇子府的主母」，面色瞬間就是大變。

見她如遭雷劈的樣子，余老夫人算是看出來了，余歲歲嘴上說著毫不在意，可實際上，怕是早對七皇子起了別樣心思。

余老夫人感覺自己總算扳回一城了，一挑眉，繼續道：「怎麼？妳不明白？皇后是什麼人？她與七皇子可不是親生母子，這種事情，還需要我來教妳嗎？七皇子喜歡誰、想著誰，皇后都可以不在乎，但七皇子的正妃，必須得是衢國公府的嫡女……」

待余歲歲渾渾噩噩地從余老夫人的院子裡出來時，腦海裡都還迴盪著她的最後一句話。

到了傍晚時，齊越從武館給余歲歲遞了個信來。

余歲歲一看，登時氣不打一處來。

原來，下午時，余家莊余璟的那幫「便宜親戚」，居然找到京城，鬧上武館了！

想必是上次在余家莊聽說余璟當了官，便想來吸血、打秋風了。

雖然余璟仗著有武力，把那一家子給趕走了，但余歲歲覺得，他們不會善罷甘休的。

第二天，余歲歲早早到了武館，打算給爸爸撐腰。

果然，余母和余榮、余勝母子又來了。

不僅他們來了，余家的兒媳和孩子們也都來了！

余璟被余歲歲要求待在屋裡，她自己則搬了張八仙椅往院裡一坐，還翹起了二郎腿。

齊越站在她身後，左右兩邊還站了兩排武館裡之前招來的武術先生，個個五大三粗的，全都抱著胳膊，怒目而視。

余家幾人一看這架勢，本來的氣勢洶洶也弱了三分，余勝新媳婦懷裡的嬰兒見了這場面，愣是直接給嚇哭了。

「二、二丫……」余母看余歲歲架勢端得足，也知道她現在身分不同了，便湊上前去，一邊搓手，一邊討好地看著她。

「叫誰呢妳！」余歲歲輕蔑地看著她，絲毫不客氣。

「哎呀，不不不，錯了錯了！」余勝小聰明最多，趕緊上前拉開余母。「是余小姐，余小姐！」說著，他諂媚地把自己的媳婦和孩子拉到余歲歲跟前。「余小姐啊，妳看看這孩子，他這麼小，卻吃不飽、穿不暖的，苦啊！咱們余家莊是個什麼光景，余小姐是清清楚楚的啊！」說著，余勝裝模作樣地抹起了眼淚。「我知道，以前在家裡時，我犯渾，冒犯了二哥，可我現在是真心要悔改啊！這世上，除了二哥，哪還有人對我這麼好？我就是辜負誰也不能辜負二哥對我的恩啊！我也沒什麼本事可以報答他的，不如余小姐就讓我留下來，幫二哥看著這武館的生意，也算是我報答他了。」

余歲歲早在心裡罵了余勝八百回了，可面上卻帶著笑看他。「怎麼地，你還有本事看武館？」

余勝立即一挺胸。「我的本事余小姐還不知道嗎？保准給二哥看得妥妥的！」

余歲歲翻了個白眼。

余勝媳婦也是個機靈的，抱著哭嚎的孩子也不哄，反倒還一個勁地往余歲歲跟前湊。見這兩個人的雙眼全眼巴巴地盯著自己，余歲歲一拍椅子，指著余勝的鼻子，毫不留情地開罵！

「真把我和我爹當冤大頭了？你以前的日子不是過得很舒坦嗎？沒了我爹，沒了伺候你們的免費長工，就覺得日子難過了？你的孩子吃不飽、穿不暖，關我什麼事？當初我在你們余家也沒吃過一頓飽飯，不也活得好好的？既然死不了，那就賴活著！別以為你們仗著什麼血脈親緣就敢到我爹這兒作威作福，有我在的一天，就別想來吸他的血！」說著，余歲歲朝旁邊一指。「把他們給我拉遠點，哭得我心煩！」

兩個武術先生立刻上前，將兩人拖走。

「看好妳的孩子，再哭我就把他給扔出去！」余歲歲朝余勝媳婦嚇唬道。

余勝媳婦臉一白，趕緊背過身去，哄起了孩子。

余榮一看，余歲歲不吃余勝軟的這一套，就站出來準備來硬的了。

「余小姐，再怎麼說，我們也是妳的長輩，也拿水米養了妳十年，沒有生恩，也有養恩。妳這樣不敬長輩、不愛幼小，便是說到侯府去，也是妳的不是！」

「喲！」余歲歲氣笑了。「不愧是咱們童生老爺，說起漂亮話來一套一套的啊！你想給我算養恩，我倒要先給你算算你們余家欺壓剝削我的那些個帳來！烈日裡跪在院子裡不給吃喝，大冬天晚上熬夜洗你們全家的衣服，滿手凍瘡，還要因為沒洗乾淨挨打！你給我算恩，行啊！你不是嘴巴很厲害嗎？你把這話帶到侯府去，當著侯府的人說，說你們十年來是怎麼對我的？讓侯府人好好聽聽，我倒要看看他們到時怎麼向你報答養我的恩德！」

余榮閉著嘴不敢回話了。

余歲歲掃過這一家子的嘴臉，勾起冷笑。「今天能讓你們進門，就是為了告訴你們，以後再敢來挑事，就不在這兒見了，咱們直接大牢裡見！別以為我是嚇唬你們的，你們當初怎麼做的惡，我都記得清清楚楚的，侯府若真要計較，你們一個也跑不掉！不是想告官嗎？去告吧，看誰告得過誰！愣著幹麼？還不滾！」

余歲歲話音一落，旁邊的十幾個武術先生就朝余家人逼近了過去，一個個凶神惡煞的，居高臨下地瞪著他們。

余家人這才知道怕了，你拉我推地，跑出了武館。

余歲歲靠向椅背，二郎腿吊兒郎當地晃悠著，臉上露出得意的笑容來。

她還在回憶著剛剛的出色戰鬥時，武館的大門突然進來兩個人影。

「精彩！太精彩了！」明昀彥先一步跨進門來，手上還在鼓著掌。「小師妹揍人厲害，罵人也不輸啊！」

他身後又進來一個人，正是陳煜。

在看到陳煜的一剎那，余歲歲一個激靈就從椅子上蹦了起來，站在椅子旁邊，雙手放在腰間，模樣乖巧得全然沒了剛剛囂張的氣場。

她偷偷看了陳煜一眼，正巧對上他投射來的目光，那眼神中含著七分笑意，還有三分……心疼？

「殿下……什麼時候來的？」

「剛剛。」陳煜憋著幾分笑意，沒有說破。

「我、我爹在屋裡呢，進來吧。」余歲歲指指屋裡，心跳有些快。

陳煜頷首，率先走進了屋裡。

明昀彥落後兩步，眼神落在余歲歲的身上，卻見她的目光早已隨著陳煜而去，心中不禁若有所思。

自從余璟擴展了武館之後，陳煜和之前來學武的那幫公子們雖已學成，但偶爾還是會回到武館來請余璟指點，有時也會帶一、兩個小學徒。

今日二人趁著無事到武館來，沒想到就撞上了剛剛那一幕。

「師父，之後您可有什麼打算？我覺得，他們不會輕易甘休的。」陳煜也是才知道，余環父女從前居然在余家莊過著那樣的日子。

「我看啊，還不如讓他們真的告到官府去，把事情鬧大了才好！」余歲歲走進來。「他們不就是想用孝來綁架爹爹嗎？那就把事情鬧大，到時候再把他們怎麼欺負我們的全都捅出來。這孝字再大，世人心中也自有公理，我就不信到那時他們還有臉面再來逼爹爹盡孝。」

「余姑娘所言，倒不失為一個好辦法。」陳煜贊同道。「但是……」

「但是什麼？」余歲歲看向陳煜。

明昀彥在一旁接過話。「殿下的意思是，此事鬧大後，輿論便由不得我們控制了。俗話說，清官難斷家務事，總會有些人來挑余師父的不是。畢竟，那邊是母親加兩個兒子，有三張嘴，而這邊，只有你們兩人啊！」

「這算什麼道理？」余歲歲生氣道。「那我們還有證人呢！到時便請三表叔公來作證，他們怎麼欺負我爹的，余家莊的人可都看得明明白白呢！」

「若真有宗族長者出面作證，那是會好一些的。」明昀彥點頭。

余環一聽，也覺得有道理，便點頭道：「如果真要找人作證的話，三表叔確實是最好的人選，他在莊中本就很有威望，對我也一向關照，上次在山中，若不是他……」話沒說完，余環突地一頓。

上次在余家莊後山，三表叔趁夜來找他，臨走的時候，好像對他說了一句話。

可他當時滿心都是對三表叔的感激，和對之後處境的思慮，壓根兒沒放在心上。

當時三表叔說了什麼來著？

「爹？你想什麼呢？」余歲歲見余璟愣住，立時覺得奇怪。

余璟蹙起眉頭。「我在想，當初三表叔好像對我說起過一件事……他好像說，叫我不要再惦記我那個娘了，就算日後她死了，香火也算不到我頭上。這話是什麼意思？」

陳煜最先反應過來，猛地抬頭道：「師父，您還記得我去救你那日，是那位余老先生帶我上山的嗎？當時我問他，為什麼太子的殺手會找到他家去？他對我說，是您的母親告訴殺手，他認得上山的路，更認得你。

「我想，任何一個做母親的，即便再偏心，再這樣的生死關頭，竟能毫不猶豫地出賣自己的孩子，這太不符合人之常情了。」陳煜分析著。

「師父，會不會……您不是……」陳煜說話很小心。在他看來，一個人如果活了二十多年才發現自己的身世有問題，一定是個天大的打擊。

可他沒想到，這事對於余璟和余歲歲來說，壓根兒就不算什麼。

「對啊！」余歲歲一拍掌。「爹，如果你根本不是余家的親生兒子，他們那麼對你，就更沒有天理了！這樣他們就算真的去告官，也別想再來勒索你。」

余璟的腦子飛速地旋轉著，將事情前前後後都想得清清楚楚。從他離開余家那天余母的反應，到三表叔的話語，也許，這個聽起來很離譜的真相，才是最正確的一個。

「如果真是這樣，我得回一趟余家莊，找到三表叔，把這件事問清楚。」如果他不是余母的兒子，那他的父母又是誰？還有沒有活著？

陳煜和明昀彥對視一眼，均在對方眼裡看出了驚訝。面對如此身世的打擊都能泰山崩於前而面不改色，余師父真是成大事的人啊！

就這樣，余璟快馬加鞭，出京奔赴余家莊。

余歲歲張羅著讓齊越把武館關了門，徹底斷絕了余家人的念想，只等著余璟將真相查明，就和余家人對簿公堂。

可她沒想到，余家人的膽子，比她想的還要大，他們居然鬧到盧陽侯府了！

余歲歲從晚桃那兒得到消息後，就馬不停蹄地趕回侯府。

侯府大門緊閉，余家人便在門口演獨角戲演得如火如荼，余歲歲到時，正趕上余榮「粉墨登場」。

「……再怎麼冠冕堂皇，也掩蓋不了你們仗勢欺人，霸占我們窮苦人家女兒的事實！我們家姑娘生父在堂，上有祖母叔伯，又不是無人照管，可你們卻強逼我們簽下斷絕血緣的切結書，不讓我們與親人相見，豈不是罔顧人倫、違背律法天道！」

周圍群眾一片譁然。

余歲歲當即一驚。切結書是爸爸和盧陽侯簽的，余家人壓根兒沒有參與，他們怎麼會知道這件事？

難道，余家鬧事，又是有誰在背後故意操縱？

思索一陣後，余歲歲朝守門的家丁招了招手。

「二姑娘，您怎麼在這兒呢？快想想辦法吧！」家丁跑過來，神情焦急。

余歲歲壓低聲音道：「去告訴家裡人，不理便是。他們沒有證據，翻不出風浪來的。」

這種時候，沈默比解釋更有用。

眼見侯府壓根兒不開門，余家人倒也不急。許是覺得該演的戲演完了，該說出來的也都說了，便哭嚎著收了個尾，在眾人憐憫的視線中默默離開。

這下子余歲歲越發懷疑了，想了想，她決定偷偷跟蹤他們。

余家人一路走，來到了一處隱蔽的小客棧。客棧很破敗，一家人老老小小的，就擠在一間下房中。

等了一會兒，就在余歲歲以為自己判斷錯誤的時候，一個身穿勁裝的中年男人敲響了余家人的房門。

此人雖然打扮得不太顯眼，可他身上的穿著依舊是中上等的好布料，會出現在這種地方，就顯得十分的與眾不同。

余歲歲見他被余家人請進屋中，便也躡手躡腳地走到窗下，偷聽了起來。

屋裡的人似乎也很小心，說話聲音很小，她隱約只能聽到一些模糊的字眼，比如「切結書」、「盧陽侯府」、「余大小姐」、「京兆府」等等。

可就算是這樣，余歲歲也能夠確定，確實是有人找上了余家人，想要利用余家人搞些什麼事情出來。

可這人會是誰的人呢？他們到底是衝著盧陽侯府，還是衝著爸爸來的？

過了一會兒，屋裡的聲音停了。

余歲歲閃到一邊，看著男人走出房門，警惕地往四周看了看，然後快步離開。

想了想，她決定跟上去。

天色已經漸黑了，主街上有不少歸家的行人，都成了余歲歲的天然掩護。

那人並無任何察覺，一路往城東走，城東正是世家貴族聚居的坊里，可以想見，背後的定然也是非富即貴。

可越往城東，路上的人就越少，慢慢地，街上就剩下了他們兩個人。

突然，那個男人一個閃身，消失在一個拐角。

余歲歲一時情急，快走幾步追過去，可等追到街口，朝小巷子裡看過去，竟是連半分人影也沒看見了。

思索再三，余歲歲最終選擇放棄。

她轉身，準備離開時，卻聽到身後有一聲輕響，後背立刻竄出一股巨大的危機感。

那人就在她背後！

余歲歲雙拳猛地捏緊，右手緩緩地抬向腰間，那裡配戴著她隨身的短劍。

就在此時，一輛馬車突然出現在街道上，車夫拉著韁繩，朝余歲歲高喊了一句——

「兔崽子！讓你看著主子的馬車，又到處貪玩亂竄，真以為主子寵你不成？還不滾過來，給主子賠罪！」

余歲歲猛地抬頭，心一橫，嘴裡應著。「來了、來了！」然後一個箭步衝上馬車，撩開車簾就鑽了進去。

一進去，余歲歲就撞上了陳煜似笑非笑的目光。

「殿下？怎麼會是你？」她又是驚訝，又是喜悅，竟不知是為了劫後餘生，還是別的什麼。

陳煜好笑地看著她。「余姑娘連我是誰都不知道，就敢上我的馬車？」

余歲歲也不客氣，往旁邊一坐。「反正都比被人背後襲擊要強。若你真是歹人，又何必幫我？看著我被那人殺了不是正好？」

陳煜卻說：「我覺得他殺不了妳。他的功夫，絕對在余姑娘之下。」

「謝謝誇獎喔！」余歲歲並不謙虛，得意地朝他抱了抱拳。

馬車在緩緩地前行著。

陳煜這才問起，余歲歲為何出現在這裡？

余歲歲便將她的懷疑對他說了出來。

「妳是說，妳覺得有人給余家人出了主意，讓他們揪著切結書一事不放，就是為了把余大姑娘要回自己家去？」

「他們應該不是為了余宛宛。」余歲歲分析道：「余家人一心就是要纏著我爹養他們一輩子，真要是把大姊姊要回去，對他們來說就是多一口人吃飯，他們肯定不樂意，所以我才覺得奇怪。余家人找我爹可以理解，可他們居然敢找上侯府？我不相信他們有這個膽子，這背後一定有問題。」

陳煜沈思了一會兒後，開口道：「剛剛那個坊里，一共住了四戶人家。有兩家是中書省大員的府邸，另外兩家……一個是衢國公府，一個是秦府。」

余歲歲猛地瞪大眼睛。「秦貴妃的娘家？所以背後的人是太子？可他為什麼要跟侯府過不去？切結書的事情捅出來，侯府也落不了什麼好，他圖什麼啊？」

「那就要看，他從這件事裡能得到的好處是什麼了，一定比他損失的要多。」陳煜道。

余歲歲想了半天，沒想出個頭緒來，最終乾脆不想了。「今天多謝殿下了，煩勞你送我回去吧。」

「當然。」陳煜點點頭。

安靜的馬車裡，余歲歲瞥了陳煜一眼，還是沒按捺住心裡的疑問。「殿下剛剛……是從衢國公府出來嗎？」

「是的。出來時便見妳行色可疑，所以留意了一下。」陳煜笑道。

「喔。」余歲歲應了一聲，又沒了聲響。

陳煜見她表情有異，心裡一動，看向她。「余姑娘怎麼突然問起這個？是有什麼事嗎？」

余歲歲趕緊擺擺手。「沒有，我就是想到殿下和明公子一向交好，所以順嘴一問。」

「昀彥兄？」陳煜心中猛地一沈，語氣不自覺地緊張起來。「余姑娘是要問昀彥兄？」

余歲歲的心跳得很快，平生以來第一次緊張得額頭都要出汗了。

她總不能說，她是因為聽余老夫人說過陳煜會娶衢國公府的嫡女為妃，才會問這個的吧？

正不知該如何搪塞之際，突然，馬車停了。

余歲歲一掀車簾，見馬車停在盧陽侯府門前，瞬間就鬆了一口氣，像被解救了一般。

「哎呀，我到了！多謝殿下相送，那我先走了！」說完，一溜煙竄出馬車，沒有半刻停頓地跑進了大門。

馬車中，陳煜放在膝蓋上的手，一點點地攥緊，神色多了些鬱結之氣。

直至跑到絳紫苑外，余歲歲才放慢腳步，捂住自己怦怦亂跳的心口，嘆了一口氣。

真奇怪，陳煜要娶誰，和她有什麼關係？這麼關心他，搞得好像自己心裡有鬼似的。

她調整著呼吸往前走，一推門，便被屋裡的人嚇了一跳。

「大姊姊、三妹妹、四妹妹……還有五妹妹？」余歲歲臉上寫滿了驚詫。

雖然如今她和余家姊妹的關係改善了很多，可她們仍然很少來找自己，今天這般齊聚一堂的，莫非出了什麼大事？

余宛宛一看見她進來，淚珠子就像斷了線一樣地往下掉。

余清清看看余歲歲，又露出幾分無奈，給余宛宛遞了帕子。

余歲歲轉頭去看余欣欣，可那姑娘頭一偏，就差在臉上寫著「我是來湊數的」幾個大字了。

沒辦法，余歲歲只能把希望寄託於已經八歲了的五妹妹余靈靈身上，帶著幾分期冀和疑惑，看向了她。

余靈靈畢竟已經大了，貴族家的小姐一過七歲，似乎就成熟得特別快。

只聽她嘆了口氣，輕聲道——

「下午時澧縣的余家人來鬧過一場，將祖母氣得差點病倒在床。後來，爹爹回來，便將大姊姊叫了去。聽說是太子殿下那邊，得知了當初切結書的事，說咱們不占理，若任他們鬧下去，必會被御史彈劾，惹來個大不是。因此，為了平息這件事，得將大姊姊和二姊姊的身分就此說個清楚。」

余歲歲心裡一咯噔，倏地望向余宛宛。

那看來，這個「說清楚」，就是要各歸各位了？

果然，余靈靈繼續道——

「爹說，太子的意思就是各歸各位。但太子知曉爹與大姊姊感情深厚，必不願遠離，便答應將身分處分清楚後，將大姊姊納入東宮，到時照樣與那余家人毫無干係。」

余歲歲聽得徹底愣住了，滿臉都是震驚之色。

太子瘋了吧？他在想什麼？

「二姊姊，妳說太子會不會是為了大姊姊才……」余清清滿面愁容。

上次五皇子能為了余宛宛使出那樣的毒計，這次太子又怎麼不能呢？

余歲歲下意識就是搖頭。

太子再好色，他畢竟是太子，在他的心中，權勢、皇位才是最重要的，得到余宛宛不過是個錦上添花的效果。

「不會的，他若真想要大姊姊，父親不會不同意的。更何況，如果大姊姊沒了侯府嫡女的身分，恐怕……」余歲歲沒有挑明。

這時，余宛宛止住了哭泣，哽咽地道：「二妹妹，我知道他們是為了什麼……妳是對的，妳一直都比我聰明，比我看得分明。是什麼出身，就是什麼出身，我永遠都比不上。」

她滿臉黯然神傷。

「妳知道什麼？」余歲歲追問。

余宛宛扯出個苦笑來。「他們是想要妳和……和余家爹爹徹底斬斷關係。他們以為，是因為切結書，才讓余家爹爹與妳更好。只要分清了身分，余家爹爹便會因為血緣而與我親近。爹爹說，太子從貴妃娘娘那裡得知，皇后娘娘有意為七殿下聘妹妹做側妃，就是為了拉攏余家爹爹。可若把身分說清楚，皇后娘娘便不會這麼做了。」

余清清在一旁聽得一頭霧水。「可就算身分說清楚，二姊姊還是和余大人更親近啊！大伯父對二姊姊又不好，二姊姊自然不會親近他。」

這時，一直沒說話的余欣欣開口了。「四妹妹這就不懂了吧？有人以為，血緣能解決所有的問題，只要身體裡流著一脈相承的血，就天生的親如一家。可事實上，就算處分清楚身分，余大人也不會多看大姊姊一眼。而他們以為這一齣一鬧出來，日後大姊姊還能和侯府一條心嗎？呿，也真是異想天開。」

余歲歲聽著她們的話語，終於給想明白了。不得不說，余家這幾個姑娘裡，余欣欣雖然脾氣怪，可也是最清醒的。她今日能說出這番話，恐怕也是對盧陽侯這個父親徹底失望了吧？

「三妹妹說得對。」她看向余欣欣。「不光如此，他們還雙標得很，以為我爹沒了切結書，就會和大姊姊父女相認，親近不已。可卻以為不將大姊姊換回余家，直接納入東宮，就還能是盧陽侯的好女兒。」

余宛宛此時也是面如死灰，她朝余歲歲看過去，雙眸含淚。「歲歲，妳我之間的陰差陽錯，已經沒有辦法回頭了。是我錯了，是我不該貪慕不屬於我的親情，這都是我的報應！」

說著，她突然朝余歲歲跪了下去。

余歲歲嚇得趕緊跳起來，躲向一邊。

「歲歲，我從沒想過與妳爭搶父親，更從不敢奢望得到余家爹爹的半分愛護。妳聰明、性情好，他待妳如親女是理所應當。切結書一事，無論有或沒有，我都不會再去礙你們的眼，我只求妳幫我一個忙，救救我，我不能去東宮，絕對不可以！妳本該是侯府金尊玉貴的嫡女，卻替我受罪；而我卑微如螻蟻，已錯了十三年，再不敢錯下去。今日之事後，我半步都離不得侯府，府中只有妳能出去，求妳替我與平王世子傳一封信，我只有最後這一個可依仗的人了。妳若是幫了我，我今後結草銜環，必將報答！」說著，余宛宛竟還要俯身磕頭。

余歲歲一個箭步上前，將她拉了起來。

「余宛宛！妳站好！」她將余宛宛塞給余清清扶著。「我最後再告訴妳一遍，我不喜歡妳，但我不恨妳，更不會對妳落井下石。我們倆的身世妳和我都沒有錯，妳也不必在我面前伏低做小。」她插著腰，無奈地看著余宛宛。余宛宛一向是敏感的，但也是有自尊的女孩子，今天會在這麼多人跟前說出這些話，可見是被盧陽侯傷得狠了，內心直接崩潰了。「余宛宛，妳在侯府被教養了十三年，教的是京中貴女的禮數規矩、自尊自信。妳記住，不要動不動的下跪求人，妳一點也不卑微。」余歲歲看著她，一字一頓，說得斬釘截鐵。

余宛宛眼含淚水地看著她。

「余家人是虐待了我，但這跟妳沒有關係，這個帳，我自然會讓他們還回來。至於處分身分這件事……事情恐怕沒有那麼簡單，再等等看吧，我估計後面還會出事。」余歲歲深吸一口氣，放緩了語氣。「另外，如果妳真要去求平王世子，這個消息我可以幫妳帶到。但還是那句話，妳求了他，最後的結果也不過就是從被抬入東宮，換成被抬入平王府而已，唯一的區別只在妳跟他兩情相悅罷了。但他今日憐惜妳，卻未必會憐惜妳一輩子，他日他若娶來了正妃，妳又該如何自處？」

一番推心置腹的話，讓余宛宛聽得又是梨花帶雨。「我如何不知？可我……又有什麼辦法啊……」深閨女子，從小受的是「大門不出，二門不邁」的教導，事事小心、步步在意，她能有什麼好辦法？

余歲歲拍了拍她的肩膀，深表理解。「這件事，說到底也與我有關。」甚至可以說，是因她和她爸而起的。「大姊姊，妳就安心待著，交給我吧！妳不用依仗什麼平王世子，我來幫妳！」

余宛宛猛地抬起頭。

余清清也瞪大眼睛看過去。

余欣欣朝她頗有深意地看了一眼，眼中一樣難掩震動。

而余靈靈，早就捧著雙頰，一臉崇拜地仰頭盯著余歲歲了。

余歲歲一笑，朝余靈靈的臉蛋輕捏了捏。「好啦，都回去睡覺吧！別太崇拜我喔！」

第二天，本來應該繼續到侯府來鬧事的余家人，卻遲遲沒有來。盧陽侯府早得到太子的消息，但等了半晌，卻壓根兒沒有見到人影，於是切結書的事，便也不了了之。

沒人鬧，京城中關注此事的人就少了，沒過幾天，就被其他新鮮事壓了下去。

過了兩天，朝廷的御史聯名上奏，參禁軍郎將余璟身為人子卻忤逆不孝、拋棄老母、欺辱兄弟，是為不孝不悌之徒。

像這樣的人，如何能保證他忠君體國？因此應按慣例，以不孝之罪，罷黜官職，命其歸鄉養母，終生不得入仕。

此消息一出，立刻傳遍了京城。

在這樣的時代裡，不孝是最讓人指責的道德污點，很多人只聽到這件事，便開始謾罵余璟。

就在這時，有人便翻出了余家人曾經在侯府門前鬧事的事情，指責侯府同樣仗勢欺人，斷絕余家人與親孫女的關係。

隨後，又有消息傳出，說是余璟私自和侯府簽訂了血緣切結書，余家人不僅得不到兒子的恩養，還被迫失去了親人。

這一下，余璟的名聲一落千丈，被京城人到處喊打喊殺。

忠勇武館，余歲歲收起手裡飛鴿傳書來的字條，長出了一口氣。

「師姐，接下來怎麼辦呀？」齊越進屋，神情焦急。「師父不在，御史連續幾天彈劾，還有那一家子……師姐讓我們扣住他們好些天了，我真恨不得揍他們一頓！」

余歲歲投給他一個安撫的眼神。「可以了，現在把他們放出來吧。」

「啊？現在？」齊越嚇一跳。「現在放出去，不就任由著他們亂說話？」

余歲歲聳聳肩。「放心吧，就是要他們去亂說。記得提醒他們，太子殿下讓他們去京兆府告狀喊冤。」

看著齊越出去，余歲歲露出胸有成竹的笑容。

這幾天她讓武館的人假扮成太子的人，扣著余家人不放，就是為了等爸爸的消息。如今澧縣的消息傳回，也到了該動手的時候了。

又過一日，京兆府尹受理了余家人狀告禁軍統領余璟不孝的狀子，因為御史也一直在彈劾余璟，京兆府尹不敢隨意處置，便上報了皇帝。

皇帝正為了這事煩心不已，他好不容易為七皇子選了個值得信賴的左膀右臂，就鬧出來這種事。君君臣臣、父父子子，忠孝節義乃是一國之本，皇帝一時也是不好處置。

這時，太子提了議，既然此事與朝廷命官有涉，便與尋常的民案不同，不如便請刑部、大理寺和京兆府三司會審，查清真相。

皇帝沒辦法，拗不過滿朝的諫言，只得答應。

因著京兆府是皇后的勢力，大理寺又有七皇子在，朝臣便舉薦應由刑部尚書主理此案。

於是，這日晌午，刑部尚書郝嶽便在京兆府開堂審案。

案子開了，苦主到了，可被告余璟卻遍尋不著。京兆府門口圍了一大幫看熱鬧的百姓，個個都是義憤填膺的。

郝嶽一拍驚堂木。「被告余璟，自知罪名屬實、罪孽深重，因此潛逃多日，無處可尋。本官體念苦主年事已高，身體抱恙，便先將余璟財產之忠勇武館收歸官府處分，賣出之銀錢交由苦主恩養。至於余璟本人——」

「大人！余、余璟在外面，說是要帶證人上堂！」

郝嶽握著驚堂木的手一頓。「你說什麼？什麼證人？」

只見外面，余璟帶著兩名老者，撥開圍觀的人群，大踏步地走進來。

「尚書大人，下官余璟，特帶證人狀告養母余王氏恩將仇報，害我父母，且多年不言真情，對我欺辱、虐待，並連累小女，此等劣跡，天理難容！下官懇請大人查明真相，還我生身爹娘公道！下官今日就要在此，與余王氏一家恩斷義絕！」

「你、你說什麼？」郝嶽傻住了。

圍觀的百姓立刻爆發出激烈的討論。

一旁的余榮和余勝齊刷刷地看向余母，卻見她在看到余璟身後的兩個老人時，便已面如死灰，什麼話都說不出來了。

盧陽侯府。

晚桃手裡攥著張字條，一臉喜氣地跑了進屋。

「姑娘、姑娘！余大人的字條！」

余歲歲正在練字，一聽立刻放下筆走了出來，接過一看。「太好了，官司贏了！」

「姑娘，真的是咱們贏了嗎？」晚桃驚喜不已。

「是啊，太子以為繞這麼大一個圈子，就能扳倒爹爹，結果到頭來還是搬起石頭砸自己的腳。」余歲歲解氣道。

還是陳煜的話提醒了她，太子之所以敢讓余家人去侯府鬧事，那是因為太子認為自己能在這件事中得到的好處，一定比他失去的多。

盧陽侯府現在全靠盧陽侯一個人頂著，二老爺當初上錯了五皇子的船，現在窩在府裡就像隻鵪鶉，再不敢作什麼妖了。

可盧陽侯在朝中的地位，本來就日漸降低，娶了一大堆的小妾，也沒能再生個兒子出來，對於太子來說，盧陽侯已經算是棄子了。

之所以還沒棄，那是因為還沒榨乾他們最後一點利用價值。

而這價值不外乎就是侯府和余環這層說不清又道不明的關係，因此太子才這麼處心積慮，又是許諾余釗官位，又是要納余宛宛為妾的，說到底壓根兒不是為了盧陽侯。

只要想通了太子的目的，余歲歲就知道，他要求侯府處分余宛宛的身分，根本就是個障眼法。

反正余璟若是被剝奪了官職，余家人的生死更是與太子毫無關係了。

到那時，余宛宛身分低微，進了東宮就得任由太子擺佈；余歲歲沒了余璟依靠，皇后也就壓根兒不會在意她，生死嫁娶還不都得由著盧陽侯府作決定？那自然也就是由著太子擺佈了。

只可惜，人算不如天算，太子根本想不到，余璟的身世居然這麼離譜！女兒從小和人家抱錯也就算了，居然連爹娘也不是親生的！這種離譜的身世能同時集中在一個人身上，也是沒誰了。

「姑娘，您說那余家人怎麼就那麼狠呢？余大人的生父母逃荒而來，本就夠可憐了，就算余家人救了人，想要些財物回報，也不能害人性命吧？害了人就很可惡了，竟還虐待人家的孩子，真是太沒天理了！」晚桃忿忿道。

余歲歲想起余璟傳信回來的說法，說道：「聽余家宗族的長輩說，當初大水氾濫，京畿一帶很多村鎮都有別處逃難而來的災民，甚至余家莊現在也有不少當初逃來的災民在此定居。那個時候太亂，家家都自顧不暇，所以宗族也只知道余家人救了逃難的一家三口，並在那對夫妻去世後收養了他們的孩子。

「最初余家老爺子還在時，村裡人還都說他們有情有義，並好心地瞞著我爹爹的身世，只盼著他們一家子和和美美的，誰知老頭子一死，余家生計一落千丈，他們就露出了真面目。聽說早年余母在別人那裡其實說漏了嘴，可村裡人不願管閒事，這才一直沒說。要不是我爹這次回去，在宗族面前挑明了這些事，他這一輩子都不知道真相。」

晚桃聽得眼睛都紅了。「這下可好了，把那惡毒的老婦關進大牢，看她還怎麼囂張！」

「是啊，我爹和余家族長已經說好，脫離余家宗祠，以後再無任何干係。至於余家那兩個兒子……從兄弟變成了仇人之子，以後恐怕也再不敢作妖了。」余歲歲帶上幾分笑意，繼續道：「聽說他們當初以為能來京城靠上我爹，加上家裡的地沒了我爹後早就荒了大半，所以之前就已把土地賣回給了宗族，這下再想要回來可就難了！」

「惡有惡報，這才是大快人心呢！」晚桃拍手道。「姑娘啊，現在外面都在傳，說余大人真可憐，半輩子的辛勞，全都錯付了人，如今能絕境翻身，真是讓人欽佩又感慨呢！」

余歲歲微怔，隨即嘆了口氣。

世人不明真相，自然思想就會隨著各種各樣的言論搖擺，今日說他好，明日說他壞。可難道余環真是余母親生的，他就真的是不孝？真的活該嗎？他二十多年來被欺壓的過去，就是理所當然的嗎？

然而，沒有人會聽他的苦衷，更不會站在他的角度上去想他為什麼這麼做？他們只會站在道德的制高點上去指責，指責他不遵孝道，指責他心狠手辣。

可那個心軟的、恪守本分一輩子的「余環」又得了個什麼下場呢？任勞任怨地奉養著自己的仇人，認賊作母，被所謂的兄弟欺辱、壓榨。

他多完美，完美到從任何一個角度都挑不出他的錯來。可這樣的人，最終卻還是悽惶而死，化為黃土一抔。

「好了，不說這個了。妳去大姊姊院子裡說一聲，讓她別擔心了。一時半刻的，太子奈何不了她的。」余歲歲說道。

目送晚桃出去後，余歲歲眼神一瞥，就在院門口的角落處看到了余釗。

他站在院牆旁邊，只露出半個身子、半張臉，那露出的一隻眼睛裡，滿是恨意與殺氣。

喲？這是又恨上我了？余歲歲在心底譏諷道。

為什麼余釗這種人，總會因為自己沒本事、太蠢而輸掉博奕，再反過來憎恨別人太聰明呢？

她絲毫不怵地對看回去，眼裡染上戲謔。

隨後，她勾起唇角，抬起手指在太陽穴附近虛點了兩下，然後翻過手背，在自己的脖頸處做了一個割喉的動作，挑釁地看著余釗。

余釗眼眸一縮，死死盯了她一眼，而後快步轉身離去。

御史彈劾余璟的罪名，在京兆府那一場堂審之後便徹底被澄清了。余璟成了身世淒苦、身處逆境卻不改青雲之志的典範，很多文臣及武將都出來讚揚他，甚至市井間還有讀書人為他寫贊文。

至於當初那個在公堂上，想趁著余璟不見而栽贓罪名的刑部尚書卻很快就被御史彈劾貪污受賄，被皇帝貶出了京城。

不過短短幾天，余璟就從人人喊打，變成了人人追捧。

一時之間，忠勇武館的門檻都險些被官媒人給踏破了。

可惜，漸漸地所有人都知道，余璟只想建功立業、教養女兒，不想娶妻。

聽聞此言，不少人惋惜之餘，也只能作罷。

第十七章

這年夏末，七皇子陳煜離任大理寺少卿，調往中書省任職。

這個調動一出，朝中百官立刻嗅到了不尋常的意味。

太子為儲君，早已按律例監國。三皇子和五皇子都因罪過被踢出奪嫡隊伍，當下只剩七皇子擁有能與太子抗衡之力。

當今聖上身體正康健，因此不會讓太子一家獨大，勢必要再扶持一個皇子來，也可備後患。

太子有秦貴妃，七皇子有皇后；而太子已二十多歲，七皇子卻正值少年。

當初太子著急忙慌的，實則是因著三皇子和五皇子的年紀與他相仿，這才鬥得不可開交。而現在七皇子與他年齡差變大了，兩方的鬥爭反而慢了下來，都不著急了。

朝臣們一時摸不透，皇帝到底是想給太子找一個磨刀石，還是真的想要考察七皇子的能力？

不過聰明人也能看出來，皇帝對儲君之事壓根兒並不著急，所以他們也就聰明地選擇不站隊，冷眼旁觀就夠了。

到了這年秋天，被糟心事煩了太久的皇帝終於下令，恢復秋狩，允許在京七品以上的官員及親眷都能一起參與。

消息一出，京城各家再次忙碌起來，準備著為期三天的獵場之行。

作為盧陽侯府的女兒，余家眾姊妹也是可以隨行的。

余宛宛自從上次的事後，與盧陽侯之間再也沒了父慈女孝，余老夫人甚至還一直罰她禁足，全然沒了往日的情分。

這一次出來，也是余宛宛在上次事後第一次獲准出門。

雖然不知道這期間她和平王世子有沒有見過，但總之，她們一到獵宮，余宛宛就偷偷去和陳容謹見面了。

「以前沒覺得大姊姊膽子這麼大，現在看來，她跟二姊姊倒是還挺像的。」余清清坐在屋裡，無聊地自己和自己下棋。

余歲歲看她一眼。「我只當妳誇我呢！她現在這樣，也沒什麼不好。」

余宛宛對盧陽侯大失所望，更知道自己的婚事捏在余老夫人的手裡，她若不學會自己反抗，那就只能任由擺佈。

余宛宛懂分寸，陳容謹也並非孟浪之人，他們自有他們的狗血劇情去走。

余欣欣靠在一旁假寐，也不參與姊妹之間的對話。

余靈靈倒是一心研究著獵宮給各家準備的點心，一邊吃，還在一邊品鑒。

來獵宮的第一天，皇帝和世家王公都外出狩獵，聽聞收穫不菲。可跟隨來的女眷卻只能待在屋子裡，最多打打牌九、聊聊天，極為無聊。

於是第二天，皇帝拗不過祁川縣主的撒嬌，答應讓世家的夫人、小姐們也可以出來走走、騎騎馬繞著獵場的周邊轉一轉。

夫人們對此興致缺缺，可各家小姐確實開心極了。

余家除了余靈靈外的幾個姊妹，因著當初馬球隊訓練，都學會了騎馬，可之後都沒機會再騎，如今都是摩拳擦掌地想要再試一回。

於是余歲歲便帶著其他三個姊妹，和祁川縣主、衢國公府的明琦小姐，一起進了獵場。

「可惜就可惜在我們沒法去狩獵，不然一定很暢快！」祁川和余歲歲騎馬走在最前，一邊走一邊聊天。「誰讓我們都沒有機會學射箭，若是學了，也未必比旁人差嘛！」

「我也想學，可就算去學，現如今那些軍中制式的長弓對我們來說確實太大了，怕是連拉開都難。」余歲歲道：「我看，還不如直接做些小型的弩箭，但總之狩獵是難了些了。」

「昨日我聽說太子一人便獵了不少獵物，僅次於皇帝舅舅，他那點水平居然還能居第二，一看就是別人放水了！」祁川吐槽道。

幾人有一搭、沒一搭地聊著。

突然，獵場內奔出一人一馬，馬速快得極為不正常，馬上的人看著東倒西歪的，險些要因坐不穩而掉下來。

「讓開！快讓開！」

那人一邊大喊著，一邊瘋狂擺動著手臂向她們這邊示意。

余歲歲幾人全都嚇了一跳，不知道究竟發生了什麼事情。

「救命……救命啊！獵場有熊瞎子！有熊瞎子！」

余歲歲這才意識到，馬跑得太快是因為受驚發瘋了！而那馬上的人根本控制不住瘋馬的速度，只能任由牠帶著朝前跑。

眼看著一人一馬瘋一樣地衝出獵場的圍欄，朝獵宮的方向奔去。

「獵場怎麼會有熊瞎子？」祁川瞪大雙眼，愣在原地。

突然，余歲歲腦中一個念頭閃過，臉上的血色瞬間盡數褪去。

糟了！陳煜！

余歲歲立即拉過一旁的小紅馬，一個翻身，躍上馬背。

「歲歲，妳幹什麼去？」祁川縣主驚愕道。

余歲歲當然無法解釋，只得道：「縣主，來不及說了，妳快去獵宮報信吧！」說完，她一甩馬鞭，小紅馬一下子就飛奔了出去。

呼嘯的風在耳邊颳過，余歲歲只覺得自己胸中似有一團火在燒灼。

跑過獵場周邊的空曠之地後，很快就是一大片樹林。

這個時辰，皇帝正在出獵，還有一些大臣陪同，因此余歲歲一路上見到一隊又一隊匆忙返回的人，雖然沒有看到皇帝，但皇帝身邊的護衛自是最多的，壓根兒用不著她操心。

所有人都在往外跑，只有她一人逆向而行。越往深處，人煙越少，甚至還有零星的小動物跑過，卻並未見到熊瞎子的蹤影。

沒辦法，余歲歲只能騎著馬，繼續朝獵場深處尋去。

突然，前方樹林的空隙間，閃現出一個熟悉的身影。

余歲歲心頭一喜，趕緊拍馬迎了上去。

「爸爸！」

余璟一人一馬，正渾身戒備，就聽見女兒的聲音從身後響起。

他猛地回頭，雙眼就是一瞪。「歲歲？妳怎麼在這兒？快回去，這裡太危險了！」

余歲歲反問道：「爸爸不是在陛下身邊嗎？又怎麼會一個人在這裡？」

「陛下有白統領護衛，我沒看見煜兒。」余璟擔心地說道。「我記得妳曾說過，煜兒就是傷在獵場闖入的熊瞎子手裡，最後傷重不治。就算我教了他這麼些年的武藝，可若真遇上熊瞎子……」余璟說著都覺得心悸。幾年師徒，情意早已非比尋常。更何況陳煜在他眼裡還是個孩子，他也斷不可能見死不救。

「我也是來找他的。」余歲歲道。「爸爸，不如我們分頭找吧？獵場這麼大，實在不能耽誤。」

「不行！」余璟當即就拒絕了。「太危險了，妳快回去，去報信，我去找。」

余歲歲急道：「爸，你想想，這裡是京郊圍場，狩獵用的動物都是飼養的，哪裡來的熊瞎子？一定是有人故意放進來的，目標就是陳煜！現在所有人都只顧著皇上，你一個人去找，他危險，你也危險。只要陛下回到獵宮，就會點查人數，發現陳煜不在，自會派人來找的，我們要趕在這段時間保住他的命呀！」

余璟如何不知道這個道理？可若與陳煜比起來，當然還是女兒的安危最重要。

「歲歲，妳是不是……喜歡上煜兒了？」

余歲歲胸口猛地一滯，感覺頭皮都有些發麻。

這半年來，不是沒有人問過她同樣的問題，可都比不上余璟問她這個問題。那種一瞬間被人看穿的感覺，余歲歲無法忽視，更無法再繼續狡辯。

「是。」也許是面對著自己最親近的人，也許是當下事態緊急，余歲歲幾乎是脫口而出。「爸爸，就讓我跟你一起去找他吧。」

余璟深深地看了一眼女兒，不由得嘆了口氣。「罷了，誰讓妳是我閨女呢？走吧，我們分頭找！」

兩人一個朝西，一個朝東，騎馬快速地奔走，搜尋著周圍一切可疑的跡象與聲音。

不知不覺間，余歲歲已穿過了樹林，來到圍場的邊界。

這裡依舊是一片空曠之地，除了雜草和低矮稀疏的灌木外，什麼都沒有。

突然，一聲凶惡的嚎叫自左邊不遠處傳來！

小紅馬的馬蹄猛地一收，任余歲歲如何鞭策，都不肯再走一步了。

余歲歲循聲一望，目光驀地一縮。

那兩個不遠不近的黑點，是一人一熊，正在你追我逃！

她深吸一口氣，跳下馬，將匕首攥在手心。

「紅紅。」她摸上小紅馬的脖子，聲線發緊。「我知道你害怕了，沒事的，我不讓你過去。」

小紅馬好像聽懂了她的話一般，馬頭朝她的懷裡蹭了蹭。

「紅紅，你最聰明了，去找我爹爹來，好嗎？」余歲歲拍拍小紅馬的身體。

小紅馬嘶鳴一聲，四隻馬蹄在原地躊躇地踩了一會兒，才撒開步子，轉身跑了回去。

余歲歲這才定了定神，轉身朝遠處跑去。

當越跑越近時，余歲歲的心跳也越來越快。

陳煜孤身一人，手中握著衛士的長刀，身後還揹著弓箭，衣衫已被抓破，露出裡衣的布絲。

他跑的速度很快，腳步也沒有特別慌亂，但看得出來，他的體力已接近極限了。

余歲歲望向他的身後——那是一頭可怖的成年黑熊，足足高過陳煜半個人，正邁著四肢，窮追不捨。

他們的身後，散落著兩、三具侍從的屍體，還有一匹被黑熊拍死的馬。

此情此景，余歲歲不禁倒吸一口涼氣，雙腿也發起抖來。

就在她這一愣神的空隙，黑熊呼嘯一聲，瘋也似的一躍朝陳煜撲了上去！

陳煜躲閃不及，雙腿瞬間被黑熊壓住，千鈞一髮之際，他原地翻身，手中的刀砍向黑熊的肩頸。

可生長在野外的黑熊，皮糙肉厚的，而陳煜被壓在地上，手臂根本無處借力，刀刃砍在黑熊身上，根本傷不了牠半分。

余歲歲這下不敢再遲疑，拔腿就朝前方衝了過去。

就在黑熊張開血盆大口，將要咬向陳煜脖子的一剎那，余歲歲手起刀落，手中的短劍深深刺入黑熊的後背！

黑熊立刻發出一聲震天動地的哀號，身體猛地直立而起，迅猛地轉身，一隻巨大的熊掌高高舉起，朝余歲歲揮去。

余歲歲下意識就閉上了眼睛，等待著這如泰山壓頂一般的力道朝自己打來。

突然，她的臂膀被一個力道猛地抓住，朝後一仰。同一時刻，黑熊的熊掌自她胸前掠過，將她胸前的衣服瞬間抓爛，裸露出內裡的肌膚。

「啊！」下一秒，余歲歲落入一個硬實的懷抱，身體被人緊緊抱住，朝一旁翻滾。

不知道轉了幾圈，他們才慢慢停下。

余歲歲從眩暈中緩過神來，一抬眼，就見陳煜臉色發白，正壓在她的身上。

她剛想張口說話，頭頂的視線裡猛然出現黑熊的身影，余歲歲的雙眸瞪大，雙手試圖推開身前的人，卻不想陳煜抿緊嘴唇，愣是死死地壓住她，動也未動。

熊掌狠狠拍下，陳煜「噗」的一聲，吐出一口鮮血，血滴濺在余歲歲的側臉，像開在白玉瓶上的紅梅。

「陳煜！」余歲歲大喊一聲，用盡全力，翻身而起，拾起旁邊的長刀，刺向黑熊的腹心！

黑熊再次被刺中，攻擊的動作不得已遲緩下來，退後幾步，似乎是要緩一會兒再戰。

余歲歲乘機回過身去，查看陳煜的情況。

陳煜的面色已蒼白如紙，嘴角掛著一絲血跡，余歲歲不敢碰他，剛才那一掌，怕是肋骨都要斷了。

一旁的黑熊還在喘著粗氣，一聲一聲，就如同催命的鐘。

余歲歲的腦中突然閃過一個念頭，當下也顧不得其他，低下身子，動手扒著陳煜的外衣。

外袍繫釦繁瑣，情急之下，她只得拔下頭上的簪子，朝著袖子和腰帶劃了幾下，陳煜的外袍便被割成了幾片布。

她眼疾手快地用布片擦掉陳煜臉上和周圍的血跡，然後將幾塊布團在一起，朝他們的反方向遠遠扔了出去。

做完這些後，余歲歲死死盯住黑熊，就見牠好像突然失去了攻擊目標一樣，在原地躊躇了一會兒。

余歲歲屏住呼吸，不敢動彈分毫，看著那黑熊來回轉著頭顱。

終於，黑熊動了，朝那團衣服奔了過去，張口瘋狂地撕咬著。

余歲歲一屁股跌坐在了地上，她不敢想像，那團布片如果是她或陳煜的身體……

一分鐘都不到，衣服就被黑熊撕成了雪花一樣的碎片，余歲歲的心，又一次提了起來。

就在這時，隨著一聲馬嘶，余璟從遠處駕馬奔來。

只見他跨坐馬上，張弓搭箭，「咻」的一聲，直中黑熊後心。

黑熊吃痛嚎叫，側倒於地，掙扎著想要再次站起來。

余璟緊接著又是一箭，穿透黑熊的腹背，將牠牢牢地釘死在地上。

天地間好似一瞬間回歸平寂，只剩下驚心動魄之後躁動的心跳聲。

「歲歲！煜兒！怎麼樣？傷著哪兒了？」余璟跳下馬，奔向癱倒在地的兩個孩子。

余歲歲的眼淚霎時奪眶而出。

余璟心疼地蹲下來，摟住女兒安慰了一番，這才小心查看起陳煜的傷勢。

「疼嗎？」他輕輕摸了摸陳煜的前胸。

陳煜蒼白著臉，搖搖頭。

余璟又摸了一會兒，這才鬆了口氣。「還好，肋骨沒斷。多虧了後背的箭筒擋了點力道，不然就麻煩了。」
「可他……都吐血了。」余歲歲擔憂道。
「其他的就等太醫診治吧。」
余璟話音剛落，遠處就傳來了陣陣馬蹄與呼喊聲，是獵宮的衛隊來了！
余歲歲緩緩站起身來，心神也漸漸定了下來。
「師……父……」地上的陳煜，忽然吃力地喊道。
余璟回頭，本想要他保持體力，不要多說話，卻見陳煜的眼睛朝余歲歲瞥了一下，又像燙著一樣火速瞥開，然後直直地朝自己看過來。
再看他的臉，饒是如今毫無血色，都難掩一絲澀然，連耳垂都快紅得滴血了。
余璟一頭霧水地朝余歲歲看去，臉色頓時就黑了。
剛剛余歲歲坐在地上，他沒看清楚，現在倒是看得分明。她前胸的衣服已被熊掌抓得稀爛，她竟也渾然不覺，難怪陳煜羞成這樣。
「歲歲。」余璟低聲提醒著女兒。
余歲歲的視線順著父親也有些閃躲的目光，垂向了自己的胸前——
「呀！」她輕叫一聲，趕忙捂住胸口，臉色頓時脹得通紅。
眼看著禁軍衛隊越來越近，但余璟身上穿的是鎧甲，陳煜身上更是只剩中衣了，余歲歲沒有辦法，只得將裙襬下方的一層薄紗撕下來，纏在自己的上身。

直到禁軍將陳煜抬上擔架，帶回獵宮，余歲歲都沒敢多看陳煜一眼。

獵宮裡，焦急等待的皇帝、皇后和賢妃，在看到陳煜被抬進來的一瞬間，全都坐不住，圍了上前。

皇帝立刻讓人將陳煜抬進自己的寢殿，並召集隨行太醫替他診治。在知道陳煜只是內臟偶有出血，並無生命之憂後，皇帝這才放下心來。

賢妃垂著淚，跟著太醫們進入內殿照顧。

外殿，皇帝、皇后、太子和幾個朝臣皆是面色凝重。

「余卿，朕命你會同獵宮宮監，查清楚熊到底是如何進到這獵場之中的！」皇帝怒道。

「是，臣遵旨。」余璟答道。

余歲歲悄悄看向太子，卻見他面色如常，目光無怪，整個人都平靜得很。

難道跟他無關？余歲歲有些疑惑。

可她當時被陳煜護在身下時，確實聞到了陳煜的衣服上有些奇怪的味道。而扔掉衣服後，那頭熊也確實只衝著衣服而去，顯然這就是人為造成的襲擊。

現如今有動機加害陳煜的最大嫌疑人只有太子！若不是他，又會是誰呢？

皇帝一擺手，其他朝臣和太子都相繼退了下去，只留下皇后和余歲歲、余璟三人。

「余卿，你又一次救了朕的兒子啊！」皇帝感嘆道。

余環連忙道：「回陛下，臣不敢居功。這次，是臣的女兒先找到七殿下的。」

皇帝的目光落在余歲歲的身上。「朕記得你這個女兒，膽識極好。曾經拿過端午投壺的魁首，還贏過馬球比賽，更不用說幾次三番救煜兒於險境之中，真是巾幗不讓鬚眉啊！」

余歲歲趕緊行禮道：「得陛下謬讚，小女不勝惶恐。」

「朕記得，妳和余卿並非親生父女，而是養女，妳是盧陽侯的女兒，沒錯吧？」皇帝又問道。

余歲歲不知皇上何意，只得默默點了點頭。

皇帝便道：「依朕看，你們不是父女，卻勝似父女，此乃天命安排。這樣吧，從此後，妳便正正當當地與余卿以父女相稱，盧陽侯是妳的父親，余卿也是妳的父親，妳可願意？」

余歲歲倏地抬頭，驚喜地看向皇帝，隨即轉向余環，滿臉的喜悅溢於言表。

「臣女願意！」她撩裙跪下，俯身叩首。

余環更是喜不自勝，有皇帝這句話，從此他和歲歲的關係便是名正言順，有了聖上親許的父女之名，就算盧陽侯府想越過自己擺佈歲歲，都要掂量掂量了！

「臣，謝陛下隆恩！」

皇帝見兩人都由衷的高興，心中越發滿意。他就喜歡看這種父慈子孝、天倫之樂的場面，這也是他嚮往卻難以得到的情感。

皇后在一旁聽著，臉上的笑意也漸漸加深。

皇帝親口認同了余璟和余歲歲的父女關係，如此這兩個人的牽扯就更加緊密了，那她想要做的事情，也就更容易了。

想了想，皇后開口道：「真是恭喜余大人，有了這麼一個天資聰穎、才貌雙全的好女兒啊！陛下，難得有此佳事，不如再添一件喜事，也好替煜兒沖沖喜。」

皇帝一挑眉。「喔？是什麼？」

皇后掩嘴一笑。「前些日子，臣妾剛與陛下提過，臣妾有一姪女明琦，自小得臣妾兄嫂的悉心教養，極為嫻淑，或可為煜兒之佳婦。」

余歲歲的笑意猛地一頓，心裡微微泛出些酸意來，垂下了眼眸。

余璟心中也是一咯噔，餘光瞥向女兒，心中暗嘆不已。

皇帝點頭道：「朕記得，皇后是說起過此事。」

皇后微笑著繼續道：「其實臣妾還沒來得及與您說第二件呢！您瞧，余姑娘也是才貌不凡，更是多次搭救煜兒，臣妾以為，她可算是煜兒的福星呢！眼下煜兒已是成親的年紀，不如陛下好事湊成雙，將臣妾的姪女和余姑娘賜婚給煜兒，兩人一正一側，也算是一段佳話呢！」

彷彿一道驚雷在腦海中炸響，余歲歲袖中的雙手猛地攥緊，暗暗咬住下唇。

正妃與側妃均得皇帝聖旨賜婚，陳煜坐享齊人之福，確實是佳話。

是別人眼裡的佳話！

她再是喜歡陳煜，也沒有與別人共事一夫的道理！

另一旁的余璟也急了。他的寶貝女兒，寧可終生不嫁人，也沒有給人家當小老婆的說法！

可這裡皇權大過天，他腦子飛速地思索著，如何在不讓皇帝、皇后遷怒於歲歲的情況下，推掉這樁婚事。

皇帝聽著皇后的說法，心裡跟明鏡似的，可他還得要再考慮考慮才行。

雖是這麼想，皇帝面上卻是絲毫不顯。「皇后的提議倒是不錯，余卿覺得呢？」

余璟心一橫，上前一步，當即就要拒絕。「回陛下，臣不——」

話還沒說完，內殿突然傳來聲響，打斷了余璟的話頭。

「煜兒，你幹什麼去？」是賢妃的聲音。

皇帝和皇后立刻緊張起來，余歲歲也趕緊轉頭看過去。

片刻後，只見陳煜被內侍攙扶著，捂著胸口，顫巍巍地走了出來，一見到皇帝就要下跪，連忙被皇帝制止。

「父皇，兒臣讓父皇擔心了，心中實在愧疚難當。」陳煜的聲音都是發虛的。

「煜兒，你傷得重，快回去躺著，太醫說了你需要靜養。」皇帝趕緊囑咐。

陳煜卻道：「父皇，兒臣只是突然想起，近來剛剛入職中書，許多事務皆不熟悉，多虧了馮大人和其他幾位大人，才讓兒臣多少有了些瞭解。可兒臣這次受傷，又不知要耽擱多少公務，心中實在難寧。」

皇帝又是心疼、又是欣慰。「你這孩子，好好養傷便是，等傷好了，朕再讓馮卿好好教你。」

「多謝父皇，父皇最是知道兒臣的想法。如今兒臣初涉朝事，對很多事情都不熟悉，更無暇顧及旁的事情。兒臣一心只想盡快熟悉朝政，替父皇分憂，請父皇莫要嫌兒臣愚笨。」陳煜說道。

皇帝愣了片刻，倏爾一笑。「喔，原來你是聽見了朕和你母后談及你的婚事，這是拐著彎拒婚來了？」

余歲歲和余璟站在一旁，心裡七上八下、忐忑不安。

陳煜卻並未看向他二人，只是道：「父皇英明。兒臣如今毫無旁的心思，若言娶妻，還是……太早了些。」說完，他蒼白的臉上還泛起了一絲紅暈。

皇帝故意問道：「怎麼？難不成皇后選的明姑娘和這位余姑娘，還入不了你的眼不成？」

陳煜趕忙搖頭。「兒臣不敢！父皇和母后喜愛的，又怎麼會差？只是兒臣頗為不解風情，實在不敢耽誤了兩位姑娘的姻緣。」

這便是拒絕得很徹底了。

皇后臉上笑意漸收。

余璟倒是鬆了口氣，有七皇子自己出來拒絕，比他來拒絕要好太多了。可歲歲……他目光微轉看去。

余歲歲垂眸站著，只當自己是個眼觀鼻、鼻觀心的局外人，可只有她自己知道，她此刻的心，就如同被一盆涼水兜頭澆下，比剛剛皇后要她做側妃時還要難受。

殿中安靜了一會兒後，皇帝突然呵呵笑了起來。「行了，朕知道了。你不顧傷勢來求朕，朕怎能不體諒自己的兒子？行，朕答應你，此事容後再議。」

一語畢，余璟緊張的身體立刻放鬆下來。比起讓女兒一輩子受委屈，這一會兒的失戀應該不算什麼吧？他想著。

陳煜道謝後，又被攙扶著回到內殿躺著。

皇帝沒了別的事，便讓余璟去查案，余歲歲則自己返回住處。

直到月上枝頭，余歲歲還睜著眼睛，全無睡意。

她的腦子裡全是雜七雜八的想法，將她與陳煜第一次見面到現在的每一次相處，都翻來覆去地想了個遍。

她甚至都想不明白，她是何時對陳煜有了這種心思？

是他一臉求知地詢問她術算之法時？還是他悉心教她打馬球時？

抑或是，那年元宵，殺機四伏的長街之上，陳煜推開她，讓她自己跑，想要以一人之命護住街上數不清的無辜性命時？

余宛宛曾說，陳煜對她很特別。

余歲歲捫心自問，其實連她自己都這麼覺得。

再沒有任何一個姑娘能與陳煜的關係這般交好，也沒能被陳煜幾次三番的保護、照顧。他雖待人都溫和有禮，可她就是覺得，和自己說話時那副溫柔謙和的樣子，並不只是因為他個人的教養。

若非潛移默化，豈有情根深種？

可今天他卻……難道一直以來，都是她自己自作多情了嗎？

「姑娘？姑娘？」

黑夜裡，房門被「吱呀」推開，傳來了晚桃的輕喚。

「姑娘，睡了嗎？」

余歲歲翻了個身。「何事？」

「七殿下身邊的內侍送了口信來，說七殿下有要事，請您務必前去。」晚桃說道。

余歲歲驀地一個翻身坐起，莫不是陳煜的傷……

她連忙跳下床穿鞋，一把抓過衣架上的外衣，又給自己找出件斗篷來，走到了門口。

等在門外的，確實是陳煜的內侍，余歲歲見過。

「可是七殿下的傷勢有什麼不好？」余歲歲著急地問道。

內侍恭敬道：「余姑娘，殿下只說有要事相告，這才冒昧無禮，在深夜請您秘密前去，望您原宥。」

余歲歲微一蹙眉，心裡更加不安了。「哪有那麼多禮數，快帶我去吧！」

陳煜晚上時就被抬回了自己的住處，內侍領著她七拐八繞的，途中竟也沒遇上任何一個人，便到了陳煜的屋前。

余歲歲推開門，緩緩走了進去。

屋裡的床榻旁點著一盞燈，陳煜躺在床上，見她進來，臉上露出笑意。

「余姑娘，今日可有受傷？」陳煜的目光不期然地落在余歲歲的鎖骨之處，卻是不敢再往下看了。

余歲歲胸口一燙，手下意識抬起捂住。「沒有。殿下找我，就是為了這個？」

「當然不是。」陳煜一笑。「深夜相請姑娘，本於禮不合。可我只怕，若不早些解釋，妳便再不會理我了。」

余歲歲一愣。「解釋？解釋……什麼？」

陳煜的唇角微微翹起。「今日我在父皇面前拒婚，並非對姑娘無意。」

余歲歲心裡一跳，臉頰漸漸發起熱來。

「余姑娘是無拘無束之人，我只是擔心，若貿然定下婚約，恐會違背了姑娘的心意。」

余歲歲嘴一撇，上前一步，挑眉相問。「我的心意？殿下何處來知我的心意？」

陳煜頓了頓，將笑意掩在燈火照不見的暗處。「姑娘不是對昀彥兄……極為在意嗎？」

蛤？「殿下如何覺得我對……」余歲歲無語得都不想說出無關之人的名字了。「對別人有意的？」

陳煜的聲音自暗處傳來。「姑娘常說，我這人太囿於禮教，死板得很。昀彥兄長……確是比我有趣些。」

「我何時說你死板、囿於禮教了？」余歲歲當即就來個不承認。「殿下心思純善，事事皆多為別人著想，遵規守禮有什麼不好？殿下又並非那等老頑固，但凡是看不慣的就不許存在，定要指責一番，強拗過來才甘休。你守你的教養，卻從不苛求旁人，我覺得這樣很好，非常好！至於有趣……我就覺得殿下挺有趣的啊！」一個她隨便說幾句玩笑話就會臉紅的人，簡直可愛死了好嗎？

明昀彥是什麼人？那是原書裡足以和陳容謹一比的霸總式男配！余歲歲雖然與他接觸不多，可寥寥的幾次相處就覺得處不來，渾身不舒服。

倒不是說明昀彥有哪裡不好，余歲歲也不覺得自己有多麼的完美。只是她的個性使然，只要是她覺得對的，她就會一條道走到黑。

她也並非不願意聽別人的建議，可但凡對方流露出一丁點兒高高在上、試圖凌駕於她的思想之上、替她作決定的意圖，她的逆反心理就會冒出來作祟。

但陳煜，從未給過她這種感覺。

潘家人陷害父親的那一夜，她那樣衝動地與潘老太爺互嗆，甚至最後還逼人動了手。若論起來，她是被陳煜帶去的，她那樣做，不外乎是將陳煜那時還尚在隱藏的野心暴露在潘家人面前，若陳煜想，只需要擺出皇子的架子，斥責於她，那時她再是如何執拗，也得在封建皇權面前低頭的。

可當她主動問起陳煜時，他並沒有生氣，只是坦誠地說出了他對她那做法的不贊同，同時還提醒了她，今後要多多提防潘家的後招。

自從與陳煜相識後，他一個生於、長於封建禮教之下的皇子，卻從未對自己隨時隨地都在「出格」的舉動有任何的不滿與異議，反而認為她是率性的、不受拘束的。

對於這樣一個人，余歲歲如何會覺得不好呢？

陳煜那邊，半晌都沒有聲響。

就在余歲歲以為他睡著了的時候，才聽見他輕聲緩緩道——

「原來……是這樣。」

余歲歲的眼裡驀地劃過疑惑。怎麼覺得陳煜的語氣，似乎帶著些……壓抑的笑意？

「不是，等會兒……」余歲歲摸了摸頭。剛剛她一時情緒上了頭，氣陳煜誤會了自己，竟都沒仔細注意他的語氣，現在聽來，莫不是……「你、你故意的是不是？」她上前幾步，衝到陳煜的床邊。

床邊的燈火，映照著陳煜含笑的眉眼。他抬眼看著余歲歲，唇邊笑意難掩。

余歲歲暗哼。我居然一直認為陳煜是個老實人？啊呸，老實個鬼！

陳煜見她走近，這才笑著說道：「姑娘幾次出生入死，救我於危難之間，今日更是不顧性命，替我擋下黑熊的攻擊。我若再不知姑娘的心意，便當真是榆木腦袋，老古板了。我並非故意誘妳話語，只是……只有聽妳親口說一次，我的心才能真正落回了肚子裡。」

余歲歲的心猛地就是一抽，血液彷彿從腳底竄上臉頰，臉上一下子就熱得發燙起來。所幸屋中昏暗，她也算掩飾了幾分真情實感。

「我救你，又並非全為了這個。」她口是心非道。「倒是你，何必非要硬擋那一下？若是真傷了身子，那就是一輩子的事，就算保住了性命，又哪知會不會留下什麼隱疾……」余歲歲越說，口氣越是擔憂不已。

陳煜垂了垂眼眸。「我沒想那麼多。」

余歲歲掩去臉上的感動，岔開了話題。「既然……你什麼都知道，那今日，又為何非要拒婚呢？皇后娘娘一心為你打算，甚至還請了陛下聖旨賜婚，你就不怕惹了他們的不滿？」

陳煜偏頭，對上余歲歲的目光。「我若不拒，妳肯嗎？」

「什麼？」余歲歲一下子沒反應過來。

「一紙婚書，結兩姓之好，這是開了口就絕無反悔機會的事情。我若不拒，師父今日便是拚了性命不要，也不會答應的。而依妳的性情，哪怕聖旨真的下到了眼前，也斷不會為了此事妥協。」陳煜說著。「我若應下，恐怕這輩子都不可能再有得償所願的一天；我若不應，還能賭一個將來。我沒有別的選擇。」陳煜將自己的想法和盤托出。他慶幸自己反應極快地拒了婚，也所幸，父皇似乎也有他意。

余歲歲有些難以置信地看向他。「你……怎麼會知道，我不肯……不肯應下側妃之位？是爹爹對你說過什麼嗎？」

陳煜莞爾。「這何至於要旁人說？不過將心比心罷了。若我自己都無法承受與旁人分享心愛之人的痛苦，又怎可去苛求妳？」

陳煜想著，如若今日余歲歲真的肯了，那他才是斷然不會喜悅的。能與別人共用的，必是心中全然不在乎的。

余歲歲這下子都不知心裡是個什麼滋味了。

這一刻，她好像覺得心裡有一團烈火在熊熊燃燒，又彷彿被一束柔光籠罩住全身。此時此刻，她不想去想什麼以後，甚至忘記了陳煜的身分會帶來種種可能的身不由己，她只有一個念頭——值了！

「歲歲……」陳煜第一次，如此鄭重其事地叫了她的閨名。「等我婚事不會再受制於人的那天，我自會向父皇請旨，娶妳為妻。」

余歲歲心中感動，卻下意識問道：「那若你做不到呢？」

話才出口，她就恨不得捂上自己的嘴。這種時候，幹麼要說這種煞風景的話？這不是破壞氣氛嘛！可話已出口，覆水難收。

其實她的顧慮並非空穴來風。皇后與明家扶持陳煜多年，陳煜的今天如何能離得開皇后和明家？不受制於明家，可能嗎？

陳煜沈思了一會兒後，彷彿下定了什麼決心一般，鄭重道：「若我當真無能至斯……我自絕口不提一切前塵。只待妳姻緣落定，陳煜願以兄長之名，贈予姑娘十里紅妝！」

滿室寂靜。

良久，才聽余歲歲好像嚥下了什麼，語氣故作輕快地道：「哎呀，好了好了，八字還沒一撇的事，你倒想得多！日子還長著呢，誰答應你了……你話都說完了嗎？說完，我可就走了。」

陳煜暗笑一記。「嗯，我說完了。」

余歲歲拽了拽自己的袖子。「那我走了，你好好休息，別亂動。」

見陳煜點頭應了，她這才一步三回頭的離開，回到了自己的住處。

也是奇怪，再次躺在床上，余歲歲幾乎沒費什麼力氣，沾上枕頭便沈沈入睡了。

結束狩獵，回到宮中的兩天後，余璟帶著查出的證據，來到了御書房。

「余卿，朕一向信任你，可你竟給朕這樣一份結果？」皇帝掂著手裡的奏摺，有些不滿地看向余璟。

余璟拱手施禮。「回陛下，臣有負陛下所託，只能查出這些，請陛下降罪。」

皇帝不氣反笑。「查出？你這奏摺裡寫著『黑熊闖入獵場原因不明，攻擊七皇子原因不明』，這也算是你查出來的？」

余璟不急不緩地回道：「回陛下，正是。距獵宮最近的山中確實有熊出沒，雖相隔多里，但意外翻入獵場也是可能的，畢竟負責獵場安全核查的副監正已然服毒自盡，臣無憑無據，無從推測。據當事人七皇子和臣的女兒言講，黑熊攻擊七皇子時，臣女聞到了七皇子外衣上有奇怪氣味，脫下後扔出去，黑熊便撇下七皇子，轉而去撕扯外袍，直至撕成碎片。

「現場確實發現了黑熊撕碎的外衣布條，在黑熊胃中也解剖出了碎布條，但箇中因果卻無法論定，更不能光聽臣女的一面之詞。且從現存的布條上，並未查出任何奇怪的氣味，而當日替七皇子準備衣裳的內侍也已被黑熊攻擊致死，無從對證。」頓了頓，總結道：「陛下，國法森嚴，但刑獄需慎！臣人證、物證皆無，任何一個不負責任的猜測都是對陛下、對朝臣的欺瞞與誆騙，更是對律法的褻瀆。臣無能，請陛下降罪！」

皇帝沈默半晌後，沒好氣地瞥了他一眼。「你口口聲聲要朕降罪，朕若真降了你的罪，那豈不就成了你口中欺瞞、誆騙天下人並褻瀆律法的罪人？你倒是會做好人，讓朕做惡人！朕還道你是個忠厚實誠之人，如今再看，你這腦袋瓜子可是聰明得很呢！」

別看余璟左一句無憑、右一句無據，可誰還能想不出來其中的關節？

離得八丈遠的山中黑熊跑到了獵場，且別人都不對付，偏只追著七皇子到處跑，等七皇子把衣服脫下後，黑熊就不再攻擊他，而是攻擊衣服，然後到頭來每個環節上的人都死了個乾淨，說這事沒鬼，鬼都不信！

余璟低眉順眼，面色毫無波瀾。

他並不打算向皇帝告知什麼結論，他的職業道德告訴他，沒有證據的事情就絕不能妄下定論。

可在這個皇權大於法制的時代，此事妙就妙在，就算沒有證據，當所有的線索擺好在皇帝面前時，皇帝相信的那個結果，就只可能會是事情的真相。

皇帝會相信什麼？余璟根本不用挑明。

「……罷了，此事容後再議吧。」終於，皇帝放下了手中的奏摺。「余卿，你屢次救下朕的兒子，功勞頗重。再加上你能力出眾，朕一直想找個機會好好封賞於你。這次你擊殺黑熊，不光是救了七皇子，更是救了朕。你想要什麼賞賜，儘管說出來，朕給你擬旨。」

余璟在心中細細品味了一番。

皇帝此言，倒是真有五分想賞賜他，這不假。

可另外五分，或許就是為了這樁無頭公案。皇帝沒有辦法去揪出幕後黑手，那就只好用賞賜他的辦法來警告對方。

既然如此，余璟也就不假意推託了。

「陛下，臣從一介布衣到今天，全都仰賴聖上恩寵信重，陛下又剛剛給臣與小女金口玉言定下了父女名分，臣正感激不盡，如何敢再要賞賜？臣惶恐感激之餘，只盼陛下能容臣為陛下分憂解難，以報陛下賞識之情！」余璟撩起衣襬，跪地說道：「臣想懇請陛下，允臣離京赴邊，從軍報國，為陛下保護邊境的和樂安寧！」

皇帝猛地一愣，萬萬沒想到，余璟居然會提出這樣一個要求。

「余卿，為何要赴邊關？」他不解。

余璟回道：「自童縣案後，當日私入中原的敕蠻探子已逃回敕蠻，對我大雲朝虎視眈眈。而邊關剛剛更換將帥，又逢兵制改革，正是人心不穩之際。陛下這些日子以來，已頻頻收到敕蠻擾邊的邸報，這便是敕蠻的挑釁。臣一身武藝，若不能還報家國，豈敢自詡大丈夫？因此，萬望陛下恩准臣的意願！」

皇帝凝眉，慎重地思索著。

他承認，潘家一事後，他對軍中一向忌憚。但他更明白，邊關的事情同樣緊急，若他因一時猜忌而誤了邊境大事，那才叫因小失大，悔之莫及。

再看余璟，出身寒微，除了一個毫無來往的親女，和一個情誼深厚的養女外，可謂孑然一身。他的背後，沒有盤根錯節的世家根基，更無亂七八糟的利益勾連。任用這樣的人，無疑是相對放心的。

這樣想著，皇帝的想法就動搖了起來。

「好啊！沒想到余卿也是個赤膽忠誠的男兒，朕准了！朕即刻下旨，封你為四品衛軍郎將，前赴恩化。」

恩化，當年潘家幾位將軍常年駐守之地，乃是與敕蠻相望的邊境重鎮。從四品禁軍郎將到四品衛軍郎將，余璟品階未變，可前途卻是完全不同了。且兵制改革後，四品以上將官均在京中，余璟奉旨前往，便是最高階的將官。

余璟心下大喜，俯身叩拜。「臣，謝陛下成全！」

聖旨下到忠勇武館的時候，縱使余歲歲並不意外，可也免不了紅了眼睛。那是邊境呀，隨時會發生戰爭的地方，刀光劍影、血肉相搏，叫她如何不擔心？

「爸，你什麼時候走？都需要準備什麼？」

余璟看著乖巧的女兒，心中也湧上濃濃的不捨。「快入冬了，邊關天寒，得盡快出發。我什麼都不需要準備，但武館……就交給妳和阿越了。阿越如今武功越來越好了，可妳知道，他心中想要報仇的心思一直沒消。報仇沒錯，但人生遠不止於報仇。這孩子最聽妳的話了，妳得給他找點事情做，別讓他太過於自苦。」

余歲歲點點頭。「知道啦！」

「還有，」余璟又繼續囑咐。「如果盧陽侯和余老夫人想給妳訂親，妳就寫信給我。皇上金口玉言，如今妳是我正兒八經的閨女，他們可不能任意擺佈妳。」

「嗨呀，這個你就放心好啦！」余歲歲滿不在乎地道：「你還不知道你女兒我啊？他們哪兒擺佈得了我！」

「反正妳記住，有事一定要給我傳信！聽到沒？」

「遵命！」

余璟看著她，壓下心底的悵惘。

三天後，京郊河堤，十里長亭。

秋風蕭索，落葉片片。

余璟看著亭中前來送行的人，除了余歲歲及他在金吾衛、禁軍時相熟的好友外，還有武館的武術先生、學生，當然，陳煜、明昀彥、齊越以及他曾教習過的世家子弟，都無一例外的來了。

穿越來的那一天，他從未想過，自己能榮封官職，更未曾想過能興辦武館、名揚京城、桃李成群。此時回想過去的幾年時光，真像是一場夢。

還能與女兒在異世相依為命，本就是上天賜予的獨特機緣了。

余璟想，今朝一去，也必將得償所願吧？

「諸位，時間不早，我該啟程了，大家也都回去吧，余璟在此謝過了。」他手執馬鞭，鞠躬一拜。

「爹爹，一路順風。」余歲歲露出大大的笑容。送別嘛，當然要高興才是。

余璟忍了忍波動的心緒，朝她的肩膀拍了幾下。

隨即，他走回馬旁，一翻身，躍上馬背，朝眾人再次拱手告別，這才調轉馬頭，飛奔而去。

余歲歲望著他的背影一點點地遠去，壓下心中最後一點離別的愁思。

「小師妹，余師父此去，定會逢凶化吉的，妳無須太過憂心。」明昀彥踱步而至，見余歲歲面色不明，遂出言安慰。

余歲歲微笑著點點頭。「借明公子吉言，我並無憂心。」

「那便好。」

齊越也走過來，看向余歲歲。「師姐，師父真把武館留給妳和我看管了？」

「是呀。」余歲歲問道：「怎麼？難不成你覺得自己難擔大任？」

齊越神情鬱鬱。自從家中遭難後，余璟和余歲歲就是他唯二的親人，如今一個親人遠去，心中又壓著報仇的重擔，他自然開心不起來。

余歲歲一副大姊姊的模樣，語重心長道：「阿越啊，知道現在是什麼情況嗎？」

齊越抬頭，面露不解。

「現在這就叫做……」余歲歲眼神不著痕跡地掃過旁邊的陳煜，臉上禁不住地露出狡黠的笑容。「山中無老虎，猴子稱大王！師弟啊，以後就跟著師姐混吧，師姐罩著你！」

身後一眾人的表情瞬間一怔。怎麼彷彿……有一種進了匪窩的錯覺？

第十八章

又一年的夏風拂過京城的楊柳堤岸，吹進余歲歲的窗臺時，她正在紙上勾勒著漫畫的線條。

現如今，夕山君的名聲響譽京城，余歲歲連同祁川縣主都賺了個盆滿缽滿。

自從馬球賽後，余歲歲和明琦的友情也突飛猛進，和祁川儼然形成了三人小團體。

這日，祁川縣主和明琦來時，余歲歲已經等了她們有一會兒了。

見二人進來，余歲歲立刻迎了上去。

「縣主、明琦，妳們想不想跟我再搞件大事？」余歲歲雙眼亮晶晶的。

對面兩人，尤其是祁川，就像打盹的小鳥突然被吵醒一樣，立即一個激靈繃直身體，滿臉都寫著期待。「什麼事？」

「最近我閒來無事，突然有了個新點子。當年爹爹開武館的初衷雖是為了在京城站穩腳跟，可能讓更多的人習武強身同樣是他的願望，如今他去了邊關，我也想以他為榜樣，我要辦女子武館！」

辦女子武館，比當初余璟開辦武館要更艱難得多。

之前余璟在京城辦武館，又一路平步青雲，於是吸引了不少人跑到京城來學藝，學成之後回到自己的家鄉去創辦武館。

可女子武館最大的困難，就在世人的偏見之上。

當忠勇武館要開辦女子武館的消息傳出來時，即便有余璟在時為武館立下的赫赫盛名，依然受到了京城輿論的冷嘲熱諷。

很多人都覺得，女子學武，就等於野蠻難馴。

而且女子大門不出、二門不邁的，學這個做什麼？

不過余歲歲不信邪，事情能不能成，總要試試才知道。

一番商議之後，余歲歲決定開闢出現在武館的一處偏院，與武館的其他地方隔離開，專門供來教授女孩子習武，由余歲歲和祁川縣主二人充當教練，也不收學費。

而明琦，還有當年馬球隊裡十幾個武官家的小姐們，就成了余歲歲的第一批學員。

余歲歲和祁川縣主複製的是當初余璟教學的那一套。好在，這些姑娘們都還算有些基礎，但即便如此，第一天練完，她們還是同樣地累趴下了。

到了第二天，就有幾個人怎麼也不肯來了。

第三天時，又有幾個人不來了。

堅持到十多天時，竟只剩下明琦和兩個姑娘了。

於是余歲歲的第一次自主創業，基本上宣告失敗。

「歲歲，我不理解，為什麼當初余師父教學的時候沒有人離開，怎麼輪到我們，就這麼難呢？」祁川趴在桌子上，不住地洩氣。「難道真的只有男子才喜歡習武，女子就沒有喜歡習武的嗎？」

「有啊，當然有。」余歲歲道：「當初我爹教的那些小公子，未必就有多喜歡習武，很多都是和家裡吹了牛，來湊熱鬧的。可對於他們來說，湊不湊熱鬧都沒有什麼代價。他們的家人把這件事視為小孩子的玩鬧，成了當然好，不成訓一頓正好能立威，因此也就睜一隻眼、閉一隻眼了。可這些姑娘們不一樣，她們來習武，本就頂著父母的反對和旁人的議論，再加上習武如此勞累，她們堅持不下去也是很正常的。」思索了一會兒後，她又補充道：「可能最重要的原因，是因為她們的年紀。她們與我們年齡相仿，基本上都要開始議親了，當初那些公子們也不過十一、二歲的年紀，自然沒有什麼負擔。所以我想，也許從一開始，我們就找錯對象了。」

祁川縣主想了想，似乎也是這個道理，便道：「那怎麼辦？我們還要繼續教下去嗎？現在京城裡都知道我們要辦女子武館，我們若辦不下去，還不被他們笑死了。」

余歲歲正想接話，便聽見門外武館的管家敲門道——

「小姐，外面有人找，說是問咱們是不是要招女弟子？」

屋裡的兩人一聽，瞬間來了精神。

「難道有人慕名前來？」祁川縣主激動道。

可等兩人到了門口，見到了來人，一腔熱情頓時便被一盆涼水徹底澆熄。

門外站著的，是個十四、五歲的少女，她的身旁，還跟著兩個大概十歲的小姑娘，外加一個七、八歲的小女孩。

她們衣著簡樸，甚至有些破舊，頭髮亂糟糟的，臉上的表情也是苦哈哈的，身上瘦得像竹竿，感覺風一颳就會倒下。

直到把人帶回屋，余歲歲和祁川才弄清楚，這幾個女孩其實是找錯了地方。

少女名叫何蘭，旁邊的三個女孩都是她的妹妹，名字更是一個比一個隨便，叫何花、何草、何苗。

四人都是京城下鄉何家村的人，今年夏初，父母雙雙病倒，無錢醫治而撒手人寰。村裡人見她家沒了男丁繼承，便要收她家的土地。幾個叔嬸則說，把她們賣給京城的大戶人家做丫鬟，還能換些銀錢出來。

何蘭思前想後，決定把自己賣了當丫鬟，拉拔幾個妹妹長大。

可她又不放心將妹妹們留在家中，這時聽說京城裡有個地方招什麼「女弟子」，還不收錢、包吃包住，她就帶著妹妹們來試一試。

弄清楚緣由的余歲歲又是無奈，又是嘆息的。

也不知道是哪個嘴碎的亂傳話，她們雖然不收學費，可什麼時候說過要包吃包住了？

可看著何蘭四姊妹渴望的眼神，她怎麼也不忍心將實話說出口。

思前想後，余歲歲還是決定留下何家四姊妹，把她們當作第一批女弟子，教習武功。當然，最主要的，還是讓她們能吃飽飯！

「歲歲，妳真的打算留下她們嗎？」四姊妹離開後，祁川有些擔心。「我看著她們的身板，怕也不像是能習武的。」

「說是留她們習武，倒不如說是給她們一個安心留下來的藉口。」余歲歲答道。「我覺得，那個何蘭姑娘是個很聰明、很有自尊心的人。」

「怎麼說？」祁川好奇道。

「從我們把她們帶進武館開始，她就一直在暗中觀察。她在看我們院子中的陳設和我們兩人的談吐，來判斷我們是不是那種開在暗地裡的妓館。後來直到進了偏院，她的眼中才少了些戒備。」余歲歲說道。「縣主難道沒有聽出來，起先她一直叫我們姑娘，進了院子就改口叫『小姐』了？怕是她從我們的衣著上猜出，我們不是平常市井家的姑娘了。」

祁川恍然大悟。「聽妳這麼一說，她還真是個聰明人呢！」

余歲歲點點頭。「她沒讀過書，更不識字，說話口齒卻十分清楚伶俐，應當是身為長姊，早被生活磨出了性子。她一直想著的都是自己賣身為奴，供養妹妹，恐怕她還想著當了丫頭能存下些錢來，到時再將妹妹們從咱們這兒接出去呢！她這般聰明機靈，明明生活困苦卻也不自暴自棄，對於這樣的人，我總想著能幫她一把。也許只是一點小幫助，就能讓她的將來有不一樣的生活。我之所以拿習武當藉口，只是怕她覺得我們是在施捨她。」

祁川認真地聽完後，臉上露出讚許和欽佩。「歲歲，妳真不愧是京城第一俠女，俠肝義膽，扶危濟困！」

「欸，可別捧我了！」余歲歲笑道：「若不是當年妳在長公主府的一句『俠女』，我也不至於出這個名。說到底，都得怪妳，才讓我這些年不得不苦心維護我的形象和名聲。」

祁川也跟著笑起來。「好好好，算我欠妳的！作為補償，我就等著看看何家姊妹是不是習武的料？如果是，我保准盡心盡力地當好這個武術師父，行了吧？」

兩人相視而笑，這事算是確定了下來。

隨後幾天，何家姊妹就在武館住了下來。

武館常年有不菲的進帳，余璟這些年存下來的錢也是很豐厚，再加上余歲歲出畫冊賺來的錢，就是養這四人一輩子都是綽綽有餘的。

可何蘭到底不是個願意靠別人養的姑娘，她上午到外頭去尋些雜工做，賺些碎銅板，晚上回來就幫著武館的侍從們打掃環境，甚至去廚房幫廚。

因為她實在太勤快了，連武館的管家都忍不住來找余歲歲，說她一人就讓好幾個人都沒了活兒幹，被搶了活兒的那幾個人都很不滿意，告狀都告到他那兒去了！

余歲歲只得許諾管家，不會因此而扣其他人的月錢，這才算了事。

過了大半個月，當何家三個妹妹都肉眼可見地長了肉時，何蘭依舊還是苗條的模樣。

她本來就已經十四歲了，又營養不良了太多年，一時半刻難以補回來，身體的虧損更是需要更長時間的調養。

余歲歲看著何家四姊妹，莫名就想到了自己剛穿越過來時的樣子，將心比心，對她們更多了幾分照顧。

雖然「習武」只是余歲歲留下何蘭的一個藉口，但她也驚喜地發現，何花和何草兩個小姑娘還真有習武的筋骨。

這個發現立刻激起了她和祁川縣主的鬥志，兩人爭搶半天，終於敲定一人教一個。

反正女子武館1.0版的設想幾乎等於失敗，如今有一個算一個，教就完事了，她們可不挑。

最小的何苗雖然沒有習武的天分，但也被余歲歲拉來湊數。學不了武，強身健體也是好事嘛！

此時的何蘭，見妹妹們總算有了著落，也放下了心，提出要離開。

「為什麼？」書房裡，余歲歲看著面前的何蘭。「留在武館不好嗎？能陪著妳的妹妹們，而且她們肯定也不想離開妳吧？」

何蘭神色黯然，卻仍然十分堅定。「余小姐肯幫我們，這份大恩大德，何蘭永遠不會忘。可我總得賺些錢，不能永遠靠您接濟。我還想著，等以後賺夠了錢，把我家的地贖回來。雖然我爹娘不在了，可我還有力氣，到時候我種自家的地，養活我妹子，送她們出嫁，也不辜負我爹娘的託付。」

余歲歲心知何蘭就是個有韌勁的姑娘，可畢竟年紀小，又長在鄉村，有些事情，她終究是不懂的。

「何姑娘，論起來，我們也是一般年紀。我知道妳現在沒有什麼可以選的路，但去做奴婢，卻是最差的選擇。」

去富貴人家當丫鬟哪有那麼輕鬆？又哪裡是聰明些、有力氣就能出頭的？那些人家裡頭，連奴婢的關係都是盤根錯節的，稍有不慎就要丟命。

何況當了奴婢，成了賤籍，生殺都將由他人決定。若再遇上些不好的主家，以何蘭的樣貌，還不一定會遇到什麼事呢！

余歲歲嘆了口氣，將這些道理都講給何蘭聽。

何蘭聽得愣住了。

余歲歲這才住了口，提議道：「這樣吧，我聽說妳在大院的廚房打下手很勤快，我正好想在偏院裡再闢一個廚房。妳也知道，那邊都是男人，咱們這邊是姑娘家，多少有點兒不方便。妳留在這裡，我讓妳管小廚房採買之類的一切事務，月例和大院的管事一樣，行嗎？」

何蘭猛地瞪大眼睛。「小姐，您真的願意用我？」

余歲歲笑道：「當然。」

「可……我們姊妹已經靠小姐養著，我不能再要月例了。」何蘭推拒道。

余歲歲扶額。這人有韌勁，也有不好之處——忒地執拗！

不過余歲歲也是個執拗人，最知道怎麼對付她。

「妳不要月例，那妳怎麼賺錢贖回自家的地？」余歲歲反問道。「再者，若哪天有人把妳挖走了，那我的廚房誰管？」

何蘭一下子就被問住了。想了半天，她終於妥協了，道：「那……那我只要大院的一半。」

「……」余歲歲無語。「行吧，算我怕了妳了。」

反正何蘭做事一向認真，大不了之後為了獎賞她，再給她漲回來嘛！

這日傍晚，武館裡來了兩個不速之客——余清清和余靈靈。

盧陽侯府的人，除了余釗，從來沒踏進過武館，這也是為什麼余歲歲會如此驚訝的原因。

「四妹妹、五妹妹？妳們怎麼來了？」她將二人請進後院的會客堂。

余清清一路環顧著武館的陳設，等進到屋中來時，已然是滿臉羨慕了。「難怪妳連侯府都不願回，住在這裡可真是太舒服了！余大人雖說沒有府邸，但武館前面是教學之處，後面就是住處，庭院、迴廊什麼都有，還沒有人管著，真是自由。」

余歲歲聳聳肩，不置可否。「妳們來……是有什麼事嗎？」

余清清喝了一口晚桃送上來的茶，嘆了口氣。「知道妳不想看見我們，其實我們也不想來。自從上次澧縣那家人的事一了，明面上雖再不提切結書的事，可誰都知道，大姊姊和余大人是真的斷了情分。去年陛下金口玉言，又認下了妳和余大人的父女關係，眼下余大人雖說是去了邊關，可到底是陛下看重的紅人，大家說起妳來，都只會提起余大人，反倒沒有侯府什麼事了。我這聲二姊姊，叫出來都覺得不好意思了。」

余歲歲在她二人對面坐下，瞬間覺得有些好玩。

當年她剛回侯府時，余清清對自己的態度還歷歷在目，如今她們竟是能如此面對面，心平氣和的對話、玩笑，還真是恍如隔世。

不過余歲歲也很慶幸，自己能早早被爸爸提醒，沒讓自己陷入在原小說的劇情裡無法自拔，而將余家姊妹們視作敵對，反而幾次隨著自己的心出手相助。

畢竟，誰願意終日活在仇恨裡？她做的那些好事，只要想起，都會讓她的心情無比美妙。

余歲歲朝兩個妹妹一笑。「妳們來，到底是為了什麼？總不能只過來聊天的吧？」

余靈靈回道：「二姊姊這裡是世外桃源，我們……來避會兒難。」

「啊？」余歲歲一愣。「怎麼就有難了？又出什麼事了？」

余清清一擺手。「別聽五妹妹瞎說，沒什麼事。不過是大伯父求子夢碎，著急之下，想著賣女兒求富貴罷了。」

余歲歲瞬間了然，想必是侯府催婚了。見余清清神色鬱鬱，她便玩笑了兩句。「妳最近是不是跟三妹妹常相處來著？這說話帶刺的樣子，約有她的六、七分了。」

哪知余清清聽了這話，神色更黯然了。

「說話帶刺又如何？到頭來，還不是得任人拿捏。二姊姊，我最近才真正懂了妳的意思。說到底，我們都是女兒家，爭風吃醋、爭強好勝的，一點用都沒有。從小到大，我和三姊姊沒少拌嘴過，她看不慣我，我也看不慣她，可真等到了這時候，見她這般不容易，我才想起妳說的，我再是不喜歡她，我們也是姊妹，同氣連枝，同病相憐。」

見余清清越說眼睛越紅，余歲歲心底越發有股不好的預感。

「三妹妹，到底出什麼事了？」她鄭重地問道。

余清清眼一熱，嘴角微癟。「前一陣子，大伯父新納的寵妾聽說李姨娘在自己院裡偷偷孕吐、吃魚湯，便猜測她懷了身孕。要知道，這時候誰能生下大伯父的子嗣，身分便是水漲船高。」余清清說的李姨娘，就是余欣欣的親娘。「那寵妾不甘之下，竟在李姨娘飯菜裡放了滑胎藥，可李姨娘壓根兒沒有懷孕，後來大出血，整整昏迷了三天三夜。」余清清繼續道。「那時我們才知，李姨娘其實是得了一種不治之症，這才聞到葷腥就想吐，她喝的是藥，根本不是什麼魚湯。她讓府裡的醫娘子瞞著這事，就是不想讓三姊姊擔心，可沒想到這一下，身子更加不好了。」

余歲歲聽著，眉頭皺得死緊。這個盧陽侯，真是從來就沒做過什麼人幹的事兒！

「後來，大伯母說要處置了那寵妾，可大伯父非說那是太子送來的人，處置不得，況且又沒鬧出人命，最後便只禁足、罰跪了事。三姊姊一氣之下，不知從哪裡拿了把匕首，衝進寵妾房中，一下子就把人給捅死了！」

「什麼?!」余歲歲震驚道。

余欣欣的性子狠余歲歲知道，但沒想到她真能做出這樣的事情。她十多年來一直想要爭到的父愛，到頭來居然是這麼個模樣。她殺人的時候，心裡又在想什麼呢？

「事情發生的時候，祖母和大伯父正忙著說親。大姊姊的身分不好說，妳又不在，五妹還小，而我自從當年那事之後，我爹便再管不著我了，大伯父也不好說什麼，因此這親事，只說了三姊姊的。這人一死，說親之事也只能擱置了。」余清清擦了擦眼角的眼淚。「大伯父說要重罰三姊姊給太子一個交代，大姊姊、我和五妹妹在祖母院子裡跪了一夜都沒用。到最後，還是三姊姊拿刀抵著脖子，說她先殺了李姨娘再自殺，讓大伯父抬她的屍體去請罪。侯府能擔得起一個寵妾的死，可擔不了一個小姐的命，於是此事才算作罷。」

余歲歲聽得胸腔都快要氣炸了，手裡捏著茶杯就像捏著盧陽侯的脖子，想著捏碎了才好！

她此刻倒慶幸自己沒在府中，不然余欣欣要殺人，自己說不準就是遞刀的那個。

余清清說完後，就一口悶掉了杯裡的茶，表情落寞又難過。

余靈靈這才開口補充道：「其實，今天我和四姊姊是被祖母逼著來的。三姊姊如今被禁足，他們便想起了二姊姊，要我們把妳勸回去，怕是要連蒙帶騙地給妳說親了。」

「給我說親？」余歲歲都被氣笑了。「他們配嗎？」

余靈靈小臉一苦。「來時，娘也是這麼跟我說的，她說我們雖然不能不來，但可以什麼都不說。娘說二姊姊伶俐，又有余大人做靠山，必不會聽他們的。可一見到二姊姊，我們竟覺得像見著了主心骨般，便忍不住心裡的委屈了。」說著說著，也是要哭。

余歲歲嚇得趕緊站起來，把她摟在了懷裡。

「哇」的一聲，余靈靈抱住余歲歲的腰身，大哭起來。「二姊姊，妳說祖母和爹爹怎麼會變成這樣？明明以前都還好好的……」

余歲歲被她哭得心酸，只得輕聲安撫著。「沒事，沒事。」

哪裡是才變成這樣？分明是從未變過。

等兩個姑娘哭夠了，這才抹著眼淚不好意思起來。

余歲歲輕笑著問道：「哭了這麼久，可是餓了？廚房做好了飯，留在我這兒吃點吧？」

余清清和余靈靈摸了摸空空如也的肚子，乖巧地點了點頭。

隨著門被打開，晚桃、木棉、何蘭四姊妹魚貫而入，手裡端著剛出鍋的晚餐。

在武館，沒什麼事的時候，余歲歲一向是喊著大家一起吃飯的，於是堂中擺上了一張大圓桌，即使臨時加上余清清和余靈靈，也不算擠。

「姑娘，今日四姑娘和五姑娘來，正好是何蘭姊姊管事第一天，除了廚子做的，何蘭姊姊還特意自己露了一手呢！」晚桃歡快地說道。

余歲歲這才想起，這段時間偏院闢了小廚房，何蘭可不就是今天「入職」嘛！

「真的啊？」余歲歲驚訝道，她不知道何蘭居然還會做飯呢！「哪道是何姑娘做的？」

何蘭不好意思地指出了幾樣菜和一鍋平平無奇的菜湯。

「太好了，那咱們都得先嚐嚐何姑娘的手藝！」余歲歲好奇地挾了一口菜。

其他人也跟著挾了一筷子。

余靈靈面前正好就是那鍋湯，便動手先盛了一碗。

余歲歲剛將菜放入口中，就覺得一陣清香瞬間從口入腹。夏季炎熱，有時因著天氣會覺得口味不振，不喜油腥，可這菜一進嘴裡，就好像涼風清溪，沖淡了所有的不適。

她疑惑地定睛去看，那菜確實只是一道普通的野菜雞蛋。

她再去挾另一道何蘭做的菜入口——香！

第三道——真香！

第四道——太香了！

還沒等余歲歲反應過來，旁邊的余靈靈突然一聲驚呼，隨即掩著嘴，著急忙慌地站了起來。

眾人全都愣愣地望過去，就見她左右環顧，不知在找什麼。

「五妹妹，妳……」余歲歲奇怪道。

「紙、筆！」余靈靈說出兩個字。

余歲歲趕緊讓晚桃去給她拿紙筆。

等紙筆一來，余靈靈把紙鋪在桌上，立刻就央求起余清清。「四姊姊，快幫我寫句話，一定要寫好看些！」

余清清不知道她到底要幹麼，只得暈乎乎地接過筆，蘸了墨，等著余靈靈說話。

「助生肥於玉池，與吾鼎其齊珍。」只見余靈靈先拿起勺子又喝了一口湯，這才閉上眼道：「這才是人間至味啊！」

余清清一愣，想到剛剛自己吃的那口菜，如今也在唇齒留香，當即微微一笑，下筆落墨，一手行草，余靈靈說的十二個字便躍然紙上。

一桌子人，除了余家三姊妹，其他人都面面相覷，不知余靈靈在打什麼啞謎。

何蘭更是有些慌張，小心翼翼地問道：「這……余五小姐她……在說什麼？」

何苗坐得離余清清最近，探頭瞄了一眼余清清寫的字後，小臉一正。「姊姊，她們在誇妳呢！」

余清清一訝，不由得摸了摸何苗的小臉，笑道：「苗苗怎麼知道是在誇姊姊呀？」

何苗一揚臉。「因為我聽余五小姐說的話，前後是一樣的字數，好像歌子一樣，一節一節地說，學堂裡的哥哥們都是這麼說話的。而且三小姐寫的字好看，比學堂的先生還好，肯定就是誇人的！」

余清清一下子就笑開了。「苗苗竟然還懂韻律，二姊姊，妳這兒可真是人傑地靈！」

余歲歲看著眼前一片其樂融融，心裡莫名就有了一股衝動，她真想把此情此景永遠的留住。

她拿過余清清寫下的那幅字，不由得心生敬佩。就這手字，她還真是拍馬也趕不上。

「助生肥於玉池，與吾鼎其齊珍……」余歲歲唸著。「五妹妹說得太好了，越是平實的菜餚，才越是人間至味。」

何蘭做的菜，都是鄉野常見的飯菜，可以窺見她在家時，也曾無數次挽袖掌勺，為妹妹們做飯菜。最普通的食材，卻是最用心的在做，便是鐘鳴鼎食都不及這粗茶淡飯。

更何況，即便是鐘鳴鼎食，也比不上何蘭這飯菜的半點兒香啊！

「何姑娘，妳可知我這妹妹是個口味極其挑剔的小饕餮，她說妳的菜做得好，那便是真的好。所以……我突然有一個想法。」余歲歲看向何蘭。

何蘭愣愣地看著余歲歲。

「我出錢資助妳開一個小飯鋪，就開在武館的旁邊。這樣妳既可以做生意，又可以兼顧小廚房的事務，妳可願意？」余歲歲說道。

何蘭微張著嘴巴，好半天才回過神來。「余小姐……我……我真的可以嗎？」

「妳只要答應我就好，到時，我教妳管帳！」余歲歲點頭道。

余靈靈也舉著手說：「何姊姊，妳一定要開這個鋪子，到時我天天來妳這兒吃飯！」

何蘭還能說什麼？自然是激動地應了。

「另外……」余歲歲看了看何苗。「恰好我一直也有一個想法，今天又剛好趕上了，那便一併說了。原先武館只是負責教習武藝，但如今何家姊妹們住在這兒，這識字也是大事。苗苗很有天分，不能浪費了，剛好晚桃和木棉也偶爾跟我學著些，所以我想，乾脆便也開個文課，教大家一起識字吧。」

這話說完，所有人都驚訝起來。

無論什麼時候，識字讀書都是人人嚮往的事情，這無疑是天大的好事啊！

余歲歲其實早有這個設想，如果開了文課，她也可以當文課先生，連額外的開銷都不會有，這種好事她怎麼能不幹呢？

余清清正喜歡何苗喜歡極了，一聽之下便也說道：「二姊姊，要是真開了文課，妳可一定要叫上我，我教她們寫字！」

余歲歲一笑，欣然答應。

一頓晚飯，眾人吃得心潮澎湃。

第二天，余歲歲就迫不及待地叫來了祁川縣主和明琦，將自己的計劃全部說了出來。

「既然要開學館，招生是必不可少的。我已經想好了，第一批算上何家四姊妹、晚桃和木棉，對外再招十四人，不論年齡，只要想識字、練武，都可以來學。可以包吃包住，也可以隨學隨走。學費只要一錢，付得起學費的就付，付不起的就去何蘭的飯鋪幫忙，正好學著做生意，幹夠了還能賺點工錢。」余歲歲笑道。她當然不缺這幾錢的學費，那只是為了讓人們有「錢貨兩訖」的觀念罷了，畢竟養成「有付出才有回報」的思想，也是教育的一部分。「這一次，我們不招什麼世家小姐，就要市井鄉野間最普普通通的姑娘。學習之餘，京城裡其他的活計我們也都可以幫忙介紹，幹完就拿工錢。」

祁川和明琦顯然沒料到余歲歲竟有這麼大的勇氣，紛紛驚喜地問她是如何想出這個主意的？

余歲歲輕笑一聲。「還是我五妹妹提醒了我。世人多以為窮困之人皆如草芥，富貴之家才配錦衣玉食。可草芥生生不息，富貴之人又有幾回長久？我們真正能有所作為的廣闊天地，不在富貴之家，而在芸芸眾生間。

「我們之前要開辦武館，對於富貴人家的小姐來說只是錦上添花。可我們現在做的，對普通人家來說就是事關生存了。很多姑娘在自己家中也是吃不飽、穿不暖，不如就到我們這裡來，不僅包吃包住，還能有工錢貼補，學武習文後，多少也能多一條出路。如果此事能做成，便能影響更多人願意接受我們的想法，讓更多的姑娘到我們這裡來。這樣的開局，比之前那一次，不是要好多了嗎？」

余歲歲這個2.0的計劃果然有用。

她以忠勇武館的名義對外宣傳了招收女學生的消息，又和幾家京城中的成衣鋪子、繡莊、茶肆等談好了條件，那些人都知道忠勇武館背後是朝中官員，答應得都很爽快。

如此誘人的招生條件一放出去，十四個名額很快就招滿了。

因為不限年齡，裡面不光有十幾歲的小姑娘，也有已嫁人的婦人，甚至還有五、六十歲的老嫗。當然，老嫗是不用習武的，但活動活動筋骨，求個長壽也是可以的。

新的學館在忠勇武館後街處開了一道門，開學第一天，余歲歲在門前掛上了余清清題寫的「文武學館」四個字，放了一串喜慶的鞭炮，引來了眾人的圍觀。

她知道，京城中有很多人等著看她的笑話。她起初說要做女子武館，沒有做成，如今又要辦文武學館，還自掏腰包當冤大頭。

可這一切，余歲歲都不在乎了，因為她收到了爸爸從邊關送回來的書信。此前她將自己要做的事情全都告訴了爸爸，爸爸的回信裡沒有半分反對，反而是大力支持，他說——

只管去做妳認為對的事情，只要是對的，失敗就不意味著錯，只是方法欠妥。至於是否能成功，就交給時間去驗證。

從文武學館開了學之後，就慢慢淡出了京城的輿論圈子。余歲歲只想慢慢耕耘，然後驚豔所有人。

學館開學半個月後，迎來了一位客人——宋玉昭。

當年余歲歲初回侯府時，教她啟蒙的女先生。

因為侯府的幾位小姐都過了求學的年紀，所以她也早離開了侯府，直到這次聽說文武學館是余歲歲開的，這才找了過來。

「余二姑娘是我見過最與眾不同的姑娘。」宋玉昭開口便是讚賞。「說實話，聽說文武學館是妳開的，我一點都不意外。記得當年在侯府時，妳們姊妹都是很好學呢！」

余歲歲呵呵笑起來。「先生還記得當年的事呢，那個時候我們姊妹在置氣，要說是全心為了學習，那反而是沒有的。」

宋玉昭不在意地笑笑。「為了什麼不重要，重要的是學問，學到了就是自己的。余姑娘，我來找妳，是想請妳幫我一個忙。」

余歲歲臉色一怔，忙問道：「先生直說。」

「不是什麼大事兒。」宋玉昭搖搖頭。「妳知道，我一直是京中各府聘請的蒙學先生，這麼多年來一直做的，都是如何給世家小姐們開蒙，倒是與妳現在的做法很是相同。我出身貧寒，我爹是三甲進士及第，一輩子都是個小官，可他咬著牙也要教我識字讀書，說我身為女子，活命已是不易，只有有學問、有見識，才能活得更好。現在想來，他說得真對。余姑娘心懷天下女子之生計，實在讓我敬佩不已，我便想借著余姑娘的學館，做一件我一直想做，卻沒能做成的事情。」

余歲歲一臉好奇地問：「是什麼？」

「編纂一本能讓人自學識字、自己開蒙的書本，讓更多人可以認識字，從一個字、兩個字，到十個字、百個字，只要能多便利一個人的生活，就是多一分功德。」宋玉昭道。

余歲歲倏然一笑。「先生是說，要做掃盲之書？」

「掃盲？」宋玉昭品味這兩個字。「是啊，就是掃盲！」

「這是好事啊！」余歲歲一撫掌。「先生放心，歲歲一定全力支持先生！」

自那天起，余歲歲一下課就和宋玉昭鑽進書房商討掃盲之書的規劃，最後，兩人想到了一個主意。

當今天下，識字者少，不識字者多，因此她們也不可能一口吃成一個大胖子，所以這掃盲之書，根本不需要把所有的字都放進去。

她們可以做成好幾冊，按照生活中常用的程度來分成不同的等級。第一本，就選出最最常用的五十個字，由余歲歲將每一個字都用簡潔的畫筆生動畫出。

漢字本就是象形字，有字形和圖畫相互輔助理解，認識起來就會更加簡單。

等余歲歲和宋玉昭寫好初稿之後，在文武學館一試用，發現效果竟然不錯，她們就徹底有了信心。

終於，兩個月後，第一本《掃盲之書》由京城書局發佈。但這一次，這薄薄的一本小冊子不需要掏錢，而是任何人都可以領走一本。

當人們翻開書冊就會看到，書裡的畫風與他們熟悉的夕山君一模一樣，但與以往有趣的故事不同，這一次，是教他們如何認識一個字。

每個字都有一個小劇場，不識字的人可以毫不費力地看完畫中的劇情，就能知道旁邊寫著的字，就是自己平時常掛在嘴邊的某個字。只要記住它，他們就認識了這個字。

就算一時記不住，只要把便於攜帶的冊子帶在身上，下次遇到了拿出來看看，長此以往，總有記住的一天。

這本《掃盲之書》，很快就被遞送到了金殿之上。

皇帝在大朝之上，當著滿朝文武，只說了一句話——

讓民間百姓想到了朝廷百官前頭，是百官的恥辱！

當余歲歲聽說皇帝下令，由禮部出面，親自向全國各州縣推廣此書，還要將其納入官員考核時，心裡是很開心。

不是所有的封建統治者都會奉行苛刻的愚民政策，縱然他們有許多利益不能動搖，但也明白，適當的方法只會讓他的天下更好。

所幸，當今皇帝懂得這個道理。

余歲歲也知道，並非所有人都認為識字是好事，或許仍有很多的人不以為然、嗤之以鼻，但這件事的意義就在於此，只要有一個人被改變，就是她的成功。

這一日，余歲歲正在書房畫畫，晚桃疾步從外面進來，語氣很焦急。

「姑娘！三姑娘身邊的袖芸來了，說是要見您！」

余歲歲心裡突地一跳，放下筆走了出去。

院子裡，袖芸一見到余歲歲，「撲通」一聲就跪下磕頭了。

「二姑娘，求您救救三姑娘吧！」

「出什麼事了？」余歲歲扶她起來。

「二姑娘，侯爺和老夫人要把三姑娘嫁給袁翰林的孫子做繼室，袁家的彩禮都抬上門了！」袖芸哭道。「三姑娘出不了門，我們姨娘實在沒法子了，叫奴婢偷偷跑出來尋您。求二姑娘看在一家姊妹的分上，不計前嫌，救救我們三姑娘吧！」袖芸說著，又要磕頭。

晚桃趕緊拉住她，勸道：「袖芸姊姊先別急，我家姑娘久不在府中，不知具體情況，姊姊先給我家姑娘說清楚才是。」

袖芸這才冷靜下來，把事情大概說了說。

原來自從上次余欣欣殺人後，盧陽侯和老夫人就將她禁在府中，哪兒也不許她去，親事也暫且擱置不說了。

本以為還可以拿捏余宛宛，但也不知是怎麼了，一向聽話的余宛宛更是不買他們的帳。余宛宛的身分本就尷尬，不好說什麼特別好的親事，可盧陽侯和老夫人又捨不得浪費掉余宛宛的才貌，乾脆也就耽擱了。

余清清是二房女，盧陽侯覺得對自己的用處不大。

余歲歲不肯回府，他們也沒那個膽子來武館搶人，最後兜兜轉轉了一圈，就又盯上了余欣欣。

余欣欣當初殺了太子送給盧陽侯的寵妾，盧陽侯怕太子怪罪，居然將所有的罪責都推到余欣欣母女身上，自己倒是撇了個乾淨。

太子的性情一貫小肚雞腸，明面上說不與小姑娘一般見識，可暗地裡卻認為余欣欣挑戰了他的權威，沒將他這個太子放在眼裡。

剛好，他要拉攏翰林院的袁老翰林。這個袁老翰林是兩朝元老，在朝中很有威望，很多官員都與他有一點點的「師生之誼」，連皇帝也要敬他三分。

余歲歲也大概知道，其實太子拉攏了袁老翰林很多年，但都沒能成功。

袁老翰林此人政見保守，是典型的頑固儒生思維，重文輕武、重農抑商，更致力於一心抬高他們這一批老牌士大夫的身分與權力。

可隨著七皇子陳煜入朝參政後，陳煜的政見更顯積極與年輕，主導了幾次改革也都備受年輕官員的追捧。皇帝雖然政令上比較謹慎，但他也願意接受陳煜的意見，更知道大雲朝需要注入新鮮的血液和活力，才能走得更遠。

袁老翰林對陳煜的很多主張都不贊同，而兩方矛盾的導火線則是先前的一場官員殺人案。

袁老翰林一派的官員認為那官員出身勛貴，祖上更是有大功於朝廷，又是幾代單傳，尚未有子嗣，功過相抵，當免死罪，只需罷官便可。

但陳煜和朝中的一些大臣卻認為，此人動機極為惡劣，只因仗著祖上蔭庇就敢強搶民妻，搶不來就殺人，這種人不殺之以儆效尤，會擾亂朝綱，讓更多官員無視法紀。

最終，皇帝還是下旨處死了那人，而袁老翰林和陳煜的梁子也就此結下。

正是趁著這個機會，太子才終於勾搭上了袁老翰林。

袁老翰林別的煩心事沒有，最大的心病就是他那個獨苗孫子。袁家這個公子自小被溺愛，長大後縱慾過度，子嗣艱難，後院裡嬌妻美妾無數。原先袁家給他娶了個出身書香門第的妻子，誰知他寵妾滅妻，竟讓妾室把正妻給害死了。

自那以後，京中貴女無人敢進他袁家的門，袁老翰林愁得都老了好幾歲。

太子就在這個時候「雪中送炭」，親手促成了袁家公子和余欣欣的親事，也算是給余欣欣一個懲罰。就這樣，聽說袁老翰林還嫌余欣欣是庶出，有些看不上呢！

「三姑娘，袁家的彩禮都抬進了府裡，我們姨娘也是實在沒辦法了……」袖芸一邊抹淚一邊說：「那袁家就是個豺狼窩，我們三姑娘去了哪裡還有命可活？」

余歲歲有些疑惑地說：「這袁家一向標榜自家循規守禮的，成親之事的流程該怎麼走，他們不會不清楚，怎麼居然做起了這等霸道的舉動？就不嫌丟人嗎？」這可不像袁老翰林的作風。

袖芸嘆了口氣。「之前還不肯娶，之後那袁家公子曾見過三姑娘一眼，眼睛都看直了，倒是上趕著了。後來又聽說，袁夫人也是臥病在床，撐不了多久了，我們姨娘說，恐怕袁府也是為了這個，才默認了袁公子胡來。」

余歲歲怒道：「呸，真夠荒唐的！」她看著袖芸道：「這樣吧，我答應妳想辦法，看看能不能找到什麼理由退婚。」現在最好的辦法是從袁家公子那裡找問題。「可我話先說在前頭，這件事，我能幫的也不多。庚帖換了，六禮也走了一半了，不是那麼容易退成的。就算最後真能成功，也不可能保證對三妹妹一點兒影響都沒有的，妳必須告訴李姨娘，要先做好心理準備。」

袖芸見她應了，連忙一記施禮。「多謝二姑娘！二姑娘仗義出手，一定會福澤綿長的！來時姨娘就對奴婢說過，我們只能盡人事、聽天命，不能強求。二姑娘肯答應，對我們便是天大的幸事了。」

余歲歲心中動容。

說起來，無論是繼夫人秦氏，還是這位李姨娘，都是極明事理、拎得清的女子。盧陽侯他……真是何德何能啊！

「李姨娘能如此想，也是好事。」余歲歲勸道。正想再多勸兩句，門口再次有人敲門，是管家。

「小姐，宮裡來人了，皇上召小姐馬上進宮。」

余歲歲心裡一驚，下意識就想到了余璟。

皇帝突然召她進宮，難道是爸爸出了什麼事不成？她一瞬間就慌了神。

「晚桃，妳送袖芸回侯府，順便再親眼看看情況，我……我得進宮去……」余歲歲腦子蒙蒙的，趕緊就要去換衣服。

晚桃也是擔心極了，可既然余歲歲吩咐了，她就只能跟著袖芸離開。

「晚桃妹妹，二姑娘怎麼了？我看剛剛她臉色都變了。」袖芸關切道。

晚桃眉頭一蹙。「我也不知道，陛下從未召見過姑娘，突然要見……姑娘許是擔心余大人了。」

袖芸自是知道余歲歲和余璟的關係，聞言也面露擔憂來。「二姑娘是個好人，但願余大人能平安。」

晚桃送了袖芸回侯府，順便去小院見了一眼李姨娘。

李姨娘自從吃過那滑胎藥後，身體就越發不好，又操心余欣欣的婚事，更是瘦得皮包骨頭，都脫了相了。

直到晚桃親口說明白了余歲歲答應幫忙，她這才多少安下了心。

「晚桃姑娘，二小姐那兒，妳替我好好謝謝她。希望余大人在邊關也能逢凶化吉，早日回來與她團圓。」李姨娘虛弱地道。

晚桃點點頭。「借姨娘吉言。姨娘且好生休息、放寬心，三小姐也會沒事的。」

正說話間，李姨娘院裡的丫頭突然慌裡慌張地跑進來，一邊喘著氣，一邊指著外面喊道——

「姨娘，不好了，外頭出事了！」

第十九章

余歲歲換過衣裳，就坐上了宮裡來接她的馬車。

與之前皇后召見時不同，來接她的是皇帝身邊的禁軍侍衛，看起來就很威嚴，而且也不怎麼接她的話，倒讓她心裡越發焦急起來。

一路來到御書房後，余歲歲忐忑不安地被候在門口的內侍帶進去。

她眉眼低垂，走到龍案近前，便跪下請安。「臣女拜見聖上，萬歲萬歲萬萬歲。」

皇帝的聲音從她頭頂響起——

「快起來。」

不過是三個字，余歲歲心裡霎時就安定下來。

皇帝心情不錯，語氣輕快，爸爸沒有出事！

起身時，她才乘機抬眼瞟了旁邊一眼，原來陳煜也在。

由於兩人都各有各的事情需要忙碌，算起來，他們已有好久沒見過面了。

陳煜倒是會送些信來，不外乎是問候之類的話，其他逾矩的話並沒有，連開頭和落款都是有禮有節的，而且每封信必提余璟，做足了樣子。

余歲歲笑他故作深沈，卻也瞭解他的性情。陳煜這輩子做過最出格的事情，恐怕就是在獵宮那夜叫她私下見面了。

於是她將陳煜的來信都一一收好，若是閒時便會回信，簡要說幾句自己最近在做什麼；若是忙起來忘了，也就不回了。

兩人如此交流，雖說好像是疏遠了，可心中的思念卻是越發濃烈。

余歲歲只是瞥了一眼他立在一旁的身影，就趕忙低下頭，掩飾自己發熱的臉頰。

自從她進來，陳煜眼角餘光就沒從她的身上離開過，自然也將余歲歲的反應盡收眼底，不由得隱隱露出了一絲笑意。

龍椅上，皇帝只當自己沒看出兩個孩子的眉來眼去，清了清嗓子道：「煜兒，把東西拿給她瞧瞧。」

陳煜趕緊回神，走近余歲歲，將手裡的東西遞了出去。

余歲歲疑惑地接過來，定睛一瞧——這不是她和宋先生編的《掃盲之書》嗎？

她倏地抬頭看向陳煜，目露疑問。難道是他把自己夕山君的身分給說出來了？

陳煜聳聳肩，滿臉都寫著「與我無關，我是清白的」。

「妳不要看他，煜兒口風嚴著呢，朕問都不開口。」皇帝幽幽地插了一句，卻是一絲怒氣也無。

余歲歲當場被抓了包，瞬間臉爆紅。

皇帝又說道：「是朕自己查出來的，京城書局一問便交代出了祁川，朕又把祁川叫過來，沒兩句就把她的實話給套出來了。」

余歲歲默默垂眸。皇上你口氣這麼得意是怎麼回事？騙小孩很光榮咩？

「夕山君……」皇帝唸著這幾個字。「這名字也太明顯了。」

余歲歲趕忙拍一下馬屁。「陛下聖明。」

皇帝讚許地看向她。「朕真羨慕余卿啊，有這麼好的一個女兒。余卿在邊關替朕和大雲朝屢建功勛，他的女兒更是憂國憂民，為朕排憂解難。大雲有你們這對父女，真是朕的福氣。」

余歲歲頓時驚愕不已，連忙再次跪下。「陛下盛讚，臣女惶恐之至，實在不敢當。」能讓一國之君說出這種話來，確實太罕見了，余歲歲自然是嚇了一大跳。

皇帝哈哈大笑。「起來吧，瞧妳的膽子。妳還不知道吧？余卿在邊關打了一場大勝仗，全殲了敕蠻擾邊的五千人馬。自從幾年前潘氏一案後，這些蠻夷總是不把朕和朝廷放在眼裡。他們以為，朕少了潘家，就是沒了臂膀，任人宰割了嗎？笑話！朕的天下能人輩出，豈是他區區蠻夷可比！」

余歲歲越聽，心情越是明媚。

怪不得皇帝如此開心，潘家出事後，不光是外族，連朝中都有人議論過沒了潘氏一門的將軍，邊關是否會重陷危局？一年、兩年的還好，四年、五年可就難保了。

想必當初皇帝肯答應爸爸去邊關，也是有這番考量在的。

而如今，爸爸用實力向所有人證明了他自己，更證明了皇上是對的，皇帝不高興才怪呢！

余歲歲趕緊和陳煜又是一陣馬屁輸出。

皇帝正在高興的興頭上，眼角都笑出了摺子。

「余卿立了功，按理來說必要封賞。可朕前幾年剛改過軍制，若是賞賜他升官加爵，他就得回京，朕卻是不放心邊關啊！可若是不賞，豈不是讓朕的愛卿寒心？」皇帝突然道。

陳煜聞言一笑，回道：「父皇，兒臣以為，余將軍一心報國，自不會計較名利得失的。」

皇帝佯怒，瞪他一眼。「你這孩子。為人君者，自當要賞罰分明，才能得到臣子的衷心擁護。若是人人都像你一般，將臣子的功績視為理所當然，長此以往，誰還肯為國效力？」

陳煜急忙點頭受教。「父皇所言極是，是兒臣不懂事了。」

皇帝這才看向余歲歲。「余卿此事確有特殊，朕想，便先只對他下旨褒獎，其餘封賞暫時擱置，等邊關事定之後，再宣召回京，接受重賞。」

余歲歲欣喜一笑，陳煜剛剛那招以退為進，倒還真是有用。

若是賞，父親就得回京，他當初走就是為了掙一個未來，肯定是不願意的；若是不賞，難免也會讓朝廷有不實的猜測和議論。

這樣先下旨褒獎，再等回京後封賞，既達成了目的，還能讓眾人看到皇帝的態度，不惜為余璟破例，這其中的意味，可就很重大了。
就在余歲歲準備謝恩的時候，卻聽皇帝再次開口。
「不過……余姑娘倒是也為朕做了件好事，不如朕便賜封妳為錦陵縣主，以錦陵縣為湯沐邑，這也正好為余卿解決了後顧之憂，讓他能安心守邊。」
話音落下，別說余歲歲，連陳煜也愣住了。
大雲朝從來都沒有給非皇室宗親封縣主的先例，余歲歲是第一個。
可皇帝金口玉言，說出的話就絕對是真的，這份恩寵，屬實是夠重了。
余歲歲愣愣地跪下，腦子裡都還有些嗡嗡的聲音。「臣女……謝陛下恩賞。」
那可是縣主啊！
一縣皆為食邑，也就是一整個縣每年收上來的稅賦，都歸她一個人了！
這一個從天而降的餡餅砸得余歲歲整個人都暈乎乎的，連之後皇帝說要為忠勇武館御筆題字的事都沒聽清楚。
直到皇帝讓陳煜送她出宮，她才勉強回過神來。
「殿下，剛剛陛下說，要給武館題什麼字？」余歲歲不好意思地道。
陳煜一笑。「父皇是說，如今武館被妳加開了文武學館，京城中都有耳聞。父皇封妳為縣主，妳夕山君的名號，怕是也要公諸於眾了。」
余歲歲也想到了這個。不過她現在倒是無所謂了，比起一個縣，這算什麼？

「所以，父皇要為武館親題『能文能武』四字，既褒獎了師父，還能給予妳讚賞。」陳煜解釋道。

余歲歲開心地笑了。沒想到，陛下還挺注重儀式感的！

陳煜笑著道：「妳先回去，按慣例，褒獎師父和封妳為縣主的聖旨，還有御筆親題應該會一起到，妳留心接旨便是。」

余歲歲輕輕應了聲。

過了一會兒，陳煜又想到了一件事。「對了，還有一事，我本想抽時間去武館問妳的，但既然今日見面，便一併說了。」

「什麼？」

「現在的文武學館主要是女子學館，武館這邊還是只教授武學，並未涉及文課，對嗎？」陳煜問道。

「是。文武學館目前只是個試驗，能不能做成都還未知，不過目前還算順利。至於武館那邊，暫時應該不需要文課吧？那些學徒與女孩子不同，但凡家中有條件的，都能識字開蒙。」余歲歲說道。

「確實是。」陳煜了然。「不過父皇知道妳和宋先生在編寫《掃盲之書》後，就提出是否能將忠勇武館直接改為文武兩課並重的學館？妳也知道，如今京城除了官學，其他都是普通的私塾，如果忠勇武館可以做成這件事，就會是大雲朝史無前例的文武學院，這其實也是父皇題寫『能文能武』的緣故。只是父皇不清楚師父不在，妳是否能作決定，所以今日也沒有提起。」

余歲歲沈思了一會兒後，道：「殿下所言，也不是不可以。既然都是試驗，那就都能試一試。武館的主，我還是可以作的，我爹他更不會反對。但我擔心的是——」

陳煜笑了一記，打斷她。「我知道。妳放心，父皇已經答應我，學館成功自不必提，即使是試驗期間，一切開支也由朝廷承擔，同時繼續保留女子學館，允許男女分開進學，不招收達官顯貴子女，只要普通百姓人家的孩子。」

余歲歲驀地愣住。「殿下……你怎麼知道我……」

陳煜輕一挑眉。「我若還看不出妳為了什麼，那可就真是眼盲心瞎了。」

余歲歲心中的最後一絲顧慮也沒了，當即爽快答應。「既然這樣，那沒問題。剛巧武館這一批學徒差不多要期滿了，男子學館的試驗也可以只先招個二十人，不用太多。不過男學徒倒是好找，就是這先生……試驗期間，怕是找不到特別好的教書先生。」

「我倒是有一個人選。」陳煜提議道：「方雋，妳覺得他如何？」

「方公子？」余歲歲驚訝道：「那位刑部侍郎方大人的公子？」

「已經是尚書大人了。」陳煜提醒道。

上次余璟和余家人斷絕關係的那個案子，刑部尚書因為貪污受賄受太子指使，事後就被貶出京城了，他的空缺也就由侍郎方度補上。

當初方大人很是看不上余璟，卻因為方家的那一場審問而對余璟有所改觀，後來再看著余璟平步青雲，兩家倒也算有些交情。

而那位方公子，余歲歲本就從小認得，他和陳煜關係又好，兩人也還算熟識。

「方公子自然好啊，可他願意嗎？」余歲歲擔心道。

官家公子一般都會求取功名，很少有願意來當什麼先生的。

「方公子身體不好，更無心功名，他是個不拘一格的人，所以我一問，他便答應了。」陳煜說道。

余歲歲這才放心。「那這樣就更好了，殿下請上覆陛下，這件事，我一定用心去做。」

「嗯，我相信妳能做好的。」陳煜的目光染上些情愫。「只是平日裡，注意多休息，別太勞累。」

「知道啦！」余歲歲不禁嬌羞一笑。

走到宮門口，見馬車就停在外頭，余歲歲轉過身來，要和陳煜告別。

他們各自都有一堆事要忙，下次再見面，也不知會是什麼時候。

兩人剛要分別，余歲歲便聽見身後傳來一聲焦急的呼喚——

「姑娘！」

她一愣，回頭一望，居然是晚桃。

「晚桃？妳不是送袖芸回府了嗎？怎麼在這裡？」

「姑娘，府裡出大事了，我只能到宮門口來等您！」晚桃都快急哭了。

余歲歲心裡一驚。「到底怎麼了？」

「袁府派了一群人闖進侯府，要……要強娶三姑娘！李姨娘聽完，人就直接暈過去了，如今還不知怎麼樣了！」晚桃急切地說道。

余歲歲心中暗罵一聲，卻也知道現在不是生氣的時候，只能凝眉思索著對策。

身後的陳煜聽到這裡，也上前來問：「怎麼了？可需要我幫什麼忙？」

余歲歲感激地看他一眼，也沒客氣。「殿下，請你即刻派人去武館傳信，讓齊越帶上武館所有人去往侯府！」

「好。妳放心。」陳煜應下。

余歲歲轉身就要帶著晚桃離開，卻被陳煜牽了一下手腕。

「妳自己可以嗎？」

余歲歲笑了一下。「沒事的。」

說完，她解下馬車的車套，翻身上馬，又一把將晚桃拉上了馬背，最後朝陳煜微點了一下頭，便駕馬飛奔而去。

此時的廬陽侯府正堂，早已是亂作一團。

余老夫人坐在一邊唉聲嘆氣，廬陽侯臉色鐵青，繼夫人秦氏則端坐一旁，冷眼旁觀這一齣鬧劇。

一旁趾高氣揚坐著的，便是袁家的袁公子。他搖著摺扇，喝著茶水，足足一副浪蕩公子的作派。

而袁公子的身前則站著袁家的管家，表情也有些倨傲。

「侯爺、老夫人，我們公子也是迫不得已。我家夫人身子不好，眼看著就要沒了，公子孝順，所以想要娶貴府小姐去沖喜。您看，這兩家本就已說定了親事，早娶晚娶，不都是一樣的嗎？」

余老夫人撫了撫胸口，強迫自己平靜下來，皺眉道：「袁管家，話不是這麼說。這娶親也有娶親的禮數，哪有、哪有這……」余老夫人指著袁公子。「這平白突然上門來要人的？就算是要沖喜，也得八抬大轎來抬吧？這突然上門是怎麼回事？我們是嫁女兒，不是賣女兒！」

袁公子聽罷，扇子「啪」地一收，一臉笑意。「老夫人是要八抬大轎啊？可以！來人，去把花轎抬來，爺早就備好了！」

「你！」盧陽侯一氣。

當初太子說媒時，他只聽說這袁公子是個紈袴，放蕩不羈，卻沒想到如此不著邊際，簡直是不可理喻！這袁翰林好歹也是儒學傳家，怎麼就教出了這麼個玩意兒？

只聽袁公子繼續道：「八抬大轎有了，老夫人是不是還要嫁衣啊？沒事，爺也早就備好了！拿上來，讓三姑娘換上！」

繼夫人秦氏看著這情景，眼睛不忍直視地閉了閉。

這就是她的丈夫為了榮華富貴而選來的女婿，為了自己的私慾，連親生女兒的一生都要葬送掉。就這樣的人，她如何能信任日後他會對靈靈好？

想到李姨娘，秦氏不免心生悲切。她本就是後來進門的繼室，又對盧陽侯無甚感情，因此對他的那些妾室向來無動於衷。可同為女人，同為母親，秦氏只覺得兔死狐悲，眼前的一切彷彿都將會是自己的將來。

聽說袁家人進門的時候，李姨娘就人事不省了，她身子那麼虛弱，還不知道能不能挺過這一關。

正想著，屋外突然一陣喧鬧，秦氏趕緊睜眼看去，只見門前一個身影一晃，是余欣欣從外頭跑了進來。

余欣欣手裡拿著一把剪子，扯過袁家下人手裡的嫁衣，兩三下就戳出了個洞來，然後狠狠地盯著袁公子，含恨道：「今日你若強娶，我就死在你面前！」

「三妹妹！」

「三姊姊！」

隨著幾聲呼喊，余宛宛、余清清和余靈靈都跑了進來。她們本就在陪著余欣欣，一個沒攔住，竟讓她跑到前廳來了。

秦氏見余欣欣手裡閃著寒光的剪子，心中也是一緊，身體不由自主地坐直前傾，手緊緊地攥著袖口。

袁公子一臉淫邪地將目光投向余欣欣，餘光裡還不忘瞧幾眼余家的另外幾個姑娘。看了一會兒，他面露滿意。

在他看來，余宛宛是太子看中的人，動不得；余清清相貌清麗，跟他那死去的元配一樣，無趣無聊；余靈靈太小。也就余欣欣長相豔麗、身段妖嬈，是他喜歡的類型。

余欣欣所謂的威脅在他眼裡壓根兒不算什麼，他懶洋洋地搖著扇子說：「侯爺，這是怎麼說的？是你們侯府要和我們袁府做親家，如今這般推三阻四的，別不是要悔婚吧？三媒六聘可是走過了的，今天我話就放在這兒，要是我娘因著你們的拖延耽擱了事兒，我袁家可跟你們不共戴天！今兒個甭管什麼狀況，就是具屍體，也要抬到我袁家去！」

余欣欣的雙眼驀地瞪大，釋出絕望。

盧陽侯一聽這話就慌了神，連忙喊道：「都愣著幹什麼？還不把三小姐的剪子搶下來！」

幾個嬤嬤趕緊上前，掰著余欣欣的手，硬是奪下了剪子。

在剪子脫手的一瞬間，余欣欣搖晃著後退幾步，滿臉灰敗，險些就要跌坐於地，被余宛宛眼疾手快地扶住了。

余靈靈看著這一切，緊緊扯住余清清的袖子，小聲地喚道：「四姊姊……」

余清清咬了咬唇，安撫地拍了拍她，眼裡也流露出悲憫與不忍。

袁公子見狀，露出得意的笑容，道：「這就對了！嫁衣既然破了，那也只能湊合著穿了。等一會兒花轎到了，三姑娘就乖乖上轎吧，咱們早做夫妻。」

「我看誰敢！」

一聲嬌喝從屋外傳來，眾人的目光立時全部匯聚在門口。

只見那身姿高眺挺拔、容貌清冷明豔的少女跨過門檻，雙眸數道厲光瞬間射向屋內。

在她身後，一群身著制式黑色金邊勁裝的男子呼啦啦地衝進門來，兩三下就制住了屋裡的袁家眾人，就連袁公子也被一個男子按在椅子上，手裡一柄長劍死死壓著他的肩膀。

「二姊姊，是二姊姊來了！」余靈靈驚喜地叫出聲來。

余清清貝齒一鬆，嘴唇上映出深深的牙印。

扶著余欣欣的余宛宛只覺渾身的顫慄都卸了下去，她低聲對余欣欣道：「沒事了，二妹妹來了就好了。」

秦氏看著一身華麗錦衣的余歲歲，也重重地鬆了口氣。

「余歲歲？妳這是、這是要幹什麼？」盧陽侯指著滿屋的打手，臉色更黑了。「他們這都是什麼人？擅闖侯府要做什麼？」

余歲歲冷漠的目光移向盧陽侯，嘴角勾起一絲諷刺的弧度。「侯府？我還當這裡改姓袁了呢！連這種人渣都能進，我余歲歲當然想來就能來！」

今日余歲歲本就穿著入宮覲見的衣服，平日裡她很少穿這般華麗明豔的衣裳，如今兩相映襯，越發顯得她威風颯爽，足以成為滿屋的焦點。

「妳、妳放肆！」盧陽侯被她看得一震，再一次在余歲歲面前語塞。

余歲歲毫無畏懼，更是毫不客氣。「夠了盧陽侯，現在不是你窩裡橫，耍威風的時候！今日你敢讓人帶走侯府一人，明日你盧陽侯的面子便會在京城丟個乾淨！孰輕孰重，你自個兒掂量！」

盧陽侯被她說得臉一白，感覺老臉都火辣辣的疼，當即噤聲不語。

秦氏在旁邊看著，頓覺解氣。

這時，袁公子說話了。「這位想必就是余家的二姑娘吧？真是天姿國色啊！」

余歲歲轉頭看向他，不期然地撞上他色迷迷的眼神。

「姑娘可得搞清楚，貴府與我袁家是訂了親的，妳嫁我娶，天經地義。若是因著耽擱了什麼，可別怪我們袁家翻臉不認人！」袁公子倒也不懼，他料定余歲歲不敢對他動手。「三姑娘不嫁也可以，若二姑娘願意，我也來者不拒啊！不過是換個名字的事罷了，只要能給我娘沖了喜，爺一樣好好疼妳！」

「是嗎？」余歲歲看著他，唇角微翹，揚聲道：「齊越！」

那持劍壓著袁公子的正是齊越，聞言立刻抬手，「啪啪」地朝袁公子臉上搧了兩個響亮的巴掌。

「他再多看我一眼，就挖掉他的眼睛！」余歲歲冷聲道。

「是！」齊越一掌按低了袁公子的頭。

緊接著，余歲歲道：「怎麼樣，袁公子？巴掌聲好聽嗎？你最好也搞清楚，你們袁府想翻誰的臉，與我無干；你娘沖不沖喜，也與我無干。我今天來這兒就只幹一件事，給你個選擇，要麼你滾蛋，要麼把命留下。」

此話一出，所有人都傻了。

誰也沒想到，余歲歲居然可以這麼狠決，全然是一點後果都不顧。

余老夫人和盧陽侯都有些慌神。在他們看來，余歲歲一直是個狠人，說到就會做到，若真讓她殺了袁公子，侯府就再也沒有任何路可以走了！

好在余老夫人還算有點腦子，知道這個時候勸余歲歲最是下策，因此便委婉地勸起袁公子來。

袁公子被齊越壓著腦袋，半分都動彈不得，也知道自己遇到了硬茬兒。可他心裡仍在盤算著，余歲歲說的狠話裡有幾分真假？

他對余歲歲瞭解不多，只知是侯府找回來的真千金，自小長在鄉野，粗鄙野蠻，因著常與祁川縣主走得近，在京中還算有名。

據他的判斷，余歲歲應當是不敢痛下殺手的。而他也盤算著，自己若是堅持下去，是否能成功？

他的母親確實是不太好了，這也是他急於娶妻的緣故，只是余欣欣死撐著不嫁，他這才上門強娶。

他打從第一次見余欣欣就盯上了她，因為一旦母親死了，就得守孝三年，到時不能光明正大地去外頭玩女人，他當然受不了。

就在他來回糾結的時候，屋外侯府的家僕匆匆跑進來。

「侯爺、老夫人，宮中內侍前來傳旨！」

眾人驟然一驚，不知發生了何事。

余歲歲也是一訝，心中卻有了些預感。

她手一揮，齊越等人瞬間退開，屋中的所有人便即刻呼啦啦地走出去，在院中跪接聖旨。

「……今有余氏女歲歲，仁義為懷，以民為先，解民疾苦，為朕分憂，實乃蕙質蘭心，巾幗不讓鬚眉，朕心甚慰。特賜封錦陵，食湯沐邑，是為縣主。欽此。」內侍宣完，合起聖旨，走到余歲歲跟前。「錦陵縣主，接旨吧。」

余歲歲雙手舉過頭頂，高聲道：「臣女接旨，謝主隆恩！」

她捧起聖旨，緩緩起身，身後所有人也跟著她站起。

內侍湊近她，低聲道：「七殿下傳話，縣主若有難處，儘管開口。」

余歲歲立刻了然，聖旨提前到來，果然是陳煜幫的忙。

「多謝公公，替我謝過七殿下，我能處理好。」她小聲回覆。

內侍點點頭，放了心，這才抬頭朗聲道：「那咱家就先回了，恭賀縣主！」

余歲歲讓晚桃遞上賞銀，恭敬地送走了傳旨隊伍。

等他們走遠，余歲歲看看手上繡著飛龍的聖旨，緩緩轉過身去，左手將聖旨舉起，環顧著身後所有人震驚、不敢置信的臉色，露出了微笑。「聖旨在此……」說著，她一把抽出齊越手裡的長劍，一揮臂。「今日誰敢從這裡帶走我妹妹，我就讓他血濺當場！」

「錚」的一聲，長劍擦著袁公子的耳朵飛過，牢牢插在不遠處的地上，劍柄還在來回搖晃著。

袁公子倏地冒出一身冷汗，生平第一次知道什麼叫害怕。

他終於知道，余歲歲是真的敢動手的！而她如今乃是空前絕後的第一個非皇親縣主，盛寵正眷，別說他本就是無理行事，就算真的有理，袁家也不敢拿她怎麼樣！

三十六計，走為上策。袁公子很識時務，卻也不願丟失面子，遂拱手道：「縣主說笑了，今日是袁某唐突，他日必備好八抬大轎，迎娶三姑娘過門。」說完，不敢停留一刻，一溜煙地就跑了。

他走了，侯府的人也終於鬆了一口氣，轉而看向余歲歲。

余老夫人和盧陽侯的雙眼都彷彿冒出了綠光，好像封縣主的不是余歲歲，而是他們一樣。

余家幾個姊妹剛經歷了一場驚心動魄的事故，緩過神來也只能愣愣地看著余歲歲，不敢相信她真的被封了縣主。

余歲歲只當沒看見余老夫人和盧陽侯，逕自走向余欣欣。

「三妹妹，此事還不算完，袁公子不會死心的。親事已過了官媒，一時很難退去，妳得有所準備。」

余欣欣雙眼空洞，幽幽地看向她，扯出個笑意來。「多謝……二姊姊救命。」

一旁的盧陽侯急忙上前訓道：「歲歲，妳這是什麼話？與袁府的親事已經定好，何談退婚？妳再是封了縣主，也不該如此任性——」

「你給我閉嘴！」余歲歲扭過頭，冷冷說道。「一個把親生女兒往火坑裡推的人，有什麼資格在這兒對我指指點點？這世間最沒資格指責我的就是你！」她指著余欣欣幾人。「她們不敢反抗你，我可不在乎。把我逼急了，我們就新帳舊帳一起算清楚！」

盧陽侯一噎，半天說不出話來。

他不知道余歲歲究竟做了什麼能讓皇帝破格封她做縣主，他只知道，這份榮耀，是他惹不起的。

如果他早知余歲歲有此造化，就會好好待她，如今她榮封縣主，他這個當父親的也臉上有光，又何必在袁公子那種人面前心虛氣短？

余老夫人也是這麼想的。她怎麼也想不到，當年那個進府時髒兮兮、瘦黃瘦黃的粗鄙丫頭，居然會長成今天這副超然風華的模樣，更是得了多少人想夢都夢不到的榮耀。

如果世上能有後悔藥，她一定毫不猶豫地吃下回到當年。

可惜，世上沒有那麼多如果。

「二姊姊，袁家那邊，到底怎麼樣才能拖一拖？我剛剛聽他的意思，是不是過幾天還要來啊？」余清清走上前來，一臉擔憂。

親眼見過袁公子的模樣後，便是個陌生女子，都要可惜對方被嫁給這般不是人的東西，更何況這還是自己的姊妹？

余歲歲眉頭微蹙，她一時也沒有特別好的辦法。

「三姑娘！三姑娘——」

一片寂靜之中，一聲淒厲的呼喊由遠及近。

盧陽侯正要罵人，就被跑來的袖芸滿臉的驚恐和滿手的鮮血給嚇得愣住了。

余歲歲幾人驀地看向她，只見袖芸跪倒在地，看著余欣欣的方向，痛哭失聲。

「三姑娘，姨娘她……歿了！」

似是平地裡一聲驚雷，余歲歲慌忙回頭去看，只見余欣欣臉色唰地一白，一仰頭，瞬間暈厥。

掛滿了白綢的靈堂裡，冷冷清清，火盆裡燒化的紙灰隨著微風被吹起，散落到屋子的各處。

余歲歲踏進靈堂，朝停放的棺柩鞠了三個躬，而後嘆了口氣，看向一旁的余欣欣。

聽人說，她在這裡已經跪了整整一夜了。

李姨娘是妾室，葬禮不能大辦，只能在這個小院子裡佈置靈堂。

除了侯府，李姨娘也沒有別的親人，因此更沒有人會來悼念她。

袖芸說，昨日李姨娘在聽到袁家人找上門來的時候，整個人瞬間就暈了過去，不省人事。等再醒來時，已是出氣多，進氣少了。

當時丫鬟們告訴她，余歲歲回來攔阻了袁家人，李姨娘臉上方露出些許的欣慰，連氣色也好了不少。

可正當袖芸以為李姨娘好了的時候，她卻猛然噴出一口鮮血，終是撒手人寰。

原來那最後的清醒，只是迴光返照，只是對這世上她唯一的親人的最後一絲牽掛。

余歲歲緩緩地蹲下身，撫上余欣欣的肩膀。

「三妹妹，一整夜了，吃點東西吧？妳這樣，姨娘也不會放心的。」她輕輕出聲，勸慰著余欣欣。

余欣欣兩眼木然地望著一個方向，半絲反應都沒有。

余歲歲看著她，突然想起了那年，自己送走母親的場景。

那種感覺，她直到現在都沒有辦法形容。比之天塌地陷，還要讓人痛苦千百萬倍。

那是一場不會再有重逢之期的送別。從那天起，她無論何時回頭，都再也看不見那雙永遠會在身後溫柔注視她的眼眸，也再看不見那張最讓人無法忘懷的笑顏。

也是從那天起，每當她遇到開心的事，需要與人分享時，或是遇到難過的事，想要和人傾訴時，只要她下意識地叫出那一聲「媽媽」、那個世界上最美麗的稱呼，都意味著再也不會有人回答她了。

「三妹妹，不管怎麼樣，都不要糟踐自己的身體。」余歲歲知道，現在的這些勸告對於余欣欣來說都太蒼白了，可她卻也不得不說。

再讓余欣欣跪下去，水米不進，恐怕她的身子也要垮了。

李姨娘拚死拚活，嘔心瀝血，為的就是讓這個女兒有一個順遂的未來。余歲歲既然答應了她，就不能讓余欣欣如此頹廢下去。

想著，余歲歲還是硬著頭皮開了口。「三妹妹……」

突然，余欣欣轉過頭來，看向余歲歲。

余歲歲要說的話，立刻卡在了嗓子眼。

「二姊姊，我還沒有好好謝過妳的大恩。」余欣欣木愣愣的，她本就跪在地上，說著便順勢伏地，磕了個頭。

余歲歲心裡很不是滋味，忙把她拉起來。「自家姊妹，說什麼恩不恩的！」

余欣欣目光空洞，嘴角勾起個蒼涼的笑容。「以往，我最看不上如妳這般的良善之心，什麼都要管、什麼都想改變。我只覺得人活一世，自私自利才是求生的法門。可這一回，偏偏是妳的良善救了我。」

余歲歲輕輕笑了笑，有意順著她。「可別太抬舉我，我沒那麼良善。自私又如何？只要不害人，也沒什麼毛病嘛！」

余欣欣眼神一轉，與余歲歲對視。「世間是講報應的。妳做好事，就有好報，連聖上都能封妳做縣主。不做好事，老天自然也是不會眷顧的。」

余歲歲知她話中之意，卻偏偏故意曲解。「是啊，就是這個理！多行不義必自斃，所以那個姓袁的也是會遭報應的。妳得振作起來，親眼看著他倒楣！」

余欣欣緩緩搖了搖頭，嘴角露出一絲諷笑。「二姊姊，妳知道嗎？我姨娘她，不是良妾。」

余歲歲一愣，不知道余欣欣為何突然提起這個？

「當年她全家獲罪，男子盡亡，女子充為罪奴。若非她有幾分才氣、樣貌，早已淪落骯髒之地，更難論有今日壽命。可……那個她感激了一輩子的男人，連為她脫去罪奴身分都做不到，只能藏著掖著這麼多年！」

余歲歲心中一驚。難怪余欣欣那般介意別人提起她的出身，那般處心積慮地想要做些什麼改變命運，原來是因為這個！

可按如今的禮法，無論男女，血脈都自父系論。說句誅心的話，李姨娘這一去，余欣欣只會是侯府的女兒，什麼罪人身分都與她無干。

但，她怎麼想到要自承這些呢？

就在余歲歲一頭霧水的時候，余欣欣毫無生機的話語為她解開了疑惑。

「罪奴命賤，即使有子女，百年後也不許香火供奉，更無須子女戴孝服喪。子女若自願服喪，可以准允，可我……沒有選擇了。」

余歲歲心頭一震。

「二姊姊，這就意味著，我的親娘被人活活氣死，而我卻隨時可能會被迫嫁給殺母仇人，連拒絕都無理可循！」余欣欣雙眼含淚，赤紅著眼看著余歲歲。「我是可以一死了之，可我不甘心啊！」她沙啞著聲音低吼。「死了，我無從報仇；不死，我命不由人。二姊姊，一個人的命，怎麼就是這麼難呢？」

余歲歲被她最後一句話，問得一下子落下淚來，不由得將她輕擁在懷，撫平她起伏不定的情緒。

不知道過了多久，余歲歲跪得腿都麻了，動一下都險些沒知覺。

余欣欣突然從她的懷裡脫身出去，神色依然平靜。

可余歲歲總覺得，這份平靜下，隱藏著某種令人心酸的波瀾。

果然，她看見余欣欣再次朝她行了一個大禮，而且這一次，無論她如何拒絕，余欣欣都堅持著不被打斷。

「二姊姊，求妳最後再幫我一個忙。」她緩慢而堅定地說道：「我想出家！」

余歲歲從靈堂回到絳紫苑自己的屋子裡時，整個人都是懵的。

余欣欣最後那四個字就像魔咒一樣，一直在她耳邊響著。

縱然她有一千個、一萬個理由相勸，卻一個都說不出口。

因為余欣欣是對的，除了出家，她沒有別的選擇了。

袁府是不會放手的，袁公子擺明了就是要拿捏她。

而盧陽侯又絕不敢與太子作對，因此不會允許余欣欣守孝三年。

當然，最關鍵的點還是在太子。

這一點余欣欣不清楚，可余歲歲明白。

太子就是要懲戒她，就是要借著這場婚事展現自己的威嚴，就是要告訴所有人，即便是太子送出去的「玩物」，被人毀了也要付出慘痛的代價！

只要有太子在的一天，袁家不會倒，袁公子也不會遭報應。只有余欣欣，要搭上青春，搭上血淚，搭上本可以平安順遂的一輩子。

而出家，是如今唯一一個能徹底解決這件事的辦法。

余歲歲嘆了口氣。饒是她千般不願，她還是答應了余欣欣，最後幫這一把。

「晚桃，我這兒有一封信，妳幫我送出去。」余歲歲頓了一下。「給衢國公府的明大姑娘。記住，一定要小心再小心。」

晚桃點點頭，仔細地收好信箋，離開了。

余歲歲深吸了一口氣。

看樣子，這幾天，她只能暫住侯府了。

余璟在邊關力克蠻夷，立下大功，余歲歲獲封縣主的消息在御賜的金匾到達忠勇武館時，瞬間如插了翅膀一樣，飛遍了京城。

只要捋一下就知道，余璟功勛卓著，皇帝暫時不賞只是為了不破剛改的軍制。而余歲歲有「夕山君」揚名在先，又有養父的功勛蔭庇在後，破例封為縣主，反倒一點兒也不讓人意外了。

於是接下來的幾日，忠勇武館門庭若市，廬陽侯府更是佳客如雲，所有人都將余歲歲視為了一個香餑餑，以往那些認為她粗魯瘋癲的世家勛貴，突然就把她列為了娶妻的第一人選。

什麼「錦陵縣主才貌雙絕，堪當京城第一貴女」、什麼「余二姑娘巾幗有志，乃世間奇女子也」等種種溢美之詞說得滔滔不絕，簡直翻臉比翻書都快。

余歲歲看著絳紫苑裡擺滿了幾個桌子的禮物，臉上全是諷刺。

「木棉，回頭將這些都送到武館去，給大家分一分，喜歡什麼就留下。如果還有剩下的，就拿到當鋪裡去當了。」余歲歲連看都不想看一眼。

「啊？當了?!」木棉一訝。

余歲歲笑了一下。「他們送這些是為了什麼，我還會不知道嗎？既然都沾了利慾，還不如換成銀錢，多少也能聽個響聲呢！」

木棉想想也是，這才點頭應了。

盧陽侯和余老夫人借著余歲歲的名頭接待了不少客人，這些日子一直眉開眼笑的，見到余歲歲更是噓寒問暖，親熱不已。

余歲歲站在絳紫苑的閣樓上，看著遠處李姨娘的小偏院裡一片縞素，與前院的笙歌陣陣形成了最鮮明諷刺的對比。

「姑娘，明大姑娘回信了。」晚桃從身後走過來。

余歲歲趕緊接過，打開信封。

「嘶——」余歲歲一眼看去就是一驚。「怎麼會是明夫人？」

「姑娘，怎麼了？」晚桃問道。

余歲歲眉頭微蹙。「那天之後，袁家人一定知道我打定了主意要悔婚。他們知道，我若要求助，只有七殿下和祁川縣主兩個人選。我就是怕太子盯著我和武館的動靜，於是想先給明府送信，再讓明琦替我給祁川帶話，求長公主出面幫忙。可是……現在明琦的回信上說，她收信時明夫人正好就在身邊，所以得知了此事，想要幫這個忙。」

余歲歲想不出明夫人出面的目的是什麼？但她總有一種搬起石頭砸了自己腳的感覺。

「那姑娘怎麼不去找七殿下幫忙呢？」晚桃問道。

余歲歲嘆了口氣。「還不是因為我要去的地方，是京郊慈雲庵，先皇敕建的尼姑庵。只有那裡，能讓三妹妹出家。」

話音剛落，就見余老夫人身邊的老嬤嬤一臉喜色地跑上閣樓來。

「恭喜二姑娘，給二姑娘賀喜了！衢國公府明夫人給老夫人下帖，請您明日隨她去慈雲庵求籤。老夫人覺得，明夫人許是相中了二姑娘，為明大公子求親來啦！」

余歲歲無語。「……」

不管明夫人和余老夫人到底怎麼想的，第二天，余歲歲還是找來了余欣欣，按之前她們說好的執行計劃。

余欣欣來時，身邊跟著袖芸，兩人都是一身縞素，渾身緊繃，神情緊張。

余歲歲見她如此，有些無奈。「三妹妹，別這麼緊張，太明顯了。」

「可……可妳不是說，太子他不會放過我的嗎？」余欣欣的雙手緊攥在一起。

「我只是猜測。」余歲歲有意寬她的心。「太子事務繁忙，也不會總盯著這裡吧？」

余欣欣這才放鬆了一些。

見她好點兒了，余歲歲這才朝一旁道：「木棉，妳和三妹妹交換一下衣服，一會兒讓袖芸帶妳出去。」

余欣欣看看余歲歲，又看看袖芸。「二姊姊，我走了，袖芸她們怎麼辦？父……我是說，他不會放過她們的。」

余歲歲微微笑了一下，朝門口一看，又一個身影走進門來，竟是余清清。

她一進屋，就看向了余欣欣，眼中帶著些淚。「三姊姊，我來送送妳。如果妳願意，可以把袖芸她們都交給我，大伯父不會為難我的。」

袖芸她們都是府裡的家生子，讓她們陪著余欣欣出家顯然是不合適的，讓她們逃走更是一樁罪名，若交給余清清，盧陽侯就是再過分，也不敢把手往自己姪女的房裡伸。

余欣欣這才放下心來，被木棉帶著往裡間換衣服去了。

余歲歲這才看向余清清。「怎麼就妳來了？大姊姊呢？」

余清清四處望了兩下後，湊過身壓低聲音道：「大姊姊剛才在絳紫苑門口瞧見余釗了。」

余歲歲眉頭一蹙。這個節骨眼，余釗來湊什麼熱鬧？

「大姊姊瞧見他帶著幾個人一直在絳紫苑外徘徊，怕是不懷好意，擔心他壞了三姊姊的事，便沒有跟來，而是回屋去想對策了。」余清清嘆氣一聲，道：「說起來，釗弟與妳是同母親緣，又和大姊姊弟相稱了這麼多年，誰能想到，他居然變成了這副樣子！」

那是因為，這才是余釗本來的面目啊！余歲歲心道。

沒過一會兒，余欣欣便換好了木棉的衣服，束著丫鬟的髮髻出來了。若是低著頭、不仔細看，倒還真不容易看出她是誰來。

「一會兒䄂芸先帶木棉回去，然後晚桃和三妹妹跟在我身後，馬車已經停在了府門前，出去之後不要出聲，更不要猶豫，立刻上車。」余歲歲囑咐幾人道。

一切準備就緒，眼看著約定的時辰一點點逼近了，可余釗卻還死守在絳紫苑門口，陰魂不散。

就在余歲歲急得想出去一拳打暈余釗的時候，晚桃匆匆跑了進來。

「二姑娘、三姑娘、四姑娘，方才大姑娘稱病，把大少爺引走了！」

余歲歲猛地站起身來。「好，行動！」

䄂芸一下子跪在余欣欣腳邊，低聲哭道：「奴婢跪送姑娘！奴婢願從此吃齋唸佛，求菩薩保佑姑娘一生平安！」

余欣欣的眼淚啪嗒啪嗒地就往下掉。

余清清見狀，也難掩悲痛，拉住她的手。「三姊姊，妳永遠是我的姊姊。」

「四妹妹！」余欣欣低喊一聲。

這一刻，年少的爭執與置氣都瞬間化為煙塵，只留下沈澱後的情誼與離別的愁苦充盈著所有人的心胸。

當年那在絳紫苑亭臺迴廊之處彼此敵視、嗆聲，互相看不順眼的四個小女孩，也許永遠都想不到，她們的分離來得如此猝不及防，又是那樣的沾滿了血淚的代價。

「好了，該走了。」余歲歲出言提醒道：「別讓大姊姊爭取的時間白費了。」

余欣欣抹乾臉上的眼淚，最後定了定神。

袖芸帶著木棉前腳離開，後腳，余歲歲就帶著晚桃和余欣欣走出了絳紫苑的大門。

余釗雖然走了，但他還是留下了自己身邊的親隨。幾個家丁看見余歲歲三人走出來，立刻堆著笑意迎了上前。

「小的們見過二姑娘！您這是出門去嗎？可需要小的們給您套車？」為首的家丁一邊說，眼睛一邊不停地在晚桃二人的身上轉悠。

晚桃二人依照余歲歲的吩咐，一直低著頭不語。

「不必了。」余歲歲冷冷回道。

正要走，卻見那家丁突然跨步，攔在她面前，不死心地還想要再說些什麼話來拖延時間。

余歲歲早就料到這個情況，當即一聲輕喝。「晚桃！」

「在！」晚桃大聲應道，從她身後走出，仰著下巴，抬手朝那家丁臉上就是一個耳光。

「放肆！敢攔錦陵縣主的路，你有幾個腦袋！」

家丁一下子愣住了。余釗是廬陽侯的獨苗，在府裡一直金尊玉貴的，他們這些下人也跟著呼風喚雨、趾高氣揚的，哪曾受過這種委屈？

可只是一瞬間的惱怒，家丁瞬間就反應過來了，他確實惹不起余歲歲身邊的大丫鬟。晚桃見他愣神，更是絲毫不客氣，仗著在武館學了一招半式的三腳貓拳腳，趁其不備，一腳踹了過去，直接把家丁踹倒在地。

余歲歲絲毫沒覺得有任何不妥，連看都沒看他一眼，目不斜視地帶著余欣欣，大踏步越過一眾家丁，朝大門而去。

看見大門口停著的馬車，余歲歲不禁加快了腳步。

突然，一聲馬嘶，另一輛馬車也在這時停在了府門口。

余歲歲腳步一頓，剛剛耽擱了不少時間，盧陽侯已經下朝回來了！

就在那輛馬車的簾子被掀開的一瞬間，余歲歲猛地轉身推了余欣欣一把。「快上車！」

余欣欣無暇細想，平生第一次拔腿徒手鑽進了馬車。

「歲歲？」盧陽侯一出馬車，就看見正被晚桃扶著上馬車的余歲歲。「妳做什麼去？」

余歲歲站在馬車前回頭望他一眼。「明夫人邀我外出，我先走了。」

盧陽侯眉心微皺。「只有妳一人去嗎？」

余歲歲挑眉。「不然侯爺以為還有誰？」

盧陽侯一聽她這般毫不恭敬的語氣和用詞，立刻就氣憤起來。「余歲歲，妳再是封了縣主，也是本侯的女兒，由不得妳不敬尊長！」

余歲歲只淡漠地看了他一眼，轉身就掀簾鑽進了馬車。

盧陽侯氣極，指著馬車就想過去罵人。

卻不想，一輛馬車突然從街邊駛來，車簾裡露出明夫人和明琦的臉來。

「盧陽侯，縣主與我要趕著去燒香，只好失禮了。」明夫人朝盧陽侯微笑道。

盧陽侯一噎，身子也不敢動了，只得眼睜睜地看著兩輛馬車相繼離開。

第二十章

京郊慈雲庵，是京城最大的一座尼姑庵，香火很旺，與靈隱寺比起來都不遑多讓。據說有些貴族家的小姐若是身體不好，或是命裡犯沖什麼的，都會在這裡住上一段時間，比去靈隱寺更加方便。

到了慈雲庵的山門外，余歲歲帶著余欣欣下車，朝明夫人行了一禮。「見過明夫人。」

明夫人不由得看她好幾眼，好半天才道：「不敢當縣主之禮，快快請起。真是個蘭心蕙質、俠肝義膽的姑娘啊，難怪聖上如此誇讚！」

余歲歲客氣地微笑道：「夫人過獎了。」

幾人正要進庵，便聽見一陣馬蹄聲，回頭一看，竟是明昀彥策馬而來。

在接近幾人之時，明昀彥突然勒住韁繩，停下來跳下馬背，拱手道：「母親、縣主，小妹。」

余歲歲心中一緊。明夫人不會是要來真的吧？

她看向明琦，只見明琦也有些緊張地看向她。

明琦是知道七皇子對余歲歲的心意的，但卻不確定余歲歲對七皇子有沒有什麼確切的心思？自從母親對她提起有意為哥哥和余歲歲說親後，她就覺得有些慌張。

七殿下對余歲歲有意是刻意瞞著旁人的，是因為信任自己、不願耽誤自己，才坦誠相告，明琦當然不會隨便將此事說出去。

可若哥哥真要和歲歲湊成一對，那七皇子……他們明家和七皇子還有著千絲萬縷的聯繫，將來七皇子若是真的得了皇位，這豈不是要亂了套嘛！

明夫人並沒有注意到自己女兒的不對勁，她的眼神在自己兒子和余歲歲身上掃了幾個來回，就不由得笑了起來。

錦陵縣主才貌俱佳，雖然之前名聲不算太好，可也並非原則性的問題。若兒子真的喜歡，娶這麼一個身分背景的兒媳，他們衢國公府也不虧的。

想著，明夫人親昵地挽過余歲歲的手。「縣主，走吧。」

余歲歲身子一繃，忍著把明夫人的手甩開的衝動，笑了笑，跟著進入慈雲庵。

禪房裡，余歲歲陪著余欣欣拜見了慈雲庵的庵主靜玄師父。

明夫人母子以求籤祈福的藉口，並未跟來。

「這位女施主塵緣未了，老尼不能為她剃度出家。」靜玄師父手撚著佛珠，緩緩說道。

「靜玄師父，求您成全我，我甘願一輩子侍奉佛祖！」余欣欣慌了，趕緊跪下請求。

「靜玄師父，我妹妹她……」

「施主不必如此。」靜玄師父依舊是慢吞吞地說著。「施主並非一心向佛，只是有意逃避塵世之苦。然佛祖以慈悲為懷，老尼更不會明知施主受難，還拒施主於山門之外。」

余歲歲和余欣欣聞言，眼睛頓時一亮，這是還有轉圜餘地嘍？

「老尼可以留下施主，在庵中帶髮修行。但施主須知，佛門只可保一時平安，施主的一世安穩，當是繫於別處的。」靜玄師父說道。

余欣欣還在猶豫，余歲歲卻先說話了。「帶髮修行好啊，日後還有後悔的機會，我看就這樣吧！」這可算得上是連日來最好的消息了。

靜玄師父微微一笑，緩緩搖頭道：「這位施主雖然口快，卻是實言，真是難得的率性之人。」

余欣欣看向余歲歲，見她點了點頭，心裡便也定了心思。「既然如此，小女便多謝師父收留。」

看著余欣欣被另一個小尼姑帶走，余歲歲這才有些出神地朝慈雲庵後院的花圃裡走去，心思百轉千迴。

余欣欣帶髮出家，一旦太子和袁家知道，定會氣急敗壞。不過他們再是放肆，也不敢到慈雲庵來搶人。事情已成定局後，他們定還會再使別的壞招。

若只是針對侯府倒也罷了，要是將矛頭對準了自己，那可就不妙了。

余歲歲站在花圃中的小亭子裡，默默思索著後面的對策。

「小師妹在想什麼？」

身後的聲音立刻驚醒了余歲歲的沈思，她驀地回頭，看向明昀彥。「明公子？有什麼事嗎？」

明昀彥看了看余歲歲，難得收起幾分玩笑的心思。「在我聽聞妳就是夕山君時，還挺驚訝的。小師妹行事一向率性而為，從不計較得失，如今能做成這樣的大事，真是理所應當，更令我欽佩不已。」

余歲歲看著明昀彥，覺得他跟平日裡很不一樣，心中不禁有些狐疑。

明昀彥繼續道：「今日我母親邀小師妹來此，是我提議的。小師妹為了妹妹，不惜鋌而走險，同樣讓我覺得難能可貴。從我第一眼見到小師妹起，就覺得妳與眾不同，這才請求母親造此機會，容我與妳一見。」

余歲歲驀地瞪大眼睛，瞬間明白明昀彥要說什麼了！

「呃……多謝明公子誇獎，我做的這些都不值一提，當不起您如此稱讚。」

「可越是這樣，越能證明小師妹正是至仁至善之人啊！」明昀彥下意識上前一步。

余歲歲立刻受驚後退。

「在下一直只想求一個知音，能相伴終老，夫復何求。我越明瞭小師妹的心志，便越發心生嚮往。」明昀彥一臉誠懇地說。

余歲歲的身體微向後仰，露出些尷尬的笑意。「可明公子您並不瞭解我，我也並不瞭解您啊！咱們好像並不太熟吧？明公子不過是覺得我與眾不同，才心生好奇的，這並不代表什麼。」

「正是因為好奇，才會心嚮往之，這並不衝突。」明昀彥逼近一步。

余歲歲再度後退，身體有意防禦。她正想反駁明昀彥，目光突地一晃，只見亭外階前的花圃旁，站著一個長身玉立的身影。

陳煜！他怎麼在這兒？

「七殿下！」余歲歲語氣怪異，不知道是意想不到的驚訝，還是得以脫身的輕鬆。

明昀彥表情一怔，猛地回過頭望去。「殿下？」

只見陳煜嘴角含笑，表情沒有半分不妥，仍是一貫的和煦溫潤。「昀彥兄，我來時，好像聽到明夫人在尋你。」

明昀彥雙眸一深，目光直射向他，頓了一會兒，才開口。「是嗎？」

陳煜笑意不變，微微頷首。「當然。」

明昀彥瞥了余歲歲一眼，臉頰不自主地抽動了一下，深吸一口氣。「多謝殿下告知，我……先告辭了。」

目送著明昀彥的背影走遠，余歲歲這才放鬆下來，撫了撫胸口。「可算是走了。」

只見陳煜一步步踏上臺階，走進亭中，站在她的身前，眉眼微垂，定定地盯住她。

余歲歲被他看得心裡發毛。奇怪，她幹麼有一種被抓包的心虛啊？真的是……她又不是他什麼人！

「殿……下？」余歲歲出言，不知道他要幹什麼。
突然，陳煜一大步跨上前，手臂一圈，猝不及防地將余歲歲緊緊按進懷中。
余歲歲不期然跌入他的胸膛，一時間手都不知道該放於何處。
下一秒，她聽到陳煜的聲音在耳邊響起——
「我後悔了。」
「什麼？」余歲歲心跳得厲害，沒有聽清陳煜的話。
感覺腰間的手臂又摟得更緊了些，余歲歲的下巴支在陳煜的肩膀上，舉起的雙手也慢慢放鬆，搭在他的上臂。
好一會兒，她才聽到陳煜的聲音再次傳進耳中。
「我一定會娶妳為妻！」頓了頓，陳煜換了個說法。「妳只能是我的妻子。」
余歲歲立刻明白了。
原來陳煜的後悔，是後悔他曾對自己許諾過，如果他無法做到擺脫皇后和明家的制約，不能娶她做正妃，那就寧願以兄長之名，送她十里紅妝出嫁。
而如今，他卻改了口。
可不知道為什麼，當初他的承諾讓她心懷動容，今天他的反悔同樣讓她無比受用……
也許只要是他這個人，不管他說什麼，她都願意聽吧？
「陳煜……」余歲歲小聲開口，手推了推他的身體，有些不好意思地和他拉開了距離。

「現在說這些，還早呢。」

如今陳煜在朝中雖然極得皇帝信任，可他的羽翼並不夠豐滿，貿然與皇后和明家在這件事上反著來，不是明智之舉。

當初陳煜在獵宮拒婚，說到底是一拒就拒了兩個，誰都不娶。

加上皇帝的態度也比較曖昧，皇后和明家就可以默認陳煜的婚事仍在他們的掌控之中。

可一旦陳煜挑明了心意，那麼娶誰不娶誰就已成定局了。

換句話說，這種時候，模稜兩可的狀態才是最安全的。但陳煜卻搖了搖頭。

他今日聽說明昀彥追著余歲歲來了慈雲庵，心裡就覺得不妙。剛剛他親眼看到、親耳聽到那一幕，更覺得心慌意亂。

細論起來，除了他的皇子身分外，明昀彥與他相比，並未差到哪裡去。

論起與歲歲的關係，明昀彥也是師父的徒弟，認識歲歲的時間並不比他短。

婚姻大事，父母之命，媒妁之言。

如果明家上門提親，以盧陽侯府的德行不會不同意。

就算盧陽侯作不了歲歲的主，那師父呢？

師父又憑什麼在他和明昀彥之間，非要選擇自己呢？

「若再遲下去，我只怕追悔莫及。」陳煜沈悶地開口。「妳已及笄，雖說當時妳忙於和宋先生出書，盧陽侯府又並未對妳格外上心，可妳確實是到了……說親的年紀。昀彥兄的身分、才學、人品都極為卓越，若他真向侯府提親，妳……」

余歲歲見他神情焦急、眼神無措，心裡暗暗偷笑不已，卻開口安慰道：「殿下莫要想這麼多，我又不會聽他們的。」

「那師父呢？」陳煜追問。

「我爹聽我的呀！」余歲歲一點都沒猶豫。自從爸爸知道她和陳煜的事後，雖然多番叮囑提醒，卻從未表示過反對，證明也是認可陳煜的，這有什麼好擔心的？只怕陳煜如今是關心則亂，慌了神了。想及此，余歲歲覺得心裡某一處軟得不行，便悄悄伸出手，拉住陳煜垂在身側一手的一根手指，輕聲道：「你別擔心，只要你說到做到，我也絕不會後退的。」

陳煜目光一動，心中不由得一震。

他低頭，看著自己的手一點點地包裹住余歲歲的手，沈聲道：「好。」

從慈雲庵要離開時，明昀彥已經走了，明夫人看余歲歲的眼神卻越發熱忱。

余歲歲只做不知，有一搭、沒一搭地和明琦說著話。

回到京城後，余歲歲便不再回廬陽侯府，而是直接返回了忠勇武館。

這幾天她住在侯府，武館的事便由齊越在主理。

如今，女子文武學館已步入了正規，而男子學館那邊也啟動了招生事務，最早定下的一批學子都已經進來了。

這一回，有朝廷的大力支持，余歲歲也能放開手去做她想做的事，而不必過分擔心資金和回報的問題。

而方雋經過陳煜的介紹後，也成了武館的先生。

這幾年，他已長成了一名翩翩公子，因為當年中毒留下的後遺症，身體有些虛弱，臉色發白，卻更顯得眉清目秀，不過來了兩天，就把武館裡幾個侍女迷得神魂顛倒。

這一日，幾人在何蘭開的小飯鋪裡吃飯。

余清清如今是女子學館的女先生，自然也在席間。她便當著眾人，朝方雋表達了不滿。

「方先生以後還是少到南院來吧，平白惹人注目。」

每次他經過，屋裡的女學生們都要分心多看兩眼。倒也不是想要做什麼，純粹就是為了看他那張臉。從十幾歲的小姑娘到那位五十多歲的老嫗，沒有一個例外的。

方雋哭笑不得。「余四姑娘，在下實在冤枉。不過是下了課後到何姑娘這裡來吃飯，並非故意經過南院的。何況，在下每次都是和齊兄一道而行，怎知不是齊兄引人注目呢？」

齊越趕緊擺手，撇清關係。

余清清沒好氣道：「方先生來之前，齊公子也沒少從南院經過，怎麼從未見有如今這般動靜？」

齊越皺眉。心有點痛是怎麼回事？

余歲歲聽得發笑，趕忙出聲道：「四妹妹息怒，不是什麼大事。妳和宋先生注意引導些，只要不鬧出事來，偶爾看兩眼也不妨礙的。若實在不行……就在北院也開個小門，把兩邊分開吧？」

聽她這麼說，余清清這才作罷。

余歲歲便又問起了何蘭生意上的事。自何蘭開起這家飯鋪，至今已有數月。她的手藝依舊是不錯的，可飯鋪的生意似乎一直處於一種低水平的穩定，並無太大的起色。

「二姑娘問得極是，此事，我也心有不安許久了。」何蘭嘆道。「我想，恐怕是我這鋪子裡的飯菜都是些鄉村野味，太過於廉價，入不了大家的眼吧。」

余歲歲搖搖頭。「妳做的菜，味道在京城絕對是數一數二的，沒能廣受歡迎，不是妳本身的問題，一定是我們沒有找對宣傳的要點。現如今飯鋪的主要顧客是學館的學子和我們這些人，然後就是些普通百姓。這些菜餚，本就是尋常人家慣吃的，即便沒妳做的好吃，也有人不願花這個錢。可達官貴人就不同了，他們山珍海味吃慣了，就會想要點不一樣的清粥小菜。可放眼一看，覺得這飯鋪屬實不夠有格調，覺得進來是辱沒了身分，更談不上嚐咱們的味道了。」余歲歲思索著。「我看，我們最好從這個點上想想法子。」

說幹就幹，接下來的幾天，余歲歲拉著余靈靈、何蘭，三個人就關在屋子裡，商討怎麼樣才能讓飯鋪重新活起來。

當初余歲歲之所以幫助何蘭開起這家飯鋪，為的就是給何家四姊妹一個安身立命的根本。而後來，隨著女子學館的開辦，她更想用這個飯鋪讓學館的女子們可以參與社會勞動，進而增長見識，明白事理。

女子學館是余歲歲的試驗，飯鋪也一樣。余歲歲不相信，憑藉大家的智慧，還做不成一家小飯館了！

經過幾天的討論，一個計劃漸漸成型。

余歲歲拿出一筆存款，用半個月的時間，將何蘭的店鋪重新翻修了一遍，還順便買下了店後的空置民房，擴大了店鋪的面積。

新裝修的店鋪，外表古樸、寧靜，店外掛著一副匾額，上面寫著「歸園食齋」。歸園，取自陶潛〈歸園田居〉的詩作，正契合了新店鋪的主題——隱士。

很多達官貴人們，最愛標榜自己的其中一點就是不慕名利、大隱隱於市。真隱假隱的不知道，但他們敢說，余歲歲就敢信。

既然他們「嚮往」隱居，那余歲歲便讓他們足不出京就能感受到歸隱田園的樂趣。新的店鋪一整個就是按田園風格裝修的，被這些「隱士」奉上神壇的〈歸園田居〉詩作就被余清清寫下，掛在店鋪最顯眼的地方。

進到這裡，看的是模仿田園的景色，吃的是鄉間才有的菜餚，卻同樣有著高雅的絲竹、字畫為伴，正是這些「隱士」們「想像中」的田園生活。

他們不需要知道真正的鄉村是什麼樣的，也不需要知道真正的農民是什麼樣的，他們追求的只是他們腦海裡的田園。

若真讓他們腿腳泥濘地去插秧種田、風吹日曬、面朝黃土背朝天，只要遭遇一場災害便要顆粒無收、窮困餓死，那他們才要大呼「這不是田園」呢！

也是如此，余歲歲將新店的菜品全部起了個文雅的名字，湊成很多系列，什麼「梅蘭竹菊」四君子、什麼「採菊東籬下」等等，怎麼好聽怎麼來。

就這樣，當「歸園食齋」再次開張後，城西的這一整條街，每天都停滿了京城富貴之家的馬車，門庭若市。

學館的學子們，願意去幫忙的便去幫忙，若有客人無理取鬧，欲行不軌，他們更是都有武藝防身，全然不怕。

余歲歲和祁川縣主坐在其中的一個雅間，聽著外面的動靜，很是欣慰。

「歲歲，妳的腦子是怎麼長得啊？居然能想出這麼好的主意來！」祁川驚喜道。「不光把這食齋推了出去，連帶著妳妹妹的《美食寶鑑》都在京城流傳開來了。」

正如祁川所說，余歲歲藉著這個機會，讓京城書局印出了余靈靈的《美食寶鑑》，除了收錄了她多年來對京城各酒樓菜品的評價外，更是全方位地介紹了歸園食齋的就餐攻略。

等歸園食齋一紅起來，這本《美食寶鑑》也就跟著水漲船高了。

而余靈靈雖然用了化名，但也瞬間成了享譽京城的美食大家。

「其實，食齋的生意能如此好，也是借了縣主的名聲。」余歲歲笑道。

反正宣傳的時候，她壓根兒沒吝嗇，不光是祁川縣主，包括她自己、她爸，甚至陳煜的名頭都用上了。做廣告嘛，不用白不用。

現如今食齋成了京中有頭臉的人物必來的地方，外地的客商進京也要想辦法來體驗一回，儼然已是古代版「網紅打卡點」了。

「話說，妳之前說食齋還有個隱藏的驚喜，是什麼？」祁川好奇不已。

余歲歲輕輕一笑。「也沒什麼。食齋客流量大，除了剛開業那兩天，之後都必須提前預約才能進入，因此很多人在這裡花費的錢是有限的。不過我讓何蘭把每一個人的進帳都計算清楚，只要達到一定的金額，就能在食齋後面的田地裡認領一小塊土地，種下自己想種的東西，等成熟之後，便可以親口品嚐自己地裡長出來的食材做成的菜餚，這難道不美妙嗎？」

祁川張大嘴巴，連連點頭。「這種誘惑，可沒幾個人能抵擋。」

不用自己受苦受累，還能體會到播種與收穫的感覺，這若是讓那些文人墨客寫幾首詩詞傳出去，又是陶冶情操、修身養性的佳話了。

余歲歲一眼就看出了祁川在想什麼。「詩詞已經在寫了，作為佈置給學館學生們的作業。等寫成了，便是學館成立以來的第一項教學成果。到時把詩集精選出版，拿出一本呈給陛下，他應當會滿意吧？」滿意之餘，若能再給學館多撥些款，那就更好了。

「歲歲，妳真是……把人心拿捏得死死的！」祁川不由得說道。

余歲歲表面很是謙虛，可內心卻難掩開心。

從只想在京城站穩腳跟，到擁有影響京城風向的能力，她小小的得意一下，應該不過分吧？

正說笑間，雅間的門被人從外推開，晚桃形容鬱鬱，走了進來。

「姑娘，侯府傳信，要您現在務必回府一趟。袁家又來提親了，點名要的是……妳。」

「要誰?!」祁川縣主幾乎在一瞬間拍案而起。「還有沒有王法了!已經逼得一個出了家，他們還想怎麼樣？」

余歲歲也皺著眉頭站起身來，陷入沈思。

袁家逼婚，讓余欣欣不得已之下帶髮出家，這件事余歲歲並未刻意宣揚，而侯府也知道此事丟人，同樣不敢聲張。

本想著如果袁家不再糾纏，這件事暫時揭過，留待之後算帳也沒什麼。

可沒想到，袁家居然把主意打到自己頭上來了？

大雲朝文人地位高不錯，那袁老翰林被皇上敬重三分也不錯，可余歲歲的原則向來就是——人不犯我，我不犯人；人若犯我，禮讓三分；人再犯我，斬草除根！

「縣主，府中有事，我先回去一下。」余歲歲朝祁川告辭。

她倒要看看，袁家人還想玩什麼花樣出來？

余歲歲一踏進余老夫人的屋子，就覺得事情沒有那麼簡單了。

只見余老夫人、繼夫人秦氏、二夫人，還有余宛宛、余清清、余靈靈全部都在，好像就等她一個人一樣。

再看客座，來的並非袁家那位浪蕩大公子，而是一個頭髮銀白、眼神精明的老夫人。

一見余歲歲進門，那老夫人就微側過身，朝余老夫人道：「這便是……錦陵縣主？」

余老夫人含笑點頭。「正是我那二孫女。」

「哎呀，真是名不虛傳啊！」那老夫人一拍大腿。

余老夫人看向余歲歲。「歲歲，這位便是當朝袁老翰林的夫人，快來見過。」

余歲歲一挑眉。原來是袁老夫人啊！

聽說袁大公子自幼得她溺愛，才養成了現在這副模樣，今兒個她算是見著了。

余歲歲看向袁老夫人，袁老夫人也回看向她。

「見過老夫人。」余歲歲臉上掛起假笑，行了一個禮。

袁老夫人笑道：「縣主有禮。錦陵縣主當真是難得一見的京城閨秀，無怪乎聖上如此寵信誇讚，甚至破例加封縣主。余老夫人教出如此優秀的孫女，真是不簡單啊！」

余老夫人立刻笑了起來，一點都不臉紅地收下了袁老夫人的讚美。「老姊姊謬讚了！歲歲，快坐下，好好陪袁老夫人說說話。」

余歲歲不慌不忙，隨意地坐在一旁。

剛一坐下，她便收到了對面秦氏和幾個姊妹投來的擔憂目光。

她微微扯了扯唇角，給她們一個安心的眼神。

「若說當年，我和妳也是少時相識。沒想到老了，想要做個親家，倒是不能如意了。」

袁老夫人意有所指的感嘆。

余老夫人乾笑兩聲，不欲多言。

盧陽侯府如今再是式微，她再是要低袁老夫人一頭，她也不肯在這件事上過多地說好話。當初那袁大公子來時，分明半點都沒把她放在眼裡，她心裡的氣可還沒消呢！

袁老夫人見她不接話，眼裡閃過什麼，又自顧自地說了下去。「要說咱們兩家的婚事，那也是換過庚帖、下了聘禮的，如今說沒就沒了，總也不是個道理。妳說說，這聘禮抬進了貴府的門了，再叫我們抬回去，是不是有點兒說不過去啊？」

余老夫人眼皮子一跳，下意識就看向余歲歲。

其實在他們發現余欣欣跑了之後，為了撇清責任，就把事情都推給了余歲歲，然後也聯繫了袁家，請他們把聘禮收回去，兩家的婚事只得不作數了。

雖然盧陽侯還是覺得可惜，可見了袁大公子那樣兒後，他也覺得當這種人的岳父會折壽，便也就算了。

誰知道，袁家前腳把聘禮抬走，袁老夫人今天後腳又給抬回來了。

今天袁老夫人突然來訪，一進門就問余歲歲，余老夫人這才驚覺，沒準袁家是打算換個人，繼續聯姻的意思。

可嫁出去一個余欣欣和嫁出去一個余歲歲，意義可是完全不同的！

換句話說，余老夫人捨不得！

她捨不得把余歲歲這個大雲朝第一個破格欽封的縣主，浪費在袁家身上。

袁老翰林此時再風光，早晚有蹬腿的時候。他的兒孫個頂個的不成器，又沒有世襲的爵位，把余歲歲嫁過去，那不是等於白送了嗎？

可真要讓余老夫人拒絕袁家，她也不願得罪人。

於是余老夫人一合計，反正余歲歲肯定是不會願意嫁給袁大公子的，那就派人去給她傳話，說得越嚴重越好，把余歲歲誆回來，讓她自己去拒婚。

而現在，余歲歲果然回來了，她的計劃也就成功一半了。

「老姊姊，妳這是何意啊？」余老夫人揣著明白裝糊塗。「這親事不成了，聘禮自然就要退回，這點規矩，侯府還是要守的。」

「欸。」袁老夫人擺擺手。「老妹妹這是要詐我呢！也罷，既然縣主都回來了，那我便直說好了。自從上回，我那孫兒回去後，便是整日整日地唸叨著縣主，唸得我耳根子都起繭子了。」

余歲歲在心裡翻了個白眼。

要按袁老夫人的眼光來看，余歲歲確實是難求的佳媳。身分自不必說了，還要才有才，要貌有貌。尤其她容貌明豔，氣質端莊，比旁的賢良女子多了些靈動，又比那些狐媚子更添矜持，袁大公子一輩子都沒見過這樣的女人，不想才怪呢！

再說了，現如今陛下在試行官學改制，七殿下主導，試點就是余璟的武館，而武館如今的文武兩不誤，更是由錦陵縣主一手辦起來的。

官學改制，袁老翰林是反對派的中流砥柱，可袁老夫人卻認為，沒必要在這件事上和皇帝對著幹。

沒見聰明如太子殿下，即便再眼紅七殿下得了好差事，也不敢多說什麼嗎？

只可惜，她家那老頭子，就是這一副頑固脾氣。

袁老夫人的心思轉了好幾個圈，這才繼續說道：「縣主驚才絕豔，我那孫兒若是能有如此佳婦，可真是三生修來的福氣啊！」

余歲歲越聽越覺得不對勁了。這袁老夫人的態度，是不是過分殷勤了？

可余老夫人卻沒聽出來，她一門心思只盯著余歲歲，祈禱余歲歲趕緊發火拒婚，她好扮演個和事佬，順便把袁老夫人打發走。

只聽袁老夫人突地話鋒一轉。「可惜啊，我那孫兒自是沒了這般福氣，我這孫媳婦的茶注定是喝不上咯！錦陵縣主如此天姿綽約，便是當今太子殿下也心馳神往，我們雖然做不成親家，可這媒人，老身可是要做定了的！」她笑著轉向余老夫人。「怎麼樣，老妹妹，我這媒人，當得還可以吧？」

余老夫人都傻了。

合著自從袁老夫人進門後，各種含混不清的言語，都是在耍她們呢！

她不是給袁大公子提親的，是替太子殿下保媒來了！

余歲歲還有對面的余家女眷，也都驚住了。

從紈袴公子的繼室，到當朝太子的宮妃，這落差，不是一般的大。

袁老夫人滿意地看著余歲歲驚愕的表情，認為她是被這潑天的富貴給震住了，於是又不緊不慢地追加了一句。「去年太子妃因病薨逝，太子癡情，悲痛難忍。如今難得太子殿下又動了心意，這份情意，老身聽了也覺得動容，實在不忍見有情人分離。縣主，太子親口許諾太子正妃之位，這便是對妳的一片癡心啊！」

啊呸！余歲歲心裡應道。

剛剛她想起來去年的事。太子妃確實在去年因病去世了，那時她正忙著，沒有怎麼關注這件事情。

後來聽說，太子妃的娘家為了不與太子斷了這層關係，又送了個女兒進東宮，封了太子孺人。

余歲歲記得，原著裡也有這麼一回事，不過那時，太子後來想求娶的正妃，是余宛宛。

現如今余宛宛的身分對他沒用了，他就改成來求娶她嗎？

至於余宛宛，他當然也是要的。

一片癡心？她看是利慾薰心才對吧！

這袁家，不過剛和太子勾搭上，就如此甘願來當馬前卒了？也真是夠可以的。

想必是覺得袁老翰林老了，早晚有致仕的一天，家中的子孫都不成氣候，只能巴結著太子往上爬了。

各人都有各人的盤算，可憑什麼拿她作籌碼？作夢！

「袁老夫人的意思是，太子要娶我？」余歲歲出聲反問。

「當然。」袁老夫人點頭，一臉「妳得了天大恩賜」的模樣。

余歲歲看著已經傻了的余老夫人。

其實剛剛她就看出來了，余老夫人的本意是讓她回來拒婚的，卻沒想到袁家人是來替太子說媒的。現在，余老夫人的猶豫和貪婪，都已經寫在臉上了。

一個太子妃就讓她改變主意了？那她就等著吧。

「難為老夫人為了太子跑這一趟，只是小女要好心提醒一下老夫人，也提醒太子殿下一句，小女的婚事，自己作不了主，父親和祖母也作不了主。只怕，太子殿下的癡心，得去和陛下好好說一說了。」余歲歲道。

這番話聽在袁老夫人耳朵裡，就像是「余歲歲要太子去求皇帝賜婚」一般，等同於答應婚事的意思，於是她立刻喜上眉梢。

而余老夫人在余歲歲話音落下的那一刻，眼中也瞬間冒出精光。沒想到這孫女看著任性妄為、大膽狂妄，原來竟是盯著那個位置去的！想著，她就覺得既欣慰，又害怕。

欣慰的是廬陽侯府未來說不定也能出個皇后；害怕的則是余歲歲真若成了氣候，會回來報復他們。

余歲歲將兩人的表情盡收眼底，面上只做不知。「老夫人，話便至此，那府上的聘禮……」

袁老夫人一臉大方地說：「區區小禮，便算作給縣主的添妝吧！」

余歲歲目光一閃，心下有了計較。

送走袁老夫人後，余老夫人的神色肉眼可見的飄了起來，余歲歲只當沒看見，轉身就回了絳紫苑。

「晚桃，給齊越送信，之前我讓他安排人查的有關袁家的事情，讓他盡快查找完全，交到七皇子手裡去。」因為余欣欣之事，余歲歲對袁家起了防備，本來不想這麼快出手的，可袁家偏要來找她的麻煩。「木棉，把袁家的聘禮單子抄一份給我，我倒要看看，自詡清正廉潔的袁老翰林，這些年過得到底是什麼日子？」

能讓袁老夫人給她這個「未來太子妃」、「高機率的皇后人選」刻意留下當聘禮的東西，一定不簡單。

袁家把聘禮抬走又抬回來，雖轉了一圈，明面上的數目沒少，可內裡的東西絕對是換過了的。這種細枝末節上，最容易找破綻了。

「是，姑娘。」晚桃和木棉應道。

「可是姑娘，您讓袁老夫人去勸太子求聖旨賜婚，若是她真去求了，那您可怎麼辦呀？」晚桃擔心道。

余歲歲輕笑一聲。「妳以為，太子他敢嗎？」

正因為不敢，所以才從侯府和自己這裡下手，以為只要說動了這邊，皇帝定是不會貿然插手臣子間的婚姻，因為這種事是要被御史參奏的。

她剛剛之所以那麼說，為的也就是迷惑袁家和太子。

在袁老夫人說出是為太子說媒時，她就想明白了其中緣由。

難怪太子此時要提出親事，原來是看中了皇上在武館試行的官學改制啊！這次改制的消息一出，就得到了很多清流和寒門士人的擁戴。

因此別看袁老翰林反對改制反對得火熱，太子壓根兒不在意他在這件事上的看法。拉攏袁老翰林，看中的是他背後的傳統封建士人；而娶她余歲歲，看中的卻是新派士人的力量。

畢竟在大雲朝，誰能將讀書人握在手心，誰就握住了半壁江山。

陳煜之前得了不少年輕官員的擁護，看來太子是急了。

三天後，一本參奏蘇州袁知府的奏本，被送上了皇帝的龍案。

蘇州府，物阜民豐，乃富庶之地，凡是在這裡為過官的官員，沒有不富得流油的。別人貪了多少尚未可知，但袁知府貪的錢財，一條一目，都清清楚楚地讓皇帝看了個真切。

這位袁知府是誰？他可是袁老翰林的獨子啊！因此滿朝瞬間譁然。

就在袁老翰林痛心疾首，聲稱自己教子無方，要大義滅親，親自徹查此事的時候，有一本帳冊被御史送進了御書房。

皇帝看看手中記載著袁知府每年往京城翰林府進獻金銀器物的帳目，再看看眼前大談兩袖清風的袁老翰林，突然就笑了。

三朝元老，袁老翰林是個什麼樣的人，身為天子的他能不清楚嗎？為了他的名望，為了他背後的勢力，當然還有為了自己不違背祖輩、父輩先皇的遺志，皇帝已經忍他很久了。

現如今，不管這是誰送來的證據、意欲何為？皇帝都願意抓住機會，一舉剷除掉如袁老翰林這樣的毒瘤！

絳紫苑。

「姑娘！」晚桃一臉欣喜地跑進來。「京中當鋪已經出現袁家聘禮中的珍寶了。」

余歲歲倚在榻上，正吃著酸烏梅。「喔？外頭傳的理由是什麼？」

「正如姑娘所吩咐的，袁家送到侯府的聘禮，被一個橫行京城的大盜給偷了。」晚桃偷笑一記。

余歲歲笑了笑。

當年，太子就是用這一招，炮製了齊家的血案。

今天，她就以彼之道，還之彼身。

「這個理由，倒真是挺好用的。」她感嘆道。「接下來，就等著狗急跳牆吧！」

但凡在京中開當鋪的人，腦子裡那根謹慎的弦都是時刻緊繃著的。

當他們發現有大量來路不明的金銀器物流入當鋪之後，立刻就提高了警戒，為了撇清自己，甚至直接報了官。

京兆府把幾乎同一期間典當的物品全部收上來，一開始並沒有發現什麼，可偏偏這堆珍寶裡，正好有一種只有蘇州府才有的珍貴藥品，據說食之可延年益壽。

京兆府裡裡外外一尋思，如今朝廷鬧得正歡的官員貪腐案，不正好是和蘇州府有關嗎？

京兆府尹也聰明，一拍腦門，直接就把東西送到了皇帝面前，並表示他沒有任何別的意思，他只是個搬運工。

此時的朝中，這一場以蘇州府而起的貪腐案，已經掃到了多名京官、州縣府吏，無一例外，都是袁老翰林的門生。

在由七皇子陳煜主領，刑部尚書方度與大理寺卿裴涇主查的形勢下，貪腐的帳本一本接著一本地被查出，所列的金銀、珍寶甚至美妾、奴僕的數目都極其驚人。

帳目有了，如今實物也冒出了頭，於是皇帝很疑惑，這些東西是從哪裡來的？

皇帝好奇一查，便得知這些東西竟是袁家抬進盧陽侯府的聘禮，被人偷了，所以才流到了當鋪。

為什麼袁家給盧陽侯府下了聘禮，卻沒聽說兩家有嫁娶呢？

喔，原來是袁家強娶，把人家女兒逼得出家了。

那既然婚事不成，聘禮應當抬回袁府去，又為何仍在盧陽侯府呢？

喔，原來是袁家想給錦陵縣主和太子作媒，所以就留下了。

知曉了來龍去脈後，皇帝的心情就不那麼美妙了。

御書房裡，皇帝看著眼前的奏報，朝貼身內侍瘋狂痛罵著袁家。

「朕還以為，袁老大人不過就是位高權重久了，所以貪戀權勢，籠絡些錢財、人心想給後代鋪路罷了。可如今再看，好傢伙，他這是還打算立個從龍之功啊！」

身邊的老內侍跟了皇帝多年，最是瞭解他的脾性，見他如此，便知是發怒了。

「陛下息怒，不能為這些事傷了身子啊！」內侍勸道。

「哼！」皇帝氣道：「強搶官家庶女也就罷了，如今這主意竟還敢打到錦陵縣主頭上來了？怎麼就這麼巧，朕剛封了余璟的女兒為縣主，太子就對她情根深種、癡心一片了？人家跟他熟嗎？」皇帝冷嘲熱諷道：「那姑娘怕是只能記住老七的名字，連太子他叫什麼都未必知道呢！」

老內侍見皇帝說起這個，心下了然，面上露出幾分笑意。「陛下還是一如既往的慧眼如炬呢！」

打了這一個岔，皇帝倒也沒那麼氣了，擺擺手道：「讓裴涇和方度都查仔細些，此事非同小可，若是沒有確鑿的證據，朕也無法給朝廷百官交代。」

聘禮的流出，讓本就處於風口浪尖的袁家更是雪上加霜。

有人說，朝一群狗裡丟一塊石頭，叫得最大聲的，一定就是被砸到的。

這話不一定放諸四海皆準，但眼下倒是很對。

袁老翰林為了保住自己的兒子，發動了一切可以動用的力量來為自己開脫、辯駁。可他完全沒意識到，他越是這樣，皇帝就會越忌憚，就越想要借此機會徹底剷除他。

當余歲歲發現絳紫苑外總是有可疑的人來回經過時，她就知道，狗急了。

在外，太子的馬前卒袁家已自顧不暇。在侯府內，卻還有太子的一個馬前卒正盡心盡力地在為他辦事。

余釗。

一個余歲歲第一眼就知道，此生與他永不能和平相處的人。

他自私、陰狠，為達目的，不擇手段。

自從他的雙手被廢後，他將自己身上的一切「缺點」全都於日積月累中「發揚光大」，如今更是修煉得「爐火純青」了。

余釗那麼恨她，恨她是他的噩夢，恨她毀了他的人生，他如今會怎麼對付她呢？余歲歲很好奇。

這一日傍晚，余歲歲收拾好府中的細軟，帶著晚桃、木棉兩人，大包小包地坐上馬車，準備返回武館。

最近這幾天，為了做好「聘禮丟失」的戲，她一直住在侯府，都快憋死了。

一上馬車，余歲歲就覺得有些睏了。

「姑娘，睡一會兒吧，這幾日您都沒睡好。」晚桃給她墊了個靠墊。

余歲歲點點頭。「好，到了妳再叫我。」說著，她就睡了過去。

從侯府到武館，一般只要三刻鐘的路程，很短。

余歲歲覺得自己好像睡了很久，迷迷糊糊地醒過來時，馬車還在行進，晚桃和木棉也東倒西歪地睡著了。

她腦子睏得發懵，眼睛睜了一下，就又閉上了。

半夢半醒之中，余歲歲覺得自己好像被什麼人馱在肩上，扔到了一個硬邦邦的東西上面。

她想醒來看個究竟，卻怎麼也睜不開眼。

又過了一會兒，她又被一個力道扯了起來，這次是揹在後背，然後放入了一個柔軟的墊子上。

隨著鼻端傳來的一陣清香，余歲歲緩緩睜開了眼睛。

眼前，陳煜那張滿是擔憂的臉放大著，嚇得她不由自主地縮了一下頭。

「若不是齊越說溜嘴，我還不知道妳居然自己冒這麼大的險！妳膽子怎麼這麼大？」陳煜的語氣帶著憂心，還有些許無可奈何。

「我膽子小過嗎？」余歲歲一點兒都不心虛地反問，一邊活動著自己痠沈的肌肉。「怎麼樣？都放倒了？」她看向一旁的齊越。

「太子人還沒來，余釗和袁大公子都在我們手裡。」齊越回道。「不過裡面那個院子，有太子豢養的殺手把守著，要想進去，只能殺掉他們。」

余歲歲觀察著齊越的表情。從這件事一起，他就表現得非常積極。余歲歲明白，那是因為他再次燃起了復仇的希望。

當初齊家血案，雖然殺人的是三皇子的殺手，可太子的殺手也同樣是他的仇人。

如今仇人近在咫尺，齊越想殺人的心，自然是蠢蠢欲動。

「帶我去看看余釗和那個姓袁的。」

三人來到一處不起眼的院子，房中躺著兩個不省人事的男人。

其實余歲歲也不知道他們想做什麼，可或許猥瑣、變態的腦子都是相通的，當一個心懷不軌的男子想要試圖拿捏一名女子時，想出的點子總會圍繞著下三濫那種轉圈。

正因為知道這種事對女子來說是毀滅性的打擊，所以他們「樂此不疲」。

「行，那就送太子一份大禮吧！」余歲歲指著那兩個人。

就見齊越面露微笑，提著劍出去了。

外面很快傳來幾聲悶響。

「齊越動手了？」陳煜看向余歲歲。

「壓抑了這麼久，總要有一個發洩的時候。」余歲歲點頭。

話音一落，齊越就走回了屋子，自顧自地扛起余釗和袁大公子，又出去了，全然未察覺臉上染上了星點的血跡。

看著他的背影，余歲歲不知怎麼的，覺得眼睛有點酸。

「陳煜，我是不是好狠心啊？」她語氣突然放軟，水眸望向陳煜。

陳煜表情未變，只是反問道：「那妳開心嗎？」

「開心啊！」余歲歲理所當然地說。「齊家的滿地屍骨焦土、在童縣時爹爹身上的道道傷痕，還有李姨娘、三妹妹，我想到這些，再看著他們的下場，就開心得不得了！」

「妳開心了，就是好的。」陳煜一笑。

不過一會兒，齊越就又回來了。

「師姐，妳猜得沒錯，屋子裡果然點了那種東西。我把那兩人的迷藥解了一半，差不多的時候就該醒來了。」

余歲歲一挑眉。「好，那我們就走吧。這場面，太子一定會喜歡的。」

第二天一早，京城便流傳出了一個勁爆的消息——

袁老翰林的獨孫與廬陽侯爺的獨子，在城南一處別院裡苟合至死！

忠勇武館。

「你說什麼？死了？」余歲歲震驚地看著齊越。

「因為中了那香，他們就……」齊越聳聳肩。「我在外頭看見了，余釗醒來的時候就要去掐袁大公子的脖子，袁大公子自然要反擊。余釗雙手已廢，不是敵手，等太子帶人踹門的時候，人已經沒氣了。」

余歲歲愣愣地聽著，有些不能接受。

她只是想讓這兩個人自食惡果，也嚐一嚐被人恣意擺佈的滋味，卻從沒想過，讓他們竟因此死去。

「那袁公子呢？他是怎麼死的？」

齊越臉上露出一絲諷刺。「是太子吩咐人掐死了他。」

這就是這些人的醜惡嘴臉。有用的時候，千般縱放；沒用的時候，棄若敝屣。

袁老翰林還沒倒呢，太子就要過河拆橋了。

「都死了……」余歲歲有些愣怔。

她一直以為，她和余釗的最終對決，應該會如同原著一樣，因為一場突發在京郊的疫病，余釗往她屋裡投毒而揭幕，沒想到，居然會是這般收場。

「師姐，他們都是死有餘辜，無須在這件事上勞心。」齊越勸道。「走狗，自然得有走狗的死法。」

「我知道。」余歲歲深吸一口氣，笑了笑。「我高興。」

袁家的獨苗和盧陽侯爺的獨苗，都死了。

最在乎子嗣的袁老翰林和盧陽侯，也瞬間老了下去。

孫子都沒了，一切的爭鬥好像全都失去了意義，袁老翰林在早朝時請奏致仕。

皇帝看在他三朝元老的分上，「戀戀不捨」地放他歸鄉。

他一走，早已準備就緒的御史和大理寺奏摺就如雪片般飛來，從上到下，將朝中袁氏一黨肅清了個乾乾淨淨。

——未完，待續，請看文創風1141《扭轉衰小人生》3

命可算不可認，情可愛不可怕／懿珊

2022年12月出版

算什麼大師

算卦事業步上軌道後，她的煩惱就少了八成，
唯一遺憾的是，原主的執念居然是要考大學?!
去烹飪學校學做美食不好嗎？不用寫作業、練習冊，更不用考英文！
幸好，這張考卷還有選擇題，能讓她卜卦算答案混分數……

文創風 1124 **1**

神算門掌門林清音因專注修煉，不知世事，最終渡劫失敗，
本該魂飛魄散，可她轉眼成了家貧、被霸凌自殺的高中資優生。
再活一回，她決定好好體驗普通人的生活，用心享受人生，
但在世俗中凡事都要錢，她便趁著暑假在公園算卦，一卦千元。
她從群眾中挑出一個霉運當頭的青年試算開啟生意，算不準退費！
這人叫姜維，家境優渥、課業優秀，天生的氣運也是上佳，
本該是幸運兒，卻被人搶走了運氣，導致全家倒楣。
知道幫了個學霸，她開心極了，她的暑假作業就全靠他了！

文創風 1125 **2**

缺錢的林清音熱愛學習，只因為原主成績優異才能免付學雜費！
免費的課，上一堂，賺一堂，而且在學校還能到食堂吃飯。
最初，她被親媽的地獄廚藝嚇怕了，搞不懂為何大家都愛吃三餐，
如今她什麼都愛吃，還吃得特多，真的是用身體實踐把錢吃光這件事。
所以除了讀書，算卦賺錢也不能停，幸好新學期重分班後環境單純，
大家都一心專注於課業，直到她發現同學太單「蠢」，居然搭了黑車要回家。
有她在，女同學安然無恙，但這也驗證人不能只專注一件事，必須通曉常識。
藉此，她也交到了朋友，一起讀書、吃飯、住宿舍，友情……挺不賴的嘛！

文創風 1126 **3**

福兮禍之所伏，算命算得準確，林清音也換來同行眼紅檢舉迷信，
她雖不懼，但避免擾民仍是租用一間卦室，營造出舒適的環境。
替人排憂解難，總會收到額外的謝禮，吃的、喝的都很常見，但一車習題？
她平常讀書考試已經寫夠了好嗎？這確定是好意？人心真是太複雜了！
就像同樣是親戚，她媽媽家的純樸善良，她爸爸家的卻吃人不吐骨，
平常總是想占她家便宜也罷，逛街遇到了還要過來說她家窮？
她記得姜維曾經說：「看到別人被打臉是很痛快的事，有益身心健康。」
今天她就要體驗親自打臉了，想來肯定更痛快、更有益身心健康囉？

文創風 1127 **4**

順利考上想要的學校，林清音得趁著暑假將累積的算卦預約結單，
這忙碌時刻，卦室的助理卻要去度假，生活白癡如她只得另找助理。
所幸同在放暑假的姜維有空，替她把庶務安排妥當，還懂得做點心孝敬！
投桃報李，她見他對修煉有興趣，便指點一二，順利獲得徒弟一枚，
這徒弟資質只比她差一些，氣運也不錯，重點是讀同一所大學使喚方便。
上大學後，她幸運的發現一塊風水寶地，在連假時進山閉關，築基突破，
可突破後還沒來得及開心，一張開眼卻發現跟來的徒弟身上都是龍氣！
看著一點湯都不剩的鍋，她不禁嫉妒他的好運，抓個魚吃還能吃到龍珠？

文創風 1128 **5** 完

姜維到處撿龍碎片讓林清音很是眼紅，不過在謝禮中獲得靈藥跟謎之琥珀後，
她便為此釋然了短暫的時光，畢竟這時代能得到這些東西極其難得。
至於為何說短暫呢？只因接下來她就慘遭網上爆紅，預約排滿了外國人。
別說她最頭痛的英文了，光是面相判斷標準她就沒經驗，八字也得考慮時差，
雖然生意興隆，對她來說卻也是一場心靈風暴……她、她需要度假！
因此她到長白山泡溫泉，順手收了人參娃娃當徒弟，讓父母享受了當爺奶的樂趣。
說來人類的親情、友情她都覺得很美好，唯獨愛情她一直不知該怎麼體驗，
不過她很忙，而實踐才是真理，等她有空閒再挑個品行好的人來試試戀愛！

2022年12月出版

下堂妻幫夫改命

文創風 1122～1123

阻止前夫黑化成反派，拯救蒼生的重任就包在她身上！
她有現代人的智慧，老天的金手指，娘親的「鈔」能力，
這妥妥的天選之人，要翻轉命運豈不信手拈來？

一朝和離為緣起，千里流放伴君行／樂然

好心沒好報啊！救人出車禍竟穿越了，一醒來她就身穿喜服在花轎上，
更離譜的是剛拜完堂，屁股都還沒坐熱，一紙和離書下來就要她走人？
從新娘轉作下堂婦也就罷了，還被託付一個三歲小叔子要她養？
要不是繼承原主的重生記憶，這一波三折，她的心臟早就承受不住。
原來貴為國公的夫家，遭人構陷通敵賣國，一夕之間被抄家流放了，
天知地知她知，若放任前夫晏承平黑化成滅世暴君，那可不是開玩笑的！
為了扭轉命運的軌跡，她只能偏向虎山行，喬裝打扮帶著小叔上路，
好在老天給她神奇空間開外掛，娘親生前也留給她一大筆私房錢，
她能順利打點好官兵，又能護晏家人周全，一路將流放過成郊遊。
當散財仙子助晏家度過難關，她是存了一點抱金大腿的私心，
等前夫跟上輩子一樣成功上位，屆時論功行賞肯定少不了她一份，
未料，這人突如其來示好要她喜歡他，徹底打亂了她的盤算。
先不要啊！單身那麼自由，她可沒有復合再婚的意思……

2022年11月出版

掌勺千金

文創風 1120～1121

十指不沾陽春水的嬌嬌女，
變身熱愛美食的料理達人！
不論街邊小吃，還是辦桌筵席，通通難不倒她！
千金變大廚，舞鍋弄鏟，十里飄香——

點食成金／江遙

突然穿越到小說世界裡當個千金小姐，江挽雲有點懵。
家財萬貫，貌美如花，又有個超寵她的富爹爹，
聽起來這新的人生好像不賴對吧？才怪哩——
因為她這角色，是個腦袋空空的炮灰配角呀！
爹爹死後，她被繼母剋扣嫁妝，嫁給怪病纏身的窮書生，
受不了苦日子，丟下丈夫跟人跑了，卻被騙財騙色，悽慘一生。
江挽雲畢竟是看完小說的人，自然不會讓自己落入悲慘結局，
要知道那個被拋棄的病書生陸予風，就是小說男主角，
他以後會高中狀元，飛黃騰達的呀！
所以在男女主角正式相遇前，她會做好原配夫人的角色，
照料臥病在床的男主角，以免他掛點，導致故事提早結局。
靠著一手好廚藝，她先收服陸家人的胃，再收服全家的心，
一家人齊心努力上街賣美食，脫離負債，前進富裕——
目標推廣美食！努力賺錢！爭取舒舒服服過日子！

風 文創 1140

扭轉衰小人生 2

國家圖書館出版品預行編目資料

扭轉衰小人生 / 十二鹿著. --
初版. -- 臺北市 : 狗屋出版社有限公司, 2023.02
冊 ; 公分. --（文創風 ; 1139-1142）
ISBN 978-986-509-399-0（第2冊 : 平裝）. --

857.7　　　　111022122

著作者	十二鹿
編輯	黃淑珍
校對	吳帛奕
發行所	狗屋出版社有限公司
地址	台北市104中山區龍江路71巷15號1樓
電話	02-2776-5889～0
發行字號	局版台業字845號
法律顧問	蕭雄淋律師
總經銷	知遠文化事業有限公司
電話	02-2664-8800
初版	2023年2月
國際書碼	ISBN-13　978-986-509-399-0

本著作物由北京晉江原創網絡科技有限公司授權出版

定價280元
狗屋劃撥帳號：19001626
網址：love.doghouse.com.tw　E-mail：love@doghouse.com.tw